소설쓰기의 모든 것 2
묘사와 배경

Write Great Fiction: Description & Setting

소설쓰기의 모든 것

론 로젤 지음 | 송민경 옮김

description &
setting

2
묘사와 배경

다른

1장 ———————— 묘사와 배경: 왜 중요할까?

묘사

: 어떤 대상이나 사물, 현상 따위를 그림 그리듯 생생히 표현하는 일

좋은 글과 나쁜 글의 차이 중 하나는 좋은 글은 배경에만 의존하지 않는다는 것이다. 하지만 나쁜 글은 때때로 배경에 전적으로 의존한다.

대학에 다니던 어느 날 오후 영문학과 건물 3, 4층 강의실에서 소설 쓰기 수업을 듣고 있는데 열린 창문 밖으로 나른한 봄바람에 커다란 떡갈나무 가지들이 흔들리는 모습이 보였다. 수업 진도는 1970년대라는 독특한 시대를 반 정도 지나고 있었는데, 교수님이 '초월적'이라는 형용사를 꺼냈다. 당시에 이 단어는 거의 언제나 '명상'과 짝을 이루곤 했다.

"좋은 글은 초월적입니다. 시간과 공간을 뛰어넘습니다." 교수님이 말씀하셨다.

교수님의 이 주옥같은 말을 나는 이후로 한 번도 잊은 적이 없다. 이 말은 진실이다. 오랫동안 글을 썼고(나쁜 글보다 좋은 글을 쓰려 했다), 또 글쓰기를 가르치는 일을 업으로 삼아온 내가 증명한다. 만약 진실이 아니라면 『앵무새 죽이기To Kill a Mockingbird』를 제대로 이해할 수 있는 사람은 대공황기 초기에 앨라배마의 작은 마을에서 살아본 사람밖에 없을 것이다. 그러나 사실 생각이 깊은 독자라면 누구나 이 소설을 이해하고 감동받을 것이다. 『앵무새 죽이기』는 앨라배마에 관한 소설도, 대공황기에 관한 소설도 아니기 때문이다. 특정 시기에만 초점을 두고 쓴 글은 문학이 아니고 역사다. 또 특정 장소에 관해서만 썼다면 그건 지리학이다. 문학은 그 어느 쪽도 아니다. 문학은 인간에 관한 것이며, 인간들이 휘말려드는 다양한 기쁨과 고난에 관한 이야기다.

문학이 '시간과 공간을 초월한다'라는 말을 한 김에 한 가지 덧붙여야겠다. 좋은 글은 배경에만 의존하지 않지만, 그럼에도 작가는 자신이 가진 모든 도구와 기술을 써서 가장 분명하고 명확하게 시대와 공간을 만들어 소설 속에 먼저 만들어놓아야 한다. 그러지 않으면 비참한 실패를 맞을 수밖에 없다. 소설은(더 정확히 말하면 소설의 독자는) 완벽하게 꾸며진 배경 없이는 멀리 갈 수가 없기 때문이다.

독자는 소설 속 날씨가 어떤지, 땅이 어떻게 생겼는지, 호수가 무슨 색인지, 교회의 첨탑이 얼마나 뾰족한지 등 여러 정보를 곧장 알고 싶어 한다. 이 정보들이 소설과 조금이라도 관계가 있는지 없는지는 독자가 걱정할 바가 아니며 걱정해서도 안 된다. 그건 작가가 해야 할 일이다. 보통의 독자는 소설을 볼 때 자세한 묘사를 기대한다. 이는 소설책을 들고 앉아 조금이라도 시간을 보내는 사람의 당연한 권리다.

소설에서 시대와 장소라는 틀은 인물들이 돌아다니는 무대 이상의 역할을 한다. 때로는 배경이 인물 그 자체가 되기도 한다. 그리고 배경에 따르는 세부 사항들은 소설의 분위기를 결정한다. 잘만 쓴다면 묘사와 배경은 소설에서 가장 핵심적인 요소가 된다. 이야기를 든든하게 받쳐줄 토대가 된다.

지금까지 출간된 소설 중에서 시대와 장소를 완전히 바꿨을 때 원작만큼 감동을 주는 작품은 거의 없다. 물론 누군가가 『앵무새 죽이기』를 1980년대 캐나다의 노바스코샤를 배경으로 쓸 수 있다고 반박할 수도 있다. 만약 그곳에 어떤 차별이 있었다고 가정한다면 말이다. 차별은 수많은 시대와 무수한 장소에서 빈번히 일어난 일이므로 물론 그곳도 예외가 아닐 것이다. 그렇다면 노바스코샤를 배경으로 한 『앵무새 죽이기』는 앞서 나의 교수님이 말한 '초월적인 글'일 것이다. 이처럼 배경을 바꾸어도 이 소설이 살아남을 수 있을지는 알 수 없지만, 나는 지금 우리가 아는 『앵무새 죽이기』와 똑같은 소설은 결코 될 수 없으며 나아가 더 뛰어난 소설은 되지 못할 것이라고 확신한다. 『앵무새 죽이기』는 1930년대 초 미국의 남부 중에서도 가장 남쪽을 배경으로 펼쳐진다. 남부의 토양은 편협함이 물씬 풍기는, 낡은 집에 숨어 사는 괴팍한 사람들을 키워내기에 안성맞춤이었으므로 이 독특한 소설을 위한 완벽한 토대다.

소설에는 작가가 말하려는 이야기에 어울리는 풍성한 배경이 있어야 한다. 배경은 충분히 그럴듯하게 묘사되어야 하고, 독자가 소설을 읽으며 앉아 있는 방만큼이나 사실적으로 느껴져야 한다. 물론 이는 어려운 요구다. 그러나 조금이라도 독자의 관심을 끌기 위해서는 반드시 충족해야 하는 요구다.

이 책에서는 설명과 예문, 실전 연습을 통해 어떻게 사실적이고 그럴듯한 배경을 설정하고 또 독자가 몰입하게끔 묘사할 수 있는지 소개하려 한다. 좋은 묘사는 작가가 마음에 그렸던 모든 것을 독자에게 고스란히 보여준다.

기법과 문체, 배울 수 있을까?

소설 쓰기 수업을 시작하는 첫날 내가 학생들에게 언제나 맨 처음 하는 말이 있다. "창작은 기법과 문체(글투) 두 가지로 이루어진다." 이 말은 윌리엄 진서의 『글쓰기 생각 쓰기On Writing Well』에서 슬쩍 빌려온 것인데, 그가 별로 개의치 않기를 바란다. 작가들은 이러한 일에 무척 너그러우며 대체로 모두가 능숙한 도용꾼들이니까. 그다음으로 나는 학생들에게 창작 기법을 익히도록 도와줄 수 있다고 말한다. 여기서 기법은 마술사의 모자와 토끼처럼 독자의 관심을 끌고 때로는 독자를 속일 수 있는 다양한 마술 도구를 말한다.

그러나 문체, 즉 문장의 개성적인 특색을 배우는 데는 내 수업이 아무 도움이 못 될 거라고 솔직히 말한다. 실을 잣는 데는 온전히 자신만의 방식이 있기 때문이다. 학생들 스스로 자신만의 문체를 찾아 이것저것 시도해봐야 한다. 학생들에게 올바른 방향을 가리켜주고, 다른 작가들의 문체를 예시로 보여주고, 그들이 아직 자신의 문체를 찾아내지 못했다고 지적해줄 수는 있다. 그러나 문체를 찾는 일을 누군가 대신할 수는 없다.

묘사와 배경은 기법과 문체 둘 다에 단단하게 뿌리를 두고 있다. 이야기를 살아 있게 만드는 세심한 붓놀림, 모자라지도 지나치지도 않게 균형을 잡는 정교한 외줄 타기, 평범한 독자들이 무리 없이 이야기를 받아들일 수 있는 신중한 장소 선택…… 이 모든 것을 해내 까다로운 독자들의 선택을 받으려면 작가의 도구 상자에 다양한 도구가 갖춰져 있어야 한다. 작가의 도구 상자 안에는 은유, 직유, 문장과 문단의 길이 변화, 의성어, 암시, 회상 등 많은 도구가 들어 있다. 필요할 때 도구를 하나씩 집어 들어 자신만의 문체로 써야 하다.

문체는 가르쳐줄 수 없지만, 소설 쓰기 수업과 작법서를 통해 어느 정도 '배울' 수는 있다. 작가가 문체를 찾는 과정은 금 세공사가 용광로에서 금을 단련하는 과정과 비교할 수 있다. 문체를 찾는 일이란 스토리텔링의 기본기를 연마하고, 자신만의 문체를 '찾아낸' 재능 있는 작가들의 다양한 작품을 읽고, 뛰어난 글짓기 즉 단어와 구절을 신중히 선택하는 과정이기 때문이다.

기법, 구성, 집필의 3요소

앞으로 각 장에서 효과적인 글쓰기를 위해 소설을 떠받치고 있는 다양한 관습적 규칙과 장치를 알아보고(기법), 노련한 작가들이 어떻게 묘사하고 배경을 설정하는지(구성) 낱낱이 분석할 것이다. 그리고 뛰어난 소설을 쓰기 위해 필요한 개요를 작성하고 글을 쓰고 세밀하게 다듬는 법(집필)을 알아볼 것이다.

먼저 몇 가지 기본 원칙을 살펴보자. 이제부터는 기법과 문체를 별개로 여기기보다는 하나로 볼 것이다. 도구나 도구 사용법은 결국 같은 주제고, 둘 다 소설 속에 끊임없이 녹아들어야 하는 요소기 때문이다. 묘사와 배경이라는 두 가지 주제도 마찬가지다. 하나가 다른 하나에 전적으로 의존하므로 둘을 분리해 생각하거나 처리하는 건 전혀 도움이 되지 않는다. 그런 이유로 이 책에서는 묘사와 배경을 따로 다루지 않을 것이다. 이 두 가지는 소설 쓰기에서 함께 다루어져야 하므로 한 가지 주제로 보기로 하자.

배경을 묘사할 때 자신만의 문체를 찾아내고 다듬는 일은 홀로 배의 키를 잡고 나아가는 단독 항해와 같다. 그러나 주어진 여러 도구를 충분히 써서 소설을 다듬고 또 다른 작가들이 도구를 어떻게 쓰는지 주의 깊게 관찰한다면, 마침내 『모비딕Moby Dick』에서 에이해브 선장이 찾아다니던 고래가 수평선 위로 치솟아 오르듯 자신만의 문체가 드러날 것이다. 그리고 노를 저어 가까이 갈수록 더욱 분명해질 것이다. 하지만 그렇게 되기까지는 에이해브 선장이 겪은 만큼 고난을 견뎌내야 할 수도 있다.

글쓰기는 어느 모로 보나 어려운 일이며 항상 즐겁기만 한 일이 아니다. 외로운 일이며 때로 좌절감을 안긴다. 미국 남부 출신의 여성 작가 플래너리 오코너로부터 첫 번째 작은 지혜를 얻자. 오코너는 『미스터리와 양식Mystery and Manners』에서 말한다. "소설 쓰기를 현실로부터의 도피라고 사람들이 넌지시 말할 때마다 아주 화가 난다. 소설 쓰기는 현실 속으로 곤두박질하는 일이며 현실에 충격을 주는 일이다."

그러니 우리는 지금의 현실에 충격을 줄 준비를 해야 한다. 노력에 대한 보상을 받을 준비도 하자. 출판사로부터 받는 거액의 선인세, 전국적인 도서 홍보 행사, 방송 프로그램 출연 등을 말하는 게 아니다. 아직 이런 것들은 아무런 상관이 없다. 지금 우리가 꽤 오랜 시간에 걸쳐 몰입해야 하는 건 우리를 구제할 수도, 구제하지 못할 수도 있는 소설 창작이다. 그리고 내가 말하는 보상은 좀 더 근원적인 것이다. 몇 시간 동안 글을 쓴 후에 드는 개운한 기분과 자신의 방식으로 소설을 써냈다는 충만감, 그리고 독자에게 자신을 각인시켰다는 기분이다.

충분히 다듬어진 훌륭하고 명확한 소설, 그게 바로 우리가 지금 얻고자 하는 것이다. 표지의 제목 밑에 이름이 실리고 책 전체에 자신의 문체가 흐르는, 탄탄하게 잘 쓰인 한 편의 소설. 독자들이 책을 덮은 뒤에도 계속 생각나는 이야기와 인물을 우리는 바란다.

묘사와 배경은 이러한 소설을 쓰기 위한 필수 요소다. 어떤 이야기나 인물로 마술을 펼치기 전에 우리는 독자들이 소설 속 장소와 시대를 완전히 파악할 수 있게 해야 한다. 또 날씨는 어떤지, 사물들은 어떻게 생겼는지, 냄새는 어떤지, 분위기는 어떤지 알려야 한다. 이 모든 세부 사항이 소설 속 세계를 채운다.

독자를 배경 속에 들어오게 하려면

소설에서 묘사와 배경의 중요성은 자동차의 엔진과 같다. 핸들과 타이어를 비롯한 다른 장치도 물론 자동차에는 필수다. 이 장치들이 없다면 자동차는 제 기능을 못한다. 하지만 엔진이 없다면? 시동을 걸 수 없다. 소설도 마찬가지다. 독자가 소설 속 시대와 공간을 알기 전에는 이야기가 진짜 '시작'될 수 없다.

지금부터 소설의 배경 속으로 독자를 초대하는 방법을 잘 보여주는 다양한 예를 소개하겠다. 이를 통해 독자를 매혹하는 최고의 방법을 찾고 원하는 배경을 만들자.

지형 보여주기

처음 몇 문장에서 독자에게 배경을 내동댕이치듯 던져주는 것은 바람직한 방법이 아니다. 독자의 마음에 그려 넣는 첫 이미지는 엄청나게 중요하다. 독자는 이를 통해 소설 속 이야기와 문체를 처음 경험하기 때문이다. 즉, 처음 등장하는 이미지는 소설의 첫인상을 좌우한다.

만약 첫 문단에 집이나 도시의 거리 등이 직접적으로 묘사되는데 그곳에서 아무 일도 일어나지 않는다면 독자는 이후에도 별다른 일이 있을 거라고 기대하지 않는다. 물론 절대 이렇게 쓰면 안 된다거나 아무 효과가 없다는 뜻은 아니다.

존 스타인벡의 『에덴의 동쪽East of Eden』 첫 문단을 살펴보자.

살리나스 계곡은 캘리포니아주 북부에 있다. 두 줄기의 산맥 사이에 있는 길고 좁은 습지대인데, 살리나스강이 그 가운데를 구불구불 돌아서 마침내 몬터레이만으로 흘러든다.

이 부분은 보여주기보다는 말하기에 가깝다(이 주제에 대해서는 4장에서 다룰 것이다). 이 소설의 작가는 장소 자체가 이 이야기와 화자에게 중요하다는 점을 재빠르게 전달한다. 화자나 다른 인물이 나오기 전에 장소가 먼저 나왔다는 것에 주목하자. 이 소설에서 장소가 그만큼 중요하다는 뜻이다.

볼리비아를 배경으로 소설을 쓰려는 초보 작가에게 그 나라의 지형과 기후, 국민총생산을 묘사하는 것으로 시작하라고 한다면 나쁜 충고가 될 것이다. 만약 그렇게 글을 시작했다간 한 늙은 농장주가 자신의 아들과 사랑에 빠진 가난하고 어여쁜 처녀에게 눈독 들이는 이야기의 소설이 아니라 볼리비아에 관한 보고서로 끝날 수 있다. 작가가 하고 싶은 이야기를 소설에 다 담아낸다 해도, 결국 독자의 마음속에는 약간의 지리적 정보만 남기 십상이다. 이를 극복하기는 생각보다 어렵다.

그렇다면 『에덴의 동쪽』의 작가는 이 문제를 어떻게 벗어날 수 있었을까? 이 소설의 첫 두 문장은 아주 효과적이다. 작가가 자신이 쓰려는 소설의 목적과 어떻게 그 목적을 이루고 싶은지를 잘 알고 있었기 때문이다. 그는 지형이 자신의 소설에서 살아 숨쉬는 또 하나의 인물이며 다른 인물들만큼이나 중요하다는 것을 알고 있었다. 다음 문단을 보자.

나는 어린 시절에 보았던 온갖 풀과 신비한 꽃의 이름을 아직 기억한다. 두꺼비가 어디에 사는지, 여름에 새들이 언제 깨어나는지—나무와 계절의 냄새가 어떤지—사람들의 생김새며 걸음걸이며 냄새까지도 기억한다. 냄새에 대한 기억은 무척 선명하다.

드디어 우리 앞에 화자가 등장하고, 그는 주위를 둘러보며 이야기를 시작한다.

이러한 이유로 글쓰기 기술이 아직 미숙한 초보 작가에게 농촌의 지형을 묘사하는 것으로 소설을 시작하라고 권하지는 않지만 절대 그러지 말라고는 하지 않는다는 것이다.

작가라면 자신이 원하는 곳으로 정확히 독자를 데려가야 하며, 자신이 보여주고 싶은 모습을 정확히 독자에게 보여줘야 한다. 다시 말해 독자가 봐야 할 것을 반드시 보게 만들어 독자의 마음속에 배경이 확실히 자리 잡게 해야 한다. 만약 배경이 소설에서 핵심적인 역할을 한다면(거의 그럴 테지만) 더욱더 그렇다. 그러나 다른 요소들을 고려하기 전까지는 섣불리 결정하지 말자.

세부 사항 이용하기

돈 드릴로의 소설 『지하 세계Underworld』는 1951년에 있었던 브루클린 다저스와 뉴욕 자이언츠의 유명한 야구 경기로 시작한다.

그는 미국인, 당신의 목소리로 말하며, 눈에 절반쯤 희망의 빛을 반짝이고 있다.

독자들은 아직 '그'가 누구인지 모른다. 왜 그의 눈이 반짝이는지 그리고 왜 절반쯤 희망적인지 모른다. 또한 아직 그가 있는 곳이 유명한 야구 경기장인지도(물론 야구 경기를 하는 중인지조차) 모른다. 그러나 독자들은 '당신의'에서 화자가 자신에게 직접 이야기를 건네고 있다고 여긴다.

이 소설의 작가는 이어지는 50여 쪽에서 현재 시제로 이 경기를 묘사하며 독자를 오래전의 어느 흐린 날 오후로 데리고 가 폴로그라운드(뉴욕 자이언츠의 홈구장)의 관중석 구석에 털썩 주저앉힌다. 또한 이 부분을 풍성한 세부 사항으로 가득 채우는데, 바로 이 세부 사항들이 50년 후로 설정된 이 소설의 더 큰 그림을 위한 바탕이 되어 다음 800여 쪽의 이야기를 이끈다.

관중들이 좌익 외야의 양쪽 관람석에서 몸을 앞으로 쭉 빼며 서 있고, 몇몇은 펜스 너머로 찢어진 경기 성적표와 종이 성냥갑 조각을 내던진다. 구겨진 종이컵, 핫도그를 쌌던 작은 기름종이, 며칠 동안 주머니 안에서 눌려 있던 세균이 우글거리는 휴지 등 온갖 것이 파프코에게 날아든다.

톰슨은 천천히 달려 1루 베이스를 멋지게 밟은 후 계속 달릴 기세다.

파프코는 날렵하게 콕스에게 송구하고 (……)

콕스는 모자 아래로 흘깃 쳐다보고는 공을 사이드스로로 로빈슨에게 송구한다.

메이스를 보니 그 사이에 배트를 땅바닥에 끌면서 플레이트로 걸어 나온다.

로빈슨은 공을 잡아 2루 베이스에서 1.5미터가량 떨어져 있는 톰슨을 향해 던진다.

관중들은 파프코의 발밑에 떨어진 종이들이 어깨를 스쳐가거나 모자에 들러붙기를 바란다. 하지만 관중석 펜스는 높이가 5미터나 되어서 아무리 허리를 굽혀 손을 뻗어도 그에게 닿을 수 없어 관중들은 종이 세례로 만족해야 한다.

더그아웃 계단을 보니 듀로서 감독은 맥줏집 리오, 청소부, 갈리아 전쟁에서 방금 돌아온 듯한 얼굴로……

이제 이 작가가 여기에서 무엇을 말하려는지 알아보자. 소설의 첫 문장에서 독자를 호명하고 나서("그는 미국인, 당신의 목소리로 말하며") 작가는 벌어지는 일을 계속해서 보여준다. 스탠드의 관중들, 선수들의 버릇, 핫도그를 싼 종이의 질감 등등. 작가는 독자들에게 보여주고 싶은 모든 방향을 가리키고 있다. "메이스를 보니." "더그아웃 계단을 보니."

다음 몇 쪽에 걸쳐 훌륭한 묘사를 이어가면서 작가는 야구 경기를 보러온 몇몇 인물 위를 맴돈다. "당신의 목소리로 말하며, 눈에 절반쯤 희망의 빛을 반짝"이는 어린 소년은 입장권이 없어 몰래 숨어 들어왔기에 몹시 불안하고 조마조마하다. 소년에게 땅콩과 음료수를 사준 옆자리 사업가의 "깔끔하게 면도하고 머리는 브라일 크림을 발라 반지르르하게 뒤로 넘긴 채 격식을 차리지 않는 모습에 소년 코터는 영화 속에서 본 소도시 사람을 연상한다."

그러다 갑자기 시선이 중계자와 함께 라디오 중계석 안으로 들어간다. 그러고 나서 이 문단에는 뉴욕의 여러 마을을 한참이나 가로질러 집과 술집, 가게에 있는 사람들이 나오는데 모두들 야구 중계를 듣고 있다. 그리고 다시 야구장 관중석으로 돌아와 귀빈석의 네 사람을 보여준다. 프랭크 시나트라, 재키 글리슨, 투츠 쇼, 제이 에드거 후버다. 모두 TV나 신문을 통해 독자들이 알고 있는 유명인들이다.

글리슨은 TV 쇼의 리허설을 슬쩍 빼먹고 야구장에 와 있는데, 이번 주에 방송할 「신혼 여행객들」이라는 새 코미디 프로그램의 대사 리허설을 하기로 되어 있었다. 후버는 경기가 진행되는 동안 러시아가 전혀 예상치 못한 시기에 원자 폭탄을 투하했다는 사실을 알게 된다. 이 두 사람의 일화는 야구 경기와 폴로그라운드보다 더 넓고 큰 세계와 시대로 독자를 데려가는 역할을 한다. 이후 소설은 작은 일이 커다란 일과 부딪치며 펼쳐진다.

이 모든 인물(독자가 전혀 모르는 인물들과 독자가 이미 특정한 이미지로 알고 있는 인물들)이 서로 이야기하며 함께 웃고 맥주를 마시며 땅콩을 먹고 있다. 그리고 독자는 솜씨 좋은 작가 덕분에 그 자리에 그들과 함께 있게 된다.

시나트라, 글리슨, 쇼, 후버는 이제 모두 고인이 되었다. 그러나 여기에서는 모두 다 살아서 숨을 쉰다. 그들이 느슨하게 풀어 놓은 넥타이들은 1950년대 초에 유행하던 것처럼 폭이 넓고 알록달록하다. 양복의 윗주머니에는 작은 손수건이 뾰족하게 꽂혀 있다. 손에는 거품 가득한 맥주잔이 들려 있다.

이렇게 세부 사항을 나열하는 건 독자를 소설로 끌어들이는 좋은 방식이다. 또한 독자의 머릿속에 사소한 질감, 모양까지 세세히 그리며 사진처럼 선명한 이미지를 심어준다(이런 세부 사항을 찾는 방법은 2장을, 세부 사항을 보여주는 법은 4장을 참조하자).

작가로서 자신의 문체를 찾기 위한 세 가지 요소 즉 기법, 구성, 집필로 다시 돌아가 보자. 『지하 세계』의 작가 드릴로는 다양한 문장 길이, 암시, 은유, 직유, 오감 등 자신의 도구 대부분을 사용하고 있다. 기법에서 그는 단연 최고다. 그는 아마도 수백 권, 어쩌면 그보다 훨씬 많은 소설을 읽었을 것이다. 대부분은 작가인 그에게 상당한 영향을 주었을 것이다. 그는 많은 소설을 읽으면서 자신에게 맞는 기술, 자신이 할 수 있는 기술, 절대로 써서는 '안 되는' 기술을 찾아냈을 것이다. 그리고 이 기술들을 연마하고, 구성을 짜고, 집필을 훌륭하게 해냄으로써, 그는 그만의 확실하고 편안한 문체로 독자가 800여 쪽을 더 읽고 싶게 만들었다.

앞서 다양한 글쓰기 방법과 기술(도구 상자의 도구들)에 대해 이야기했다. 『지하 세계』처럼 여러 문단 또는 여러 쪽에 걸쳐 세부 사항들이 이어질 때는 독자의 관심을 놓치지 않기 위해서 각별히 주의해야 한다. 따라서 은유와 직유에 강렬하고 재치 있는 형용사를 결합하는 게 좋다. 의성어를 적절히 쓰고 운율도 활용하자(뒤에 이 도구들에 대해 자세히 다룰 예정이다). 이 도구들은 글쓰기라는 건축에서 기본 재료인 벽돌과도 같다. 이 도구들 대부분이 교묘한 장치로 여겨질 수도 있다. 하지만 괜찮다. 앞의 예처럼 긴 단락을 써야 할 때 이 도구들은 독자를 계속 붙잡아두는 방법이 될 테니 말이다.

이 지점에서 우리는 순수소설(예술성을 추구하는 소설)과 대중소설(흥미 위주의 상업소설)의 차이를 짚어볼 필요가 있다. 이러한 구분은 일반적으로 쓰는데도(비록 경계가 모호한 경우가 많지만) 어떻게 구분하는지 정확히 모르는 경우가 많다.

묘사는 순수소설과 대중소설을 구분하는 데 중요한 역할을 한다. 순수소설의 독자들은 보통 긴 묘사를 더 많은 인내심을 가지고 읽는다. 이야기의 전개만큼이나 작가가 이야기를 풀어내는 방식에 관심이 있기 때문이다. 반면에 대중소설의 독자들은 무엇보다 현실로부터의 도피를 원한다. 이들은 재미를 원한다. 따라서 대중소설 작가는 독자가 세부 사항이 지나치다고 느낄 정도로 묘사를 많이 해서는 안 된다.

대중소설 작가는 지나치지 않게, 그러나 충분히 묘사해야 한다는 어려움을 겪는다. 최고의 해결책은 자신의 독자들이 어떤 유형인지 늘 떠올리며 군더더기를 가려내는 것이다. 전개에 도움이 되지 않는 것들은 모두 지워야 한다. 많은 작가가 훌륭하게 다듬은 몇 문단이나 완성된 장章 하나를 통째로 없앤다. 고심해서 쓰고 다듬은 글을 빼버린다는 게 결코 즐거운 일은 아니겠지만 그만큼 소설은 더 좋아진다.

또한 대중소설 작가는 자신이 쓰는 장르를 즐겨 읽는 지인들을 확보하는 게 좋다. 동호회에 가입하면 도움이 많이 된다. 이들에게 자신을 모르는 사람이라고 생각하면서 원고를 냉정하게 읽어봐 달라고 부탁하자. 이들의 의견은 묘사할 때 좋은 지침이 될 것이다.

독자들은 전당 대회에 참석한 당원처럼 자신이 순수소설을 좋아한다거나 대중소설을 좋아한다며 목청을 돋우지 않는다. 사실 아주 많은 독자가 두 가지를 모두 즐긴다. 그리고 많은 작가가 두 가지 소설을 다 쓴다.

감각적 묘사하기

소설에 다섯 가지 감각, 즉 오감을 사용하는 구체적인 방법에 대해서는 5장에서 자세히 다룰 것이다. 여기서는 먼저 이 접근법이 어떻게 소설을 이끄는 좋은 도구가 될 수 있는지 살펴보자.

마거릿 조지는 소설 『나, 클레오파트라 The Memoirs of Cleopatra』를 이렇게 시작한다.

> 따스함. 바람. 춤추는 푸른 물 그리고 파도 소리. 나는 이 모든 것을 아직도 보고, 듣고, 느낄 수 있다. 안개처럼 뽀얀 물보라가 내 입술에 닿을 때 느껴지던 소금의 톡 쏘는 맛까지. 이것들보다 더 생생한 건 내 코에 닿은 어머니 몸에서 나는 나른하고 은은한 냄새다. 어머니가 나를 가슴에 안은 채 손바닥으로 이마를 가려 햇볕으로부터 눈을 보호해주신다. 배는 잔잔하게 흔들리고, 어머니 또한 나를 살랑살랑 흔들고 있어 나는 두 개의 리듬에 맞춰 흔들린다. 졸음에 겨운 나를 바다의 일렁대는 소리가 담요처럼 포근히 감싼다. 나는 사랑과 세심한 보호에 안락을 느낀다. 나는 기억한다. 기억한다.

이 문단은 순전히 감각적 묘사로 이어진다. 독자는 배가 떠 있는 바다나 장소를 알기 전에 이곳의 느낌과 냄새 그리고 풍경을 먼저 알게 된다. 또한 화자가 누구인지 알기 전에(물론 책 제목에 분명히 나오지만) 주인공의 어린 시절 기억을 알게 된다. 그리고 화자와 함께 가볍게 흔들리면서 물방울이 튀어 오르고 배가 흔들리는 것을 경험한다. 그러고 나서 소설 속으로 부드럽게 이끄는 문체가 드러난다.

감각적 묘사는 독자를 소설 속으로 끌어들이기에 좋은 방법이다. 감각적 묘사를 섬세하게 구사해 독자가 소설 속에서 어떤 일이 벌어지는지 아는 데서 나아가 이를 느끼고, 맛보고, 만지고, 들을 수 있다면 소설의 시작은 한층 돋보일 것이다. 사실 이는 작가 지망생들이 써먹기에 가장 좋은 방법 중 하나다. 사물의 소리, 모양, 느낌, 냄새, 맛을 묘사하는 일은 초보자가 소설을 가장 쉽게 시작하는 방법이기 때문이다.

분위기 설정하기

분위기tone는 소설 전반에 흐르는 태도attitude나 감정mood으로, 진지한 소설이 될지 아니면 장난스러운 소설이 될지를 일찌감치 결정한다. 웃긴가 또는 슬픈가? 엄숙한가? 친근한가? 무거운가 또는 가벼운가? 원하는 대로 분위기를 설정하려면 전체적인 묘사로 시작해 구체적인 배경 묘사로 나아가는 게 좋다.

스타인벡은 『에덴의 동쪽』의 첫 문장에서 꾸물거리지 않고 직접적으로 소설의 분위기를 드러낸다. 산은 여기에 있고 강은 저기에 있다면서 우리가 있는 곳을 말하고 그곳의 지형을 설명한다. 드릴로는 『지하 세계』에서 마치 악기를 조율하듯 분위기를 설정하는데, 모든 세부 사항을 완벽하게 펼쳐 독자를 그 속으로 끌어들인다. 조지의 『나, 클레오파트라』 속 분위기는 평화롭다 못해 졸음에 겹다. 그러면서도 조지는 독자를 잠에서 깨우는 대신 조심스레 자신이 원하는 곳으로 데려간다.

이제 잭 피니가 『밤의 사람들The Night People』을 어떻게 시작하는지 살펴보자.

암흑에 싸인 샌프란시스코만을 가로지르는 그 거대한 다리는 마치 연극 무대처럼 보였다. 한밤중이라 다니는 차도 없는 데다가 좁은 오렌지색 다리는 아무런 움직임도 없어 가짜처럼 느껴졌다. 다리 중앙에는 상판을 지지하는 거대한 케이블이 다리에 거의 닿을 만큼 불빛 속에 잠겨 있었다. 바로 그 다리 난간에 두 남자가 서서 캄캄한 태평양을 바라보고 있었는데, 거기에 온 목적인 바로 그 일을 준비하고 있었다.

이 시작 부분은 밤이지만 전혀 몽환적이지 않다. 아무 걱정 없이 편히 이야기 속으로 들어갈 수가 없다. 하늘도 캄캄하고, 바다도 캄캄하다. 샌프란시스코만도 캄캄하다. 다리는 육중하며 인적이 끊기고, 다리를 지지하는 케이블은 거대하다. 두 남자는 배경에 압도되지만 그들에게는 임무가 있다. 우리는 아직 그들이 하려는 일이 무엇인지 그리고 왜 하려는지 알지 못한다. 그러나 분위기는 정해졌다. 셜록 홈스가 왓슨에게 중얼거리곤 했듯, 게임은 시작되었다.

순수소설에서 분위기는 소설 전체에 흐르는 감정을 가리킨다. 만약 어떤 소설이 무대 위에서 공연된다고 한다면 이때 분위기는 배경(막), 무대장치, 조명의 조화를 통해 드러날 것이다. 『밤의 사람들』 시작 부분의 주요 분위기는 음울하고 미스터리하며 약간 오싹하기까지 하다. 여기까지만 보면 에드거 앨런 포의 소설로 볼 수 있을 정도다. 그리고 이 음울함이 바로 작가가 원했던, 소설 속 모험이 시작될 때 독자가 느끼길 바란 분위기다.

시작 부분을 쓸 때는 전체적인 감정이나 느낌에 세심하게 신경 써야 하고, 첫 문장에 특히 분위기를 드러낼 수 있는 요소를 넣어야 한다. 모든 형용사와 이미지를 신중하게 선택하자. 사실 모든 단어는 하나하나 신중하고 정확하게 골라야 한다.

소설을 관통하는 묘사와 배경

소설의 시작 부분을 어떻게 써야 할지 예를 통해 볼 때는 특히 조심해야 한다. 배경에 대한 세밀한 묘사가 낚싯바늘에 꿰인 먹음직스러운 미끼처럼 소설의 첫 한두 쪽에서만 중요하다고 생각하게 만들 위험이 있기 때문이다. 그러나 시대와 공간 묘사는 소설 전체에서 계속되어야 한다. 작가는 쉼 없는 묘사를 통해 독자의 마음에 끊임없이 그림을 그려 넣어야 한다.

단편소설에서 묘사와 배경이 짊어지는 부담은 엄청나다. 모든 것을 많지 않은 쪽수 안에서 분명하고 간결하게 전달해야 하기 때문이다. 반면 수백 쪽 또는 그 이상의 분량인 장편소설에서는 단편소설과 달리 묘사와 배경의 역할이 다양하다. 장편소설의 인물들은 큰 변화를 겪으며 이들의 모험담은 때로 다양한 장소에서 펼쳐진다. 그리고 묘사는 첫 문단에서만큼 내내 강렬하고 효과적이어야 한다.

애니 프루의 소설 『시핑 뉴스The Shipping News』의 중간 부분을 보자.

바닷가 쪽으로 비스듬히 기울어진 언덕, 비죽배죽한 말뚝, 그리고 길을 향해 커다란 전망창을 낸 데니스의 남청색 집. 쿼일은 안으로 가기 전에 셔츠에서 펜을 꺼내 자동차 계기판에 올려놓았다. 펜이 거추장스러웠기 때문이다. 그 문을 열면 부엌이 나온다. 쿼일은 뱅 돌아 올라서서 아이들을 찾았다. 거실에는 뚱뚱한 두 여자가 양치 덤불 옆에 앉아 있는 빛바랜 사진이 벽에 걸려 있었고, 그 아래에서 데니스가 표범무늬 소파에 웅크리고 앉아 어업 뉴스를 보고 있었다. 그의 양쪽으로 무지개 모양과 정사각형 모양의 레이스 쿠션이 있었다. 집에 있는 카펜터.

이 글은 세부 사항이 풍성하다. 이 소설은 뉴펀들랜드에서 벌어지는 이야기로, 〈비티의 부엌〉이라는 제목이 붙은 이 16장은 독특하기 이를 데 없는 어떤 방에서 벌어진다. 올라서서 찾아야 하는 아이들, 기묘한 장면을 찍은 빛바랜 사진, 전혀 어울리지 않는 소파 쿠션들. 나중에는 수도꼭지가 주전자 안에 물을 쏟아내는 소리가 들린다. 후덥지근한 방에 빵 굽는 냄새와 발효 냄새가 진동한다. 한 아이가 베이크베리잼을 빵에 발라 먹는 모습이 보인다.

'독자도 현장에 있어야 한다.' 이 문장을 모니터 위에 붙여놓거나 머릿속에 새겨놓자. 작가는 분명 현장에 있어야 한다. 작가가 현장의 요소들을 속속들이 알지 못하면 인물을 배경 속에서 자유롭게 돌아다니게 만들 수 없다. 하지만 독자 역시 배경을 분명하게 알고 있어야 한다. 작가는 독자를 배경 속으로 데려가야 한다.

앞서 본 『시핑 뉴스』의 마지막 문장은 미완성으로 끝난다. 사실 이 작가의 가장 강렬한 묘사는 소설 전반에 등장하는 이 미완성 문장들에서 나타난다. 이쯤에서 맞춤법에 관해 한 가지 짚고 넘어가자. 가끔은 맞춤법을 몇 개쯤 어긋나게 하는 게 효과적일 때가 있다. 초등학교 때부터 귀에 못이 박히도록 들어온 절대 규율을 깨는 재미 말고 미완성 문장에 어떤 효과가 있느냐고? 미완성 문장은 최고의 강조법이 될 수 있다. 눈에 잘 띄므로 무언가를 두드러지게 하고 싶을 때 꽤 효과가 있다. 참고로 『시핑 뉴스』는 미완성 문장을 거침없이 썼는데도 전미도서상과 퓰리처상을 모두 수상했다. 이번 장은 이것으로 끝.

날씨 묘사

소설의 분위기를 설정할 때 날씨를 이용하면 효과적이다. 바깥 날씨가 인물의 '내면'과 플롯을 반영하는 경우는 훌륭한 소설에서 흔히 찾아볼 수 있다.

- 『리어 왕King Lear』: 리어 왕이 "바람아 불어라. 불어서 너의 뺨을 찢어버려라!"라고 독백하는 동안 성난 폭풍우가 몰아친다.
- 윌리엄 포크너의 작품에서 습하고 무더운 여름날은 인물들의 나태하고 무관심한 태도를 반영한다.
- 『샤이닝The Shining』에서 눈보라가 주는 절망과 절박함은 주요 인물들이 점점 미쳐가는 상황의 배경이 된다.
- 『이선 프롬Ethan Frome』은 유머와 희망, 동경을 담고 있지만 소설의 배경인 뉴잉글랜드 지방의 추운 겨울처럼 황량하고 삭막한 감정에서 벗어나지 못한다.
- 『폭풍의 언덕Wuthering Heights』에서 히스클리프는 자신이 헤매고 다닌 황무지만큼이나 음울하다.
- 플로리다 항구의 느긋하고 화창한 햇볕 같은 생활은 『딥 블루 굿바이The Deep Blue Good-Bye』의 화자인 트레비스 맥기의 태평스럽지만 가끔은 거칠어지는 목소리를 반영한다.

날씨는 때로 작가의 감정도 좌우한다("비 오는 월요일은 언제나 우울해요"라는 노랫말처럼). 그러니 날씨가 소설까지도 좌우할 수 있게 해보자.

마무리: 독자를 초대하는 마법

어떤 소설이 좋은 작품이라면 그건 작가가 최선을 다해 열심히 썼기 때문이다. 누군가가 어느 작가의 문장이 무척이나 사실적이고 막힘이 없어 물 흐르듯 자연스럽게 나온 게 분명하다고 장담을 한다면? 나는 두말없이 틀렸다고 할 것이다.

창작에 관한 유일하지만 잔인한 진실은, 문장은 절대로 저절로 흘러나오지 않는다는 것이다. 작가는 모든 문장과 끙끙대며 씨름하고 몇 번이고 고쳐 써서 마침내 완성한 문장이 독자의 눈에는 아무 힘도 들이지 않고 저절로 흘러나온 듯 보이게 해야 한다. 나이 든 할머니가 마루에 앉아 털실을 감고 있는 것처럼 쉽고 편안해 보여야 하며, 단지에서 주르륵 흘러나오는 꿀처럼 매끄러워야 한다.

다시 말해 작가는 마술 같은 솜씨를 부려야 한다.

마술 같은 솜씨는 다른 부분에서도 필요하다. 앞서 "좋은 글은 시간과 장소를 초월한다"고 한 것을 기억하는가? 그 장소에 가본 적이 없고, 그 시대에 살아본 적도 없으며, 어쩌면 그 장소가 있다는 것조차 모르는 독자의 관심을 끌기 위해서는 마술 같은 힘이 필요하다. 오코너의 말을 다시 들어보자. "작가는 시대와 장소 그리고 영원불멸의 진리가 만나는 특별한 교차로에서 작업한다. 작가가 풀어야 할 숙제는 바로 그 지점을 찾아내는 일이다."

이때 정말로 어려운 점은 영원불멸의 진리에 관한 부분이다. 바로 여기가 마술이 필요한 지점이다. 오코너가 이야기하는 영원불멸의 진리는 우리 사회를 하나로 계속 묶기 위해 근본적으로 필요한 공통성을 가리킨다. 공통의 가치, 공통의 언어, 공통의 경험 등이 있어야 독자들은 수백 년의 시간과 수천 킬로미터의 거리를 뛰어넘어 소설을 이해하고 즐길 수 있다.

적절한 묘사 그리고 적절한 시대와 공간 설정은 독자가 소설에 가까워지도록 도와준다. 뛰어난 묘사와 신중하게 설정한 배경은 독자를 그 배경 안에 '있고 싶게' 만든다. 세밀하게 잘 다듬은 글은 독자가 그 배경에 자리 잡고 오랫동안 머물고 싶게 한다. 나아가 소설 속 인물이 처한 상황과 이 인물이 어떻게 도덕적 곤경에 빠지고 또 벗어나는지 궁금하게 만든다. 또한 인물들이 어떤 놀라움을 줄지 또는 어떤 나쁜 짓을 벌일지 호기심을 일으킨다. 이렇듯 훌륭한 묘사와 그럴듯한 배경이 있다면 독자는 무대에서 멀리 떨어진 뒷줄 가장자리가 아닌, 앞줄 한가운데 자리에 앉아 소설을 감상하게 된다.

독자가 그저 잠시 앉았다 갈지 아니면 그 자리에 머무를지는 작가가 그들을 어떻게 초대하는지에 따라 결정된다. 즉 먼저 뛰어나고 선명한 글로 독자를 끌어들일 수 있어야 한다. 우리가 이 장에서 예로 살펴본 소설들의 시작이 어떠한지 곰곰이 생각해보자. 이들 작가는 저마다 독특한 형식과 배경 그리고 자신만의 문체를 갖고 있다. 다만 그들의 소설은 독자가 차에 기꺼이 올라타 작가를 따라가고 싶을 정도로 매우 공들여 쓰였다는 점이 공통점이다.

소설가는 시인보다 더 은근해야 한다. 시인은 로버트 프로스

트의 시선집에 대개 첫 시로 등장하는 「목장Pasture」만큼이나 독자
를 노골적으로 초대해도 된다.

목장의 샘을 치러 나가렵니다.
그저 나뭇잎만 건져낼 거예요.
(그리고 물이 맑아질 때까지 기다릴지도 모르죠.)
오래 안 걸릴 거예요. 같이 가실까요.

"같이 가실까요." 이게 바로 우리가 쓴 소설이 독자에게 건네
야 하는 말이다. 작가는 사건, 인물, 자신만의 문체로 독자가 따라
오지 않고는 못 배기게 만들어야 한다. 독자가 소설을 끝까지 읽
게 할 수 있는 가장 좋은 방법이 바로 묘사와 배경에 있다.

이 책에서 우리는 묘사와 배경이라는 마술을 펼칠 수 있는 다
양한 방법을 살펴볼 것이다. 기법과 장치, 때로는 노골적인 속임
수까지. 이 모든 방법을 통해 독자를 묘사에 깊이 빠져들거나 배
경을 진짜처럼 느끼게 만들 수 있다. 그리하여 독자의 귀에 초대
의 말을 속삭일 수 있다. "같이 가실까요."

세부 사항을 이용하는 방법을 간략히 연습해보자. 앞에 소개한 『지하세계』를 다시 보자. 돈 드릴로는 수많은 세부 사항을 하나하나 쌓아올려 독자들을 배경에 안착시킨다. 아마도 드릴로는 자신이 쓸 세부 사항 목록을 미리 만들어놓았을 것이다. 그리고 이 목록에는 실제 이용한 것보다 훨씬 많은 항목이 있었을 것이다.

아래의 주제 중 하나 이상을 골라 이를 잘 묘사하기 위한 세부 사항을 10개 적어 목록으로 만들자.

- 치과에 가기
- 대중교통 타기(버스, 기차, 지하철)
- 번잡한 도시의 거리
- 농장
- 토요일의 집안일

세부 사항을 그저 단순히 사실을 서술하는 문장 말고 다른 문장에도 사용할 수 있는지 생각해보자. 그런 후에 목록에서 세부 사항을 한두 개 골라 독자들이 생생하게 느낄 만한 문장을 하나 써보자.

앞서 소개한 『나, 클레오파트라』를 다시 보자. 작가가 한 장면 안에서 어떻게 오감을 다 전하는지 살펴보자. 작가가 이 문단을 쓰기 전에 만들었을 세부 사항 목록을 상상해보자.

이제 아래의 주제 중 하나를 골라 그에 맞는 오감 목록을 만든다. 목록을 만들 때는 감각별로 쓸 수 있는 묘사를 적을 수 있도록 옆을 비운다. 그리고 감각마다 적어도 하나씩 예를 적는다.

물론 이 목록은 너무나 진부해 보일 것이다. 하지만 훌륭한 작가라면 똑같은 주제를 완전히 다른 방향에서 접근할 수도 있다. 이번에는 세부 사항이나 사물을 떠올리는 대신 오감에만 집중하자.

- 치과에 가기
- 대중교통 타기(버스, 기차, 지하철)
- 번잡한 도시의 거리

- 농장
- 토요일의 집안일

실전 연습 03

좋아하는 소설을 다섯 편 떠올리고, 전반적인 감정이나 분위기를 전할 수 있는 몇몇 단어를(하나만이라도) 목록으로 각각 만들어보자. 감정은 물론 내내 변할 테지만 각 소설을 주도하는 분위기는 하나 집어낼 수 있어야 한다.

목록을 완성하고 나면 이 소설들을 펼쳐 작가가 어떤 식으로 분위기를 설정하는지 보자. 이 작업은 분명히 흥미롭고 유익할 것이다.

자신이 쓴 소설을 보고 어떻게 배경을 설정하고 있는지 살펴보자. 이 장에서 설명한 방법(지형 보여주기, 세부 사항 이용하기, 감각적 묘사하기 등) 가운데 하나 또는 여러 개를 이용했을 것이다. 이제 다른 전략을 써서 배경을 설정해보고 어느 방법이 가장 효과적인지 알아보자.

2장 —————————————— 세부 사항:
어떻게
수집할까?

작가에게 이 세상은 수많은 '어쩌면'으로 이루어져 있다.
그리고 이 모든 건 세부 사항 안에 존재한다.

야구장에 한 번이라도 가본 적이 있다면 '헤드업Heads Up'이란 말을 바로 이해할 것이다. 야구팬에게는 '배터업'이나 '여기 핫도그 두 개'처럼 즉시 알아들을 수 있는 말이다. 헤드업은 주의를 주기 위한 짧고 분명한 표현으로, 야구 경기에서 스윙하는 순간 턱이 들리고 머리가 위로 향하는 동작을 말한다. 공이 제대로 보이지 않으니 정확한 타격을 기대할 수 없다. 따라서 공을 끝까지 잘 보라는 뜻이다. 그리고 만약 공이 날아오고 있다면 잘 피해서 미사일의 속도로 날아오는 공에 머리를 맞지 않도록 조심하라는 경고의 말이기도 하다.

작가에게 헤드업은 야구장에서보다는 덜 위험하지만 그렇다고 덜 중요한 말은 아니다. 작가는 자신을 향해 무언가가 계속 날아오는 상황이 아니더라도 고개를 들어 끊임없이 주변을 살펴야 한다. 작가에게는 무언가가 언제나 다가오고 있기 때문이다. 그러니 한순간도 방심해서는 안 된다. 좋은 작가가 되기 위해서는 악착같이 달려들어 세부 사항 한 톨도 남기지 않고 거둬들이는 농부가 되어야 한다. 좀 격하게 표현하자면 싹쓸이를 해야 한다. 가장 뛰어난 대화는 슈퍼마켓 계산대에서 바로 뒤에 서 있던 사람의 말일 수도 있고, 은행 창구 직원에게 들은 말일 수도 있으며, 또는 엿들으려 하지 않았지만 식당의 옆 테이블에서 들려온 이야기일 수도 있다. 이렇게 모은 세부 사항을 꼬박꼬박 적어두자. 수첩이 있다면 좋겠지만 냅킨이나 영수증 또는 명함에 적어도 상관없다. 주변에서 벌어지는 사소한 일들을 긁어모아 소설에 조심스럽게 배치해야 한다. 정원의 담장을 쌓기 위해 딱 들어맞는 돌을 제자리에 고이듯이 말이다.

몰리 캘러헌은 『파리의 그 여름That Summer in Paris』에서 어떤 기억에 대해 이야기한다. 자신의 아파트에 온 F. 스콧 피츠제럴드가 세탁한 손수건들을 빨리 말리려 유리창에 펼쳐 붙여놓은 모습을 보고 흥미를 느꼈다는 것이다. 피츠제럴드는 캘러헌의 아내가 손수건을 유리창에서 벗겨 개는 것을 보고는 자신도 해볼 수 있는지 물었다. 피츠제럴드의 반응을 캘러헌은 이렇게 기억하고 있다.

여자들은 종종 이렇게 하나? 그가 물었다. 너무나 간단하고 멋진 방법이군! 아, 그는 분명히 이걸 소설에 써먹을 것이다. 매일매일 소설에 쓰기 위해 이처럼 신선하고 사소한 세부 사항을 찾아다닌다고 했으니까.

"신선하고 사소한 세부 사항." 이게 바로 우리가 찾아다녀야 할 것들이다. 이렇게 신선하고 사소한 세부 사항들이 한데 어우러져 결국 독자를 소설 속으로 이끌기 때문이다.

이 장에서 우리는 세상에서 벌어지는 모든 일에서 훨씬 더 치밀하게 세부 사항을 수집하는 방법을 살펴볼 것이다. 이를 통해 배경을 설정하고 묘사할 때 주변을 둘러보고 훨씬 더 많은 세부 사항을 쓸 수 있다.

저장고를 만들자

모든 것을 확대해서 들여다보기 시작하면 앞으로 다 쓸 수 없을 만큼 많은 자료를 모을 수 있다. 이렇게 자료를 모으다 보면 일기장이나 서류 상자, 머릿속(이는 최선의 선택이 아니다. 잡동사니는 머릿속보다는 상자 안에서 더 오래 남는다)은 마침내 벽장에 처박아둔 레코드 앨범 상자처럼 될 것이다. 상자 속에 든 앨범 대부분은 전혀 보관할 필요가 없는 것들이다. 하지만 한동안 흥얼거렸던 음악이 갑자기 듣고 싶어진다면, 우리는 당장 어디를 뒤져야 할지 잘 알고 있다.

끊임없이 쌓이는 관찰과 발견을 모아두는 저장고는 작가에게 큰 도움이 된다. 묘사와 배경 안으로 제자리를 찾아 들어갈 이 세부 사항들(살아 숨 쉬는 인물들, 그들의 대화, 입을 옷, 옷을 갈아입는 방 등등)은 모두 작가 자신의 주변 세계에서 나온 것이기 때문이다. 작가가 해야 할 일은 안테나를 높이 세우고 세부 사항을 발견했을 때 이를 종이에 적든 머릿속에 넣든 목록에 더하는 것이다. 장담하건대, 머릿속에 넣기보단 종이에 적는 게 더 좋다. 그러면 필요할 때마다 저장고 안에서 찾아내 써먹을 수 있다. 하지만 그러려면 먼저 세부 사항을 잘 수집하기 위한 인지 능력과 관찰력을 갈고닦아야 한다.

일상의 모든 것에 주목!

아주 추운 1월의 어느 날 아내와 엘리스섬으로 구경을 갔다가 간이식당에서 점심을 먹었다. 간이식당답게 그저 그런 음식을 팔았고 우리는 햄버거와 감자튀김, 뜨거운 커피를 두고 앉아 있었다. 식당은 천장이 높고 바람이 잘 통하는 커다란 방이었는데, 예전에 이민자들을 가득 싣고 온 배들이 부두에 정박했을 때 대기실이나 이민 심사실로 쓰였음 직했다. 나는 주변을 유심히 둘러보고 머릿속에 메모했다(범죄소설을 쓰는 데 도움이 되지 않을까 하는 생각에). 벽에서 느껴지는 질감. 꾸르륵 소리를 내는 노출 배관 파이프. 유리창에 맺힌 물방울. 이런 것들은 소설에 쓰게 될 경우를 대비해 언제나 눈여겨봐야 하는 세부 사항이다.

그때 바로 옆 테이블에 앉아 있는 노부부가 눈에 들어왔다. 섬으로 가는 배 위에서 그들을 보았는데, 그들은 난간에 딱 붙어 서 있었고 코트 깃을 목 위까지 세워 올린 채 장갑과 머플러를 벗고 있었다. 작은 체구의 남편이 역시 작은 체구의 아내에게 강한 영국식 억양으로 몇 마디 말을 했다. 런던의 일반인 말씨가 아닌 상류층 말씨, 즉 여왕이나 배우인 휴 그랜트가 씀 직한 영어였다. 노부부는 음식과 함께 나온 일회용 소금 봉지와 후추 봉지를 만지

작거리다가 미소를 지었다. 그런 후에 조심스럽게 냅킨에 싸인 플라스틱 나이프와 포크를 꺼내 양손에 쥐고 햄버거와 감자튀김을 먹기 시작했다. 그들은 계속해서 포크는 왼손에 나이프는 오른손에 쥐고 있었다.

나의 신경은 온통 그들에게 쏠려 있었다. 주머니에서 수첩을 꺼내 노부부의 백발과 남편의 연필처럼 가느다란 콧수염, 식탁에서는 똑바로 앉으라던 우리 어머니의 잔소리처럼 허리를 곧추세운 그들의 자세에 대해 몇 마디 급히 적었다. 또한 둘 다 자신들이 먹고 있는 게 정확히 뭔지 보기 위해 플라스틱 나이프로 햄버거 빵을 들추는 행동도 적었다.

나와 아내는 엘리스섬에 다시 한번 오기로 약속을 했다. 사실 아내는 이 섬에 큰 기대가 있었다. 초등학교 3학년 담임인 아내는 그 무렵 미국 이민의 역사를 가르치고 있었다. 하지만 배를 타기 전에 독한 멀미약을 먹은 탓인지 섬을 돌아보는 내내 멍해 있었다. 그리고 나는 줄곧 영국에서 온 그 노부부를 쳐다보면서 그들의 행동과 독특한 억양, 전시물에 대한 반응, 그리고 돌아오는 배에 오를 때 둘 다 넘어지지 않기 위해 서로를 꼭 붙잡는 모습을 쳐다보느라 제대로 구경을 못했다.

자, 만약 당신이라면 어땠을까? 당신은 나처럼 엘리스섬에 갔고 온 신경이 이 노부부에게 쏠려 있다. 그렇다면 나중에 소설에 써먹을지도 모를 정보들을 어떻게 수집할 것인가?

옛날 영화에 나오는 신참 기자처럼 수첩을 펼쳐들고 펜으로 뭔가를 적으며 그들 뒤를 쫓아다니지는 말자. 조심스럽고 주도면

밀하게 그들에게 주의를 기울이자. 노부부는 우리에게 열려 있는 가능성이 되어야 한다. 소설에서 그 노부부가 어떤 인물들이 될 수 있을지 생각해보자. 이들이 유서 깊은 호텔에 투숙한 상류층 사람들이며 호텔 직원에게 일일투어를 예약해달라고 부탁했다고 상상해보자. 뉴욕에 머무는 동안 이들은 줄곧 근사한 고급 레스토랑에서만 식사를 했다. 그러다 일일투어로 섬에 와서 괴이한 간이식당 음식과 플라스틱 포크 나이프에 조금 짜증이 났다. 하지만 그것 말고는 달리 선택지가 없었고, 또 차마 손으로 먹을 수 없어서 자신들 나름 최선을 다했다.

이때 미스터리와 아이러니가 사악한 얼굴을 쳐들 수도 있다. 이 노부부를 관광객의 무리에 숨어든 스파이 커플로 설정해보는 것이다. 그들의 또렷한 영국식 발음 그리고 나이프와 포크를 우아하게 다루는 식사 태도는 완벽한 스파이 훈련의 결과다. 또는 노부부 중 남자를 도망자로 설정할 수도 있다. 그는 1960년대부터 지금까지 횡령한 돈으로 스위스 제네바에서 살고 있다.

좀 더 부드러운 분위기로 할 수도 있다. 남편은 은퇴한 재단사고 아내는 50년간 영국 리버풀을 벗어난 적이 없는 사람이다. 지금 그들은 TV에서 미국 방송을 본 이후로 줄곧 꿈꿔온 미국 여행을 즐기는 중이다. 어쩌면 이 여행은 부부에게 어둠이 오기 전, 다시 말해 둘이 오랜 시간 함께 산 좁은 거리의 작은 집에 한 사람만 남겨지기 전에 마지막으로 같이 누리는 호사일 수도 있다.

이 노부부를 소설에 쓰기로 했다면 마치 영화를 보는 것처럼 선명하게 독자가 그들을 보고 들을 수 있도록 묘사해야 한다. 이야기가 엘리스섬에서 벌어진다면 배경인 섬 역시 명확히 묘사해야 한다. 자, 이제 여기에 그들이 있다. 그들은 살과 뼈를 가진 살아 숨 쉬는 사람으로서 세부 사항으로 온통 둘러싸인 이 장소에 있다. 그러니 작가라면 엘리스섬에서 돌아오자마자 단편적인 메모들로 꽉 찬 수첩을 곧바로 다듬어 정리해두어야 한다.

아니면(가능성이 더 큰데) 단편적인 메모 중 몇 개를 여러 작품에 부분적으로 쓰거나 이 노부부를 새로운 인물들로 재탄생시킬 수도 있다. 이 우연한 만남으로 단지 인물만 얻는 게 아니다. 이 세부 사항들은 서로 완전히 다른 노부부가 어떻게 상대방을 대하는지, 또는 외국인들이 낯선 지역에서 어떻게 행동하는지를 묘사할 때도 이용할 수 있다.

요컨대 소설에 써먹을 무언가를 얻기 위해서는 수없이 많은 세부 사항을 긁어모아야 한다. 대부분은 물론 한 번도 쓰이지 않을 가능성이 높다. 그럼에도 사람들이 어떻게 서 있고, 어떻게 걷고, 어떻게 앉아 있고, 어떻게 줄 서서 기다리는지 알아야 한다. 서로에게 말을 할 때 손을 어떻게 움직이는지 아니면 전혀 움직이지 않는지 알아야 한다. 사람들만이 아니라 각각의 장소가 어떻게 생겼고, 어떤 냄새가 나고, 어떤 소리가 나고, 심지어 어떤 느낌이 나는지도 알아야 한다.

즉 작가란 세부 사항에 대한 완전한 감각을 가지고 있어야 한다. 설령 중요해 보이지 않더라도 그 세부 사항을 쓸 거라면 말이다. 실제와 같은 배경의 소설에 쓰든 아니면 전혀 다른 배경의 소설에 쓰든 독자를 이야기 속으로 빠져들게 하려면 그래야 한다.

세부 사항을 수집하는 법

어떤 일이든 능숙해지기 위한 최선의 방법은 바로 연습이다. 어떤 운동 코치나 피아노 교사라도 똑같은 대답을 할 것이다. 작가도 마찬가지다. 문장은 고칠수록 더 좋아진다. 오랫동안 소설을 쓸수록 더 잘 쓰게 된다. 세부 사항을 찾는 데 보낸 시간이 많을수록 흥미롭고 쓸 만한 세부 사항을 생각해낼 가능성이 높아진다.

이제 세부 사항 수집을 잘할 수 있는 두 가지 방법을 살펴보자.

과거에 집중하기

지난 일들 중 뚜렷이 기억나는 시절과 장소를 고르자. 갓난아기 때나 아주 어린 시절의 일화는 안 된다. 너무 어릴 때라면 이야기를 꾸며낼 가능성이 높기 때문이다. 작가에게 꾸며내기는 정당하고 또 훌륭한 일이다. 그러나 이 연습의 목적은 상상력이 아니라 인지 능력을 키우는 것이다. 아버지가 돌아가셨거나 약혼을 했거나 첫 아이를 낳은 날처럼 크게 기념이 되는 날이나 인생을 뒤바꾼 중대한 사건도 안 된다. 그러한 경험들은 너무나 엄청나서 지금 할 세부 사항 모으기 연습을 무색하게 만들 가능성이 높다.

이 연습을 위해 지켜야 할 규칙 두 가지가 있다. 시대는 적어도 10년은 지난 과거이어야 하고(16세 이하라면 5년 전의 과거도 좋다) 장소는 꽤 오랫동안 가보지 않은 곳이어야 한다. 최근에 겪은 일이나 자주 가는 장소라면 별로 도움이 되지 않을 것이다. 열한두 살 때 갔던 할머니 집의 부엌이라면 괜찮다. 아니면 고등학교 시절의 남자 친구나 여자 친구의 집도 좋은 선택이다. 여러 해 전 가족 여행을 갔던 장소도 괜찮다.

일단 시대와 장소를 정했다면 생각나는 것들을 적는다. 이때 문장 구조 따위는 무시한다. 목록이 적합하지만 도표를 이용해도 좋다. 시대와 장소에 대해 마음속에 떠오르는 모든 것을 적는다. 그날의 날씨와 함께 있었던 사람들, 주변의 경치(야외라면), 가구의 종류(실내라면)에 대해서도 적는다.

그런 다음 핵심으로 들어간다. 바로 감각적 세부 사항이다. 가구들은 어떤 느낌인가? 하늘은 정확히 무슨 색깔이었나? 그냥 파란색이라고 쓰면 안 된다. 이때는 은유나 직유를 쓰는 게 효과적이다. 아니면 굉장한 형용사 하나로도 충분하다. 좋은 글에서 형용사는 음식의 맛을 살리는 소금과 후추같이 진정한 일꾼이다. 그러나 적확한 명사와 동사는 형용사의 도움이 필요 없을 때도 있다. 연습하는 동안에는 기억 속의 시대와 장소를 그대로 보여줄 수 있는 단어와 구절을 떠오르는 대로 적는다. 이 작업이 끝나면 이제 독자를 염두에 두고 그 순간을 생생하게 보여줄 수 있는 대략적인 초고를 쓴다.

여기에 긴 모험담을 쓸 필요는 없다. 한 줄씩 띄워서 목록을 적은 한 쪽 정도 분량이면 충분하다. 가능하면 한두 쪽 길이로 적는 게 제일 좋다. 여기서 더 나아가 서너 쪽 이상 길게 쓰는 건 절대 하지 않는 게 좋다. 이 글은 갈등 발생과 사건 고조, 긴장감 조성과 해소라는 '소설적 특성'을 띠어서는 안 된다. 이야기를 쓰는 건 이 연습의 목적에 어긋난다. 그저 시대와 장소를 명확하게 묘사하자. 여기서는 적확한 단어를 선택하고 다듬는 일에만 집중해야 한다. 완성된 글이 독자를 그 장소로 이끌 수 있도록 단어 하나하나를 신중하게 선택하자. 노트에 적으면서 단어를 다듬는 건 아주 좋은 방법이다. 그렇게 하면 본격적인 글쓰기를 시작하기 전에 중요한 일을 이미 어느 정도 해놓는 셈이다. 좋은 냄새가 나는 무언가가 목록에 갑자기 들어오면 바로 '향기'와 '퍼지다' 같은 단어가 떠오를 것이다. '냄새'와 '풍기다'보다는 좋은 단어이기 때문이다. 아니면 연푸른빛 하늘 위의 구름을 상상한다면 '로빈새의 알 색깔을 띤 하늘 위의 작은 실 뭉치'라고 쓸 수 있다. 이 모든 건 언젠가 결국 소설에 쓸지도 모르는 이미지들이다.

이 연습을 할 때마다 염두에 두어야 할 중요한 점이 있다. 시대와 장소에 대한 것을 적을 때는 과거 시제가 아닌 '현재 시제'로 써야 한다. 그날의 사건은 과거가 아닌 지금 벌어져야 한다. 우리의 뇌의 분류 체계에서 과거 시제란 이미 지나가 버린 일을 뜻한다. 과거 시제는 예전에 가본 곳이나 해본 일처럼 뻔한 느낌을 준다. 반면 현재 시제는 우리가 지켜보는 동안 어떤 일이 벌어지는 것이다. 작가가 과거 시제로 이야기를 풀어가는 때조차도 사건은 독자가 지금 보고 있는 '순간'에 계속 진행된다. 그러므로 소설이 독자들 앞에서 생생하게 살아 있기를 원한다면 모든 상상을 현재 시제로 하는 게 좋다.

이 연습을 하며 어떤 일이 벌어지는지 보자. 아마도 자신이 찾아낸, 오랜 시간 동안 묻혀 있던 세부 사항들을 보고 깜짝 놀랄 것이다. 이 연습을 여러 번 반복하다 보면 알아채지 못하고 지나쳤던 중요한 것들을 찾는 일과 창조하는 데 익숙해진다. 그 결과 소설을 쓸 때 묘사와 배경이 더욱 선명해진다.

현재에 집중하기

이번에는 기억력을 동원하지 않는 연습 방법이다. 일상적이고 흥미로운 장소에 편하게 자리를 잡고 앉는다. 어떤 일이 활기차게 일어나고 있는 장소여야 한다. 많은 사람이 오가는 곳이면 더 좋다. 사람들의 옷차림, 말투, 행동을 살펴보자. 모르는 사람들이 있는 장소를 골라야 한다. 그래야 선입견 없이 실제로 보고 들은 것을 묘사할 수 있다.

수첩과 필기도구를 들고 사람이 많이 오가는 공원이나 쇼핑몰의 벤치에 자리를 잡고 앉는다. 공항에서 비행기 탑승 안내 방송을 기다리는 시간도 이러한 연습을 하기에 아주 좋은 기회다. 어쨌든 뭔가를 하면서 기다려야 하니까 말이다. 공항이나 버스 터미널, 기차역은 사람들을 관찰하기에 적합한 장소다. 카페나 박물관도 가볼 만한 곳이며, 점심시간에 사무실 밖으로 나가보는 것도 좋다. 가볼 곳은 무한하다.

지난 기억을 되살릴 때와 마찬가지로 이때도 물리적 주변 환경 그리고 냄새와 질감, 소리에 세심하게 주의를 기울여야 한다. 고도의 집중력을 발휘하지 않았더라면 그냥 지나쳤을 사소한 것들을 찾아보자. 아무것도 기억할 필요 없이 오로지 주의를 집중할 때 자신의 감각이 얼마나 예민해질 수 있는지 직접 느껴보자.

만약 이 연습 도중에 관찰 대상이 머릿속 한구석에 어렴풋이 있지 않고, 자신의 주위를 에워싸며 난리법석을 떤다면 메모를 건너뛰고 곧바로 '글'을 쓴다. 프리라이팅, 즉 자유로운 글쓰기는 생각 연습과 글쓰기 연습 모두에 도움이 된다. 프리라이팅을 할 때는 문장 구조나 맞춤법, 문장 부호를 걱정할 필요가 없다. 아이디어나 이미지가 떠오르는 대로 그냥 쓰면 된다.

그러나 프리라이팅을 하는 동안에도 적확한 단어와 구절을 선택하는 연습을 해야 한다. 한두 문단을 완성했으면 다시 읽어보고 더 좋은 단어로 바꿀 수 있는 곳에 동그라미를 치자. 예를 들어 누군가 걸어가는 모습을 보고 있다면 걸음의 종류를 생각해본다. 그냥 걷는다고 쓰면 너무 평범하고 단조롭다. 독자에게 아무것도 충분히 전달하지 못한다. 대상을 좀 더 자세히 들여다보고 정확히 어떤 종류의 걸음을 걷고 있는지 알아내자. 느긋하게 걷는가? 몸을 뒤로 젖히고 걷는가? 왔다갔다 걷는가? 천천히 걷는가? 어슬렁어슬렁 걷는가? 터벅터벅 또는 살금살금 걷는가? 쿵쾅쿵쾅 또는 껑충껑충 걷는가? 한 사람을 독특하게 만드는 뭔가를 한 단어로 표현할 수 있는 경우가 아주 많다. 하지만 적확한 단어여야만 한다. 그러니 신중하게 고르자.

단어를 고를 때는 동의어를 조심해야 한다. 동의어는 제대로 쓰면 매우 유용한 도구지만, 정확하게 바꿔 쓸 수 있는 단어는 사실 거의 없다. 앞의 걸음걸이에 관한 표현들을 다시 살펴보자. 각각의 표현은 분명히 다른 동작을 의미한다. 보행자의 태도가 다르기 때문이다. 그러므로 어떤 단어가 놓일 자리에 비슷한 단어를 던져 넣고 나서 원하는 이미지가 정확하게 만들어지기를 기대해서는 안 된다. 예를 들어 크리스마스를 코앞에 두고 대형 서점 안의 의자에 앉아 있다고 해보자. 그럼 아래와 같은 이야기를 생각해낼 수 있다.

테이블 건너편 의자에 앉은 뚱뚱한 남자가 입고 있는 크리스마스 분위기의 스웨터는 적어도 한두 번 이상의 크리스마스를 지나온 듯 보인다. 목 부분이 조금 늘어져 있고 처음에는 선명했을 나뭇잎과 열매 장식은 생기가 없어 보인다. 하얀색이었을 바탕색은 칙칙한 회색에 가깝다. 그러나 지금은 크리스마스 시즌이고 이 남자의 스웨터는 내가 입고 있는 옷보다는 잘 어울린다. 그는 성경보다 두꺼운 컴퓨터 매뉴얼을 뒤적인다. 그러나 정말로 그 책을 보고 있는 건 아니다. 그는 1분마다 시계를 쳐다보고 있다. 아내가 쇼핑을 끝내기를 기다리는 게 분명하다.

두 명의 옛 친구가 종교 서적 코너와 시집 코너 사이의 통로에서 우연히 마주친다. 그들은 중년을 훌쩍 넘긴 나이고 놀라면서도 매우 반가운 것처럼 행동한다. 한 사람은 일곱 살쯤의 손녀를 데리고 있다. 아이는 몸을 가만히 두지 못하며 이 짧은 재회가 어서 끝나기만을 바란다. 아이는 작은 한쪽 발을 앞뒤로 흔들어대고 곧 다른 발도 그러기 시작한다. 이제 발차기는 리드미컬한 춤이 되었는데, 소녀는 상체를 전혀 움직이지 않는다. 소녀는 클로그 댄스(탭 댄스와 비슷한 미국의 민속춤으로, 클로그라 부르는 나막신으로 박자를 맞춘다) 교습을 받고 있는 것이다.

이렇게 잡다한 글로 무엇을 쓸 수 있을까? 아마 아무것도 못 쓸 것이다. 지금은 무언가를 쓰기 위해서가 아니라 관찰력과 단어 선택을 위한 훈련을 하고 있는 거니까.

몇몇 세부 사항과 단어 선택에 주목해보자. 남자의 스웨터를 말할 때 쓴 '크리스마스 분위기'는 '축제 기분'이나 '휴일 같은'보다 독특하다. '성경보다 두꺼운'은 그냥 '두꺼운'보다 시각적 이미지를 구체적으로 보여준다.

이처럼 프리라이팅을 하면 세부 사항을 찾아내고 다듬는 연습을 할 수 있을 뿐만 아니라 아이디어도 얻을 수 있다. 앞에서 본 글의 시작 부분도 그런 가능성이 있다. 두 오랜 친구가 우연히 만난 일은 오래전 그들이 동시에 사랑했던 한 여자에 대한 흥미로운 뒷이야기의 출발점이 될 수 있다. 어쩌면 옆에서 안달하며 서 있는 춤추는 소녀는 그 옛사랑의 손녀일 것이다. 어쩌면 소녀는 소녀의 할아버지가 방금 만난 옛 친구와 판박이처럼 닮았을 수도 있다.

작가에게 이 세상은 수많은 '어쩌면'으로 이루어져 있다. 그리고 이 모든 건 세부 사항 안에 존재한다. 작가라면 언제나 자신 앞을 끊임없이 지나고 있는 엄청난 세부 사항의 행렬에 주목해야 한다.

메모의 기술

세부 사항을 수집하는 일의 중요성을 이해했다면 이제 독자의 기억에 남게 하는 방법을 살펴보자.

무엇이든 그것을 기억하는 가장 좋은 방법은 종이에 적는 것이다. 구입할 식료품이라든지 찾을 세탁물이라든지 걸어야 할 전화라든지 무엇이건 간에 잊지 않으려면 반드시 적어야 한다.

메모의 기술은 수많은 덜 중요한 것을 걸러내고 가장 중요한 것들에만 중점을 두는 법이다. 그러나 너무나 많은 고등학생이 이를 모른 채 대학에 진학한다. 신입생들의 첫 학기 성적은 이러한 현상을 증명한다.

메모의 기술은 작가에게도 아주 중요하다. 작가는 이 세상을 형성하고 있는 인간의 본성, 건축물, 구름의 모습과 그 밖의 모든 것에 대한 날카로운 관찰자가 되어야 한다. 하지만 이 모든 것을 기억하는 건 별개의 일이다.

점점 더 많은 사람이 휴대용 단말기를 메모 도구로 사용하는데, 나쁘지 않은 방법이다. 나는 쓰지 않는다. 대신 더 작고 엄청 싸고 덜 짜증을 내면서(단말기를 눌러대는 사람들과 달리) 사용할 수 있는 도구를 쓴다. 물론 뭐가 되었든 자신에게 가장 잘 맞는 걸 쓰면 된다.

수첩은 항상 가까이에

수첩이나 작은 공책을 주머니나 가방에 넣어 다니자. 그리고 자동차의 도구함에도, 사무실 책상에도 수첩을 넣어두자. 외우고 싶을 만큼 멋진 대화를 언제 듣게 될지, 기록하고 싶을 정도로 환상적인 노을을 언제 보게 될지 누가 알겠는가? 호수에서 물수제비를 뜨고 있는 좀 이상해 보이는 아이 둘을 다시는 못 볼 수 있다. 그러니 이 아이들이 앞이 있는 동안 재빨리 세부 사항을 적어야 한다.

엘리스섬에서 햄버거를 포크와 나이프로 먹던 노부부처럼 항상 독특하고 아이러니한 것만 찾아야 하는 건 아니다. 평범한 것도 찾아야 한다. 우리의 삶은 하루하루가 평범한 것들로 이루어져 있다는 사실을 기억하자. 만약 일상을 담고 있는 소설을 쓴다면 평범한 것을 가득 채우는 게 좋다.

평범한 것들이 소설을 지루하게 만들 것 같아 걱정된다면 존 업다이크의 「A&P」를 읽어보길 권한다. 이 소설은 교외의 한 슈퍼마켓에서 벌어지는 이야기인데, 식품점에서 일하는 고등학생 주인공의 일상과 주변 상황은 이루 말할 수 없이 평범하다. 「A&P」는 수백 권에 이르는 명작 모음집에 실려 있으며 미국의 고등학교와 대학교에서 교재로 널리 쓰이고 있다. 이 소설은 작가보다 수백 년은 더 오래 살아남을 것이다. 나라면 내 소설이 「A&P」와 같은 명작이 될 가능성이 없더라도 기꺼이 평범한 것을 다룰 것이다.

내 주머니 속의 수첩에는 평범한 사물과 보통 사람에 대한 수많은 단어와 표현이 모여든다. 그 수첩의 낱장들은 낙엽처럼 내 책상 위에 쌓여간다. 그리고 마침내 그 단어들과 표현들을 쓸지 말지 생각해본 뒤에 던져버리든지, 옮겨 적든지, 아니면 곧바로 글로 쓰기 시작한다.

이런 수첩 낱장들을 책상에 쌓아가자. 이 낱장들은 글쓰기를 시작할 불씨가 되기도 하고, 그 불꽃을 계속 타게 할 장작이 되기도 한다. 소설은 아이디어와 세부 사항으로 이루어진다. 그러니 이를 찾을 때마다 메모해두는 건 그저 괜찮은 계획에 불과한 게 아니다. 이 일은 소설 쓰기에서 절대적으로 중요하다.

사람들이 실제로 한 말, 머릿속에 떠오른 대화, 여기저기서 수집한 세부 사항 말고도 다음과 같은 것들을 메모해야 한다.

지도, 평면도, 약도

내가 쓴 『인투 댓 굿나잇Into That Good Night』은 텍사스 동부의 작은 마을에서 보낸 내 어린 시절을 담고 있다. 이 소설을 쓰기로 했을 때 거의 30년 동안 잊고 지냈던 그 마을에 대한 정확한 지식이 필요했다. 부모님과 누이들에 대한 기억은 충분했고 우리가 살던 집도 선명하게 떠올랐다. 또한 도움이 될 사진과 옛날 편지 그리고 학교 졸업 앨범도 갖고 있었다. 그러나 1962년 당시 그 마을을 볼 수 있는 자세한 시각적 배치도가 없었다. 마을 지도가 필요했다. 그래서 친구인 조니 호지스가 필요했다.

조니와 나는 평생을 알고 지냈다. 내가 조니에 대해 가장 잘 알고 있는 사실 중 하나는 그의 기억력이 엄청나게 뛰어나다는 것이다. 오랫동안 소식을 주고받거나 만나지 못했지만 그의 기억력은 여전할 게 분명했다. 그리고 그건 사실이었다.

그에게 전화를 걸어 만났을 때 우리는 둘 다 조니와 로니라 불리던 꼬마에서 존과 론이라는 어른이 되어 있었다. 나는 그에게 내가 처한 곤경을 털어놓았고 며칠 뒤 그에게서 커다란 갈색 봉투를 우편으로 받았다. 그 안에는 가로 75센티미터와 세로 120센티미터 정도의 커다란 종이가 들어 있었다. 거기에는 연필로 조심스럽게 그린 나의 어린 시절 마을이 있었다. 자세하다는 표현만으로는 턱없이 부족했다. 지도라기보다는 언덕에서 내려다본 조감도에 가까웠다. 심지어 마당에 있던 나무가 호두나무인지 느릅나무인지, 올라가기 얼마나 어려운지까지 정확히 표시되어 있었다. 조니는 연필로 화살표를 그려 넣고 설명을 덧붙였다. 예를 들어 바비 스트라우드 철물점 앞길 모퉁이 위에 "좁음. 자전거로 돌기 어려움"이라고 적었다. 이 지도는 『인투 댓 굿나잇』을 쓰는 데 가장 귀중한 자료가 되었다. 나 혼자서는 절대로 기억해낼 수 없던 수많은 세부 사항을 알려주었다. 이때 난 영리하고 기억력이 좋은 친구를 글쓰기 자원으로 이용한 셈이다.

현실의 배경을 그대로 쓰거나 상상을 통해 가상의 배경을 만들 때 마을 지도나 가구 배치도는 분명 도움이 된다. 만약 중요한 장면이(소설을 잘 쓰게 되면 모든 장면이 중요해지지만) 도시의 공원 또는 거리에서 벌어진다면 사물들이 어디에 위치해 있는지, 인물들이 어디에 서 있고 앉아 있고 달리고 있는지, 또는 어디에서 죽어가고 있는지에 대한 약도를 정확히 그려보자.

　아마도 대개의 독자는 온갖 것이 어디에 놓여 있는지 시시콜콜 다 알고 싶지 않을 것이다. 사실대로 말하면 독자가 다 알아야 할 필요는 없다. 그러나 작가라면 반드시 알고 있어야 한다.

　현실의 배경과 가상의 배경을 묘사하는 방법에 대해서는 나중에 자세히 살펴보자. 일단 지금 알아두어야 할 건, 배경이라면 그게 뭐든 눈으로 보듯이 생생해야 한다는 점이다.

영화, TV 드라마, 라디오 방송

　우리를 둘러싸고 있는 이 세상은 작가가 갖다 쓸 수 있는 이미지와 세부 사항, 인물로 가득 차 있다. 이제 좀 더 구체적으로 들어가 작가에게 유용한 세 가지 보물 창고를 살펴보자.

　1900년 텍사스 멕시코만 연안의 갤버스턴을 무대로 소설『천국의 창문The Windows of Heaven』을 쓸 때 나는 옛날 영화 두 편을 보았다.「오 헨리 단편집O. Henry's Full House」과「브룩클린의 나무 성장A Tree Grows in Brooklyn」이었는데, 각각 최소한 열 번씩은 봤을 것이다. 두 영화는 내 소설과 같은 시대의 거리, 레스토랑, 집의 거실, 정육점 등 비슷한 배경에서 펼쳐졌다. 두 영화는 역사적 세부 사항을 정확하게 재현하기 위해 세심히 주의를 기울여 만든 게 분명해 보였다. 그게 바로 내게 필요했다. 소설을 쓰기 위해서는 1900년에 어떤 사람이 근사한 레스토랑에 앉아 음식을 주문하는 모습을 두 눈으로 직접 봐야 했다. 다그닥다그닥 벽돌 길을 달려가는 말발굽 소리, 배달 마차의 쨍그랑 종소리, 떠돌이 약사들의 음악을 들어야 했다. 사실 내 소설에 등장하는 배경 묘사의 많은 부분은 이 두 영화와 또 다른 영화에서 가져왔다.

그러니 소설을 쓸 때 언제든지 이용할 수 있는 이 보물 창고를 지나치지 말자. 종이와 연필을 들고 도움이 될 만한 영화나 TV 프로그램을 보자. 묘사와 배경에 쓸 수 있는 세부 사항이 얼마나 많은지 놀랄 것이다.

한 가지 더 있다. 영화 DVD에는 영화 본편 말고도 제작 과정과 후기가 수록되어 있다. 감독이나 시나리오 작가가 어떤 장면을 왜 선택했고, 왜 삭제했으며, 왜 늘이거나 줄였는지 그 과정을 소개한다. 즉 이야기를 어떻게 발전시켰는지에 대한 통찰력을 보여준다. 이는 작가에게 큰 도움이 된다. 소설을 쓸 때 역시 끊임없이 결정을 해야 하기 때문이다. 다른 분야의 작가들이 이야기를 전개하는 방식은 자극이 된다.

독자들은 대개 늘 TV 드라마를 보면서 생활한다. 이야기의 전개 과정에 대해 독자들이 알고 있는 정보 대부분은 사실 TV 드라마에서 얻은 것이다. 그러므로 소설을 쓰려면 작가 또한 TV 드라마를 봐야 한다. 그렇다고 드라마 대본처럼 소설을 쓰라는 뜻은 아니다. 하지만 어느 정도 그 유형을 따르는 게 안전하다. 드라마 대본(특히 30분짜리 시트콤 대본)은 시간제한이 아주 엄격하기 때문에 조금이라도 불필요한 부분은 가차 없이 삭제한다. 소설도 당연히 그래야 한다. 극작가가 어떻게 사건을 일으키고 갈등을 전개하고 신속히 해결하는지 꼼꼼히 분석해보면 커다란 도움이 된다.

이제 라디오로 넘어가 보자. 운전을 할 때는 라디오를 듣자. 라디오 방송에 출연한 작가, 유명인, 사회적 거물의 인터뷰에는 메모하지 않고는 못 배길 독특한 구절과 뛰어난 구문이 가득하다. 또한 작가들이 출연해 자신의 에세이, 소설, 시의 일부를 직접 낭독하기도 한다. 무엇보다 좋은 시를 통해 언어의 경제성과 단어 선택의 정수를 배울 수 있다. 시인이 읽어주는 시어는 마법과도 같으며(강조하고 싶은 부분은 강조하고, 속삭이고 싶은 부분은 속삭인다) 이는 책상 앞에 앉아 글을 쓸 때 엄청 도움이 된다.

나는 「우리 창의성의 엔진들The Engines of Our Ingenuity」이라는 프로그램을 즐겨 듣는다. 휴스턴공과대학의 퇴직 교수인 존 린하트가 매일 자신의 에세이를 읽어주는 방송이다. 그의 글은 인간이 수세기 전부터 어떻게 유용한 사물을 만들어왔는지 또는 어떻게 개선해왔는지에 대해 간결하고 명쾌하게 전달한다. 이야기도 흥미롭지만 그 방송을 즐겨 듣는 이유는 무엇보다 뛰어난 문장 때문이다. 매일 아침 출근길에 나는 이 방송을 듣는다. 사무실에 도착하자마자 그날의 방송 원고를 인터넷으로 내려받아서 출력한다. 그리고 다시 읽어보고 문장에 감탄하곤 한다. 나는 린하트 박사에게 큰 신세를 지고 있다. 그의 뛰어난 구절과 극적인 감각은 작가인 나에게 큰 도움이 되기 때문이다. 이와 같은 방법을 시도해보고 글쓰기에 도움이 되는지 알아보자.

다른 분야의 훌륭한 작가들

묘사와 배경을 입체적으로 다루기 위해 중요한 한 가지 요소는 좋은 본보기를 찾는 것이다. 이를 보면 기성 작가들이 어떻게 성공을 했는지 신중히 검토할 수 있다. 주로 장편소설, 단편소설에서 찾을 수 있지만 잡지나 신문에 연재되는 재주 많은 작가들의 글도 지나쳐서는 안 된다.

내가 좋아하는 작가 중에는 칼럼니스트도 많은데 그들의 글을 기다렸다 읽는 건 큰 즐거움이다. 그들의 독창적인 문체는 내게 영향을 주었다. 나는 빌 오라일리처럼 딱딱하고 보수적인 글도, 몰리 아이번스처럼 치열하고 진보적인 글도 똑같이 즐겨 읽는다. 둘 다 능숙한 문장의 조율사라는 공통점이 있다. 그리고 훌륭한 작가라면 문장가협회의 진정한 왕이라 할 수 있는 윌리엄 새파이어(「뉴욕 타임스」의 칼럼니스트)의 글에 감탄할 수밖에 없다. 그는 낱말과 구절의 기원과 역사, 의미 변화에 대한 흥미롭고 유용한 통찰을 보여준다.

나는 한 번도 가본 적이 없는 오하이오 북부를 배경으로 소설을 쓸 때 지형과 기후, 나무 등에 관한 자료를 찾았다. 그때 몇몇 참고 서적이나 인터넷만큼 클리블랜드에 살고 있는 친구의 도움이 컸다. 이상하게 들릴지 모르겠으나 오하이오에 대한 가장 선명하고 강렬한 느낌은 수년간 내가 매일 보던 작은 두 지면에서 온 것이다. 바로 「펑키 윙커빈Funky Winkerbean」과 「크랭크섀프트 Crankshaft」라는 오하이오 북부를 무대로 한 연재만화다.

영화, TV 드라마, 라디오, 칼럼, 만화를 통해 다양한 소재에 대한 시각적이고도 심리적인 이미지와 독특한 구절을 얻을 수 있다. 그러니 이 분야들을 주의 깊게 보자.

누구나 아이러니를 기대한다

앞에서도 말했듯 나는 햄버거를 포크와 나이프로 먹던 영국인 노부부에게서 묘한 아이러니를 느꼈다. 나 스스로는 절대 그런 장면을 상상해내지 못했을 것이다. 그러나 그 모습을 보고는 일단 기억에 담아두었다. 그건 어느 추운 겨울날 만난 작지만 즐거운 놀라움이었다.

아이러니는 소설에 쓸 수 있는 가장 뛰어난 도구 중 하나다. 그리고 때때로 아이러니는 세부 사항에서 아주 조금씩 드러난다. 그러니 언제나 놀라운 일을 찾으려는 자세를 갖추고 있어야 한다. 사람은 누구나 항상 아이러니를 기대한다. 자신의 실제 삶에 아이러니가 없다면 소설 속에서라도 맞닥뜨리기를 원한다. 그러나 사실 우리는 현실에서 수많은 아이러니와 부딪힌다. 잘되어야 하는데 잘 안 되는 일, 실망시키는 사람, 한순간 완전히 잘못된 상황, 반대로 한순간 완전히 좋아진 상황 등등. 그러니 소설에서도 아이러니를 기대하는 건 당연하다.

무언가 이상하고 잘못된 것을 찾아내자. 그러려면 사물과 사람, 장소를 좀 더 자세히 들여다봐야 한다. 다른 가지를 타고 배배 줄기를 뻗는 담쟁이 덩굴이나 오랫동안 꽃밭 옆에 세워져 있는 자전거의 톱니바퀴처럼 눈길을 끄는 것들을 놓치지 말자. 볼티모어 콜트라는 팀이 오래전에 해체되었는데도 그 팀의 기념컵을 언제나 옆에 두고 있는 건물 경비원을 생각해보자. 축구팀에 대한 충성심이 남다른 소설 속의 인물을 묘사할 때 이 경비원이 얼마나 훌륭한 세부 사항을 던져줄까! 언제나 놀라운 일을 찾으려는 자세를 잊지 말자.

작가 일지와 일기 활용법

나는 소설 쓰기 수업에서 학생들에게 매일 작가 일지를 쓰라고 한다. 자신이 본 소설이나 영화의 전개 방식이 좋은지 나쁜지 기록하라고 말한다. 또한 보고 듣고 맛보고 냄새 맡고 만진 것들에 대해 기록하고, 소설과 시에 사용할 독특한 구절이나 아이디어도 적으라고 한다. 그리고 소설이든 시든 현재 쓰고 있는 글의 장면들을 적어보라고 한다.

여기서 가리키고 있는 건 일기가 아니다. 작가 일지는 비밀을 적는 일기장이 아니다. 속상했던 일에 대해 마구 불평을 늘어놓는 곳도 아니다. 우리 모두는 때로 억울한 일을 겪는다. 그럴 때에는 조용히 칭얼대든지 아니면 달을 보고 울자. 그러나 작가 일지에는 절대 적지 말아야 한다. 작가 일지란 글쓰기에 진지한 태도를 가진 사람이 메모와 스케치를 하고 관찰한 내용을 적는 곳이다. 지도와 평면도를 간략히 그리고 칼럼과 인터뷰에서 건진 보물을 기록하는 곳이다.

만약 지금 쓰고 있는 소설 속 인물 하나가 작가의 머릿속에서 말을 하기 시작한다면 어떻게 할까? 알다시피 그들은 가끔 그러기도 한다. 물론 그 말을 받아 적어두는 게 좋다. 그러지 않으면 오래 기억할 수도 없고 그들이 같은 말을 다시 할 가능성도 거의 없기 때문이다.

나는 낱장의 종이를 끼울 수 있는 바인더노트를 사용한다. 내용을 범주에 따라 분류할 때 중간에 색인표를 끼워 넣을 수 있어서다. 또한 다시 읽어봐서 쓸 만한 건 그대로 두고 그렇지 않은 것들은 쉽게 버릴 수도 있다. 바인더노트든 공책이든 자신에게 가장 잘 맞는 것을 쓰면 된다. 이를 찾기 위해 이것저것 써보는 것도 좋다.

소설 쓰기에서 작가 일지를 쓰는 건 꼭 필요한 과정이다. 만약 이 책에서 제안하는 것들 중에서 일단 몇 가지만 실천할 생각이라면 작가 일지 쓰기만큼은 꼭 포함하기를 진심으로 바란다.

소설 쓰기 수업을 처음 듣는 학생들은 앞으로 해야 할 일을 생각하고 가끔 풀이 죽는다. 그리고 대개가 작기 일지 쓰기를 과제로 내줄 때만 정말 열심히 쓴다. 그러나 이게 얼마나 도움이 되는지를 절실히 깨닫게 되면 대부분 작가 일지 신봉자로 거듭난다.

작기 일지 쓰기의 효과를 증명하는 증거는 많다. 학생들에게 크리스마스 휴일 동안은 쓰지 않아도 된다고 말해도 작가 일지 쓰기에 빠져버린 학생들은 꼭 일지를 쓴다. 그리고 과제로 내준 것보다 더 많이 쓴다. 교사가 아니라 자신을 위해 작가 일지를 쓰기 시작했기 때문이다. 더 자세히 말하자면 소설 때문에 쓰기 시작한 것이다.

어떤 종류의 글쓰기라도 더 좋은 작가가 되는 데 도움이 된다. 글쓰기란 그런 것이다. 피아노를 치고 운전을 하고 탭댄스를 추는 것과 같다. 더 많이 할수록 더 잘하게 된다.

매일매일 시간을 내서 한두 쪽씩 작가 일지를 계속 쓴다면 처음에는 중요해 보이지 않았던 것들이 소설 속에서 얼마나 멋지게 살아나는지 깜짝 놀랄 것이다. 그리고 자신이 이미지를 전달하기 위해 얼마나 능숙하게 단어들을 조합하는지 놀랄 것이다. 이는 바로 글쓰기의 기본 단계인 글을 짓는 일이다.

자, 이제는 일기에 대해 이야기하자. 일기를 꾸준히 쓰라고 설득해도 결코 귀를 기울이지 않는 학생들이 꼭 있는데, 그들도 실은 교사인 내게 설득당하고 싶은지도 모르겠다. 잘 쓴 일기는 일기의 주인이 정확하게 언제, 어떤 장소나 사건 속에 있었고, 누구와 함께 있었고, 거기에서 무엇을 했는지에 관한 온갖 정보가 담긴 알토란같은 보물 창고다.

화나는 일이 있을 때 내가 토로하는 곳은 작가 일지가 아니라 일기다. 보통은 그날 있었던 일을 "아침에 비 왔음. 단편 몇 작품 채점했음. 저녁으로 미트로프 먹었음" 정도로 간략하게 적는다. 물론 한두 쪽에 달하는 긴 일기를 쓸 때도 있다. 그러나 확실한 건 일기 속의 글이 지금으로부터 100년이 지난 후 독자를 매료시킬 그런 글은 절대 아니라는 점이다.

텍사스의 작은 마을에서 보낸 어린 시절에 대해 내가 쓴 『인 투 댓 굿나잇』에는 나의 아버지가 알츠하이머병에 걸리고 심장마비가 와서 마침내 돌아가시는 이야기가 나온다. 나의 일기는 그때 기억의 물류창고 같은 역할을 했고, 구체적인 날짜나 병의 진행 상태에 관해 쓸 때 매우 중요한 도구가 되었다. 또한 알츠하이머병에 대해 당시 갖고 있던 감정을 되살리는 데도 많은 도움이 되었다. 그때의 내 일기를 찾아 읽으며 다시 한번 그때의 감정을 느껴보는 일은 소설 속에서 비슷한 상황을 겪고 있는 인물을 발전시키는 데 매우 유용했다. 어느 하루 동안에 일어나는 일들은 소설 속 한 장면의 기본 바탕이 되기도 하고, 때로 중심 줄거리가 되기도 한다.

작가 일지와 일기를 공책 하나에 같이 쓰면 안 된다. 왜냐고? 사실 많은 작가가 이 둘을 한곳에 같이 쓰고 있다. 나는 작가 일지와 일기를 각기 다른 도구로 사용하고 있으며, 다른 공책에 분리해 쓰는 게 더 효과적이라고 생각한다. 다 쓴 일기장은 벽장 안의 선반 위로 올라간다. 그러나 작가 일지는 무대 위로 올라간다. 특정한 소설에 필요한 작가 일지는 작업이 끝나면 버려진다. 그러나 이번에 사용하지 않은 것들은 계속 보관하며, 다음 기회에 사용할 수도 있고 그러지 않을 수도 있다. 그러나 옛날 가수의 앨범처럼 필요할 때면 바로 찾을 수 있어야 한다.

작가 일지에 적어야 할 것들
- 개요 또는 계획
- 영화, 소설, 연극에서 스토리텔링의 요소가 어떻게 효과적인지 (아니면 효과가 없는지)에 대한 관찰
- 온 세상으로부터 빌려온(훔쳐온) 대화와 사투리
- 소설에 효과적으로 사용할 수 있는 관찰 내용
- 인물을 묘사할 때 쓸 사람들의 신체적 특징
- 배경을 묘사할 때 쓸 평면도, 지도, 약도

- 제목에 관한 아이디어(역사적으로 가장 풍부한 보물 창고인 성경, 고전, 시를 마음껏 인용해도 좋다)
- 소설 아이디어
- 첫 문장과 마지막 문장이 될 만한 후보들
- 재미있고 평범하지 않은 단어
- 아직 존재하지 않으나 있어야 할 단어
- 상투적인 문구(인쇄물이나 사람들의 대화 또는 TV 드라마, 영화, 라디오 방송에서 들을 때마다 적어두자. 그리고 이를 전염병이라 여기고 피하자)
- 생활 속의 작은 아이러니(순리대로 되지 않는 일, 있어서는 안 될 곳에 있는 사람)
- 소설에 관한 개략적인 메모
- 마음을 사로잡은 노래 가사
- 묘사와 배경에 쓸 세부 사항! 세부 사항! 또 세부 사항!

마무리: 작가의 마음속 세계

어디로 세부 사항을 찾으러 가든, 어디에서 찾든, 찾은 것을 어떤 방법으로 보관하든 간에 이 점은 꼭 기억하기 바란다. 작가는 찾아낸 세부 사항을 결국 한 작품에 엮어 넣고, 이를 읽는 독자를 작가가 만든 공간과 시대 속으로 들어가게 해야 한다.

이 장에서는 실생활에서 세부 사항에 세심히 주의를 기울이는 게 얼마나 중요한지 살펴보았다. 그리고 세부 사항을 수집하는 방법에 대해서도 알아보았다. 모든 곳에서 아이디어와 특이한 것들을 찾아보자. 매일 보는 장소와 한 번도 가보지 못한 장소에서, 영화와 TV 드라마 그리고 라디오 방송에서, 주변 사람들의 대화에서, 훌륭한 작가들의 작품에서, 연재만화 같은 의외의 소재에서도 찾아보자. 그리고 자신이 가지고 있는 가장 뛰어난 보물 창고를 하나도 잊지 말고 꼭 들여다보자. 바로 과거에 대한 기억이다. 이렇게 찾아낸 세부 사항들과 특이한 것들을 수첩이나 가까이 있는 종이에 적어두자. 그리고 나중에 작가 일지나 일기에 반드시 옮겨 적자.

일단 관찰력을 가다듬고 눈으로 본 것을 메모했다면 소설을 쓸 준비가 된 것이다. 첫 번째로 해야 할 일은 소설 속 이야기가 벌어질 작은 세계를 마음속에 창조하는 것이다. 만약 이 세계가 마음속에 제대로 자리를 잡지 못하면 독자의 마음속에 펼쳐질 가능성은 전혀 없다. 소설 속 세계를 창조하는 데 가장 중요한 요소두 가지는 배경 만들기와 묘사하기다. 이를 잘해야 작가도, 독자도 이 세계 속으로 들어갈 수 있다.

실제로 가보기 전에 선입견이 있었거나 기대를 품었던 장소 다섯 곳을 떠올려 보자. 그리고 각각의 장소에 있던 선입견이나 기대를 깨뜨린 일들을 기억해보자. 그에 관한 세부 사항을 적어보자.

이제부터 주머니에 작은 수첩을 넣고 다니면서 매일 또는 매주 여러 장소에서 전혀 기대하지 않았던 의외의 물건을 찾아내 메모하자. 출근 길이나 시장에 가는 길에 이웃집의 마당을 둘러보자. 한두 집에서 그동안 보지 못했던 놀라운 광경이 보일 것이다. 그동안은 꼼꼼히 들여다보는 사람이 아니었기 때문에 보지 못한 것이다.

탐사할 때 아래의 항목들을 찾아보자.

- 쓸모없는 것들
- 오래된 물건들
- 흠이 났거나 망가진 것들
- 기대하지 않았으나 있는 것들
- 기대했으나 없는 것들
- 매우 어색한 상황에 놓인 사물이나 사람

때로는 초고에서 다듬어야 할 허점을 찾아보는 것도 좋은 방법이다. 우선 원고를 출력한 후 연필을 들고 책상 앞에 앉는다. 배경에 쓴 세부 사항과 전반적인 묘사, 또는 세부 사항의 결핍에 주의를 집중하며 원고를 읽는다. 읽는 동안 동그라미나 화살표 등을 이용해 체크한다. 꼼꼼히 읽어가며 더 나은 세부 사항과 묘사가 필요해 보이는 곳을 찾는다.

아래는 주의 기울이기를 연습할 때 가장 좋은 두 가지 방법이다.

- 눈을 감고 오랫동안 가보지 못한 장소를 떠올린 후 그곳에 관한 구체적인 세부 사항을 가능한 한 많이 기억해낸다.
- 사람들로 북적이는 곳에 앉아서 주변에서 일어나는 일을 자세히 관찰해 적는다.

이 방법들을 연습하면서 평소에 주의를 기울이지 않았던 것들을 찾아낸다. 그리고 이렇게 찾은 것으로 대략적인 원고를 쓴다. 단어 하나하나 신중하게 글을 써야 하는 것도 물론 잊어서는 안 된다.

3장

글쓰기 도구:
올바른 사용법

가장 효과적인 상징은 소설 안에서 자연스럽게 생겨나며 우유의 크림처럼 표면에 저절로 떠오른다.

부엌의 찬장이 양념과 향신료와 가게에서 사온 건조식품 따위로 넘쳐난다고 해서, 싱크대 서랍에 편리하고 쓸모 있는 조리 도구와 칼이 가득하다고 해서, 선반에 잘 닦인 냄비와 프라이팬이 쌓여 있다고 해서 요리할 때마다 이 도구와 재료를 모두 사용하려 드는 건 어리석은 일이다. 그리고 이 모든 것을 하나도 사용하지 않으려는 것도 똑같이 어리석은 일이다. 요리는 원하는 음식을 만들기 위해 필요한 재료와 도구를 순서대로 사용하는 과정이다.

글쓰기도 이와 똑같다.

소설 쓰기는 작가가 할 수 있는 최고의 이야기를 하기 위해 온갖 마술을 부려야 하는 점진적이고 계획적인 작업이다. 훌륭한 아이디어와 개요, 사실적이고 흥미로운 인물과 배경 그리고 사건 말고도 많은 요소가 필요한 일이다. 소설의 토대를 만들기 위해서는 유용한 도구를 여러 개씩 사용할 줄 알아야 한다.

이 장에서는 작가가 이용할 수 있는 많은 도구 중 몇 가지에 대해 자세히 알아볼 것이다. 어떤 것은 작은 목적 하나만을 위해 쓰고, 또 어떤 것은 이야기를 전개하거나 독자의 관심을 인물이나 주제에 집중시키는 등 더 큰 목적을 위해 쓴다. 또 어떤 것은 아주 교묘히 독자가 눈치 채지 못하게 영향을 주고자 할 때 쓴다.

그러면 묘사와 배경에 특히 유용한 도구 몇 가지를 알아보자.

수식어, 어떻게 쓰는 게 좋을까?

이 책에서 수식어는 명사와 동사의 뜻을 더욱 명확하게 하기 위해 꾸미는 형용사와 부사를 가리킨다. 우리는 매일매일 셀 수 없을 만큼 많은 수식어를 사용하고 평생 동안 수식어에 의존해왔다. 패스트푸드점에서 감자튀김을 '큰' 사이즈로 달라고 주문하고, 낮잠을 자는 동안엔 아이들에게 전화를 '조용히' 받으라고 잔소리한다. 그러므로 이런 표현은 우리 자신에게 전혀 새로울 게 없다. 그러나 당연히 여기던 이런 표현의 선택과 사용에 좀 더 주의를 기울인다면, 우리의 소설은 특히 묘사와 배경에서 엄청나게 달라질 것이다.

형용사

군더더기가 없고 깔끔한 어니스트 헤밍웨이의 문체를 따라 하고 싶은 사람들은 그 특유의 문체가 형용사가 거의 없는 문장에서 나온다고 추측한다(헤밍웨이 문체는 그가 살았던 키웨스트에서 콘테스트가 열릴 정도로 유행이었다). 그래서 정말로 끔찍한 묘사를 하곤 한다. 그러나 그들은 요점을 놓치고 있다. 물론 헤밍웨이는 다른 작가들에 비해 형용사를 정말로 드물게 썼다. 그러나 그가 형용사를 쓸 때는 자신만의 스타일을 만들었다(그리고 추종자들이 생각하는 것보다 훨씬 더 자주 형용사를 썼다). 즉 최적의 형용사를 고른 것이다.

아래는 『누구를 위하여 종은 울리나For Whom the Bell Tolls』의 한 부분이다.

눈이 아직 남아 있었고, 그 눈이 그들을 파멸시켰다. 그의 말이 총에 맞아 숨을 몰아쉬며 느리고 비틀거리는 몸짓으로 겨우 산꼭대기까지 올라가는 동안 눈이 분수의 하얀 포말처럼 솟구쳐 떨어졌다. 소르도는 말의 고삐를 잡아당기다가 나중엔 어깨에 메고 산을 올랐다.

'느린', '비틀거리는', '솟구치는'에서 보듯 형용사를 기피해왔다고 널리 알려진 헤밍웨이는 오히려 형용사를 적극적으로 사용했다. 더욱 중요한 건, 형용사 하나하나가 신중하게 그리고 잘 선택된 완벽한 수식어라는 점이다.

형용사는 다른 수식어와 마찬가지로 솜씨 좋은 작가가 자신의 글에 맛을 더하기 위해 넣는 양념과 같다. 스크램블드에그는 그것만으로도 괜찮지만 소금과 후추를 살짝 뿌리면 훨씬 맛있어지고 취향에 따라 파프리카, 마늘, 로즈마리, 타바스코 소스를 더하면 더 맛있어진다. 계란은 양념을 조금 넣어도 많이 넣어도 맛이 좋다. 소설도 마찬가지다. 음식에 양념을 전혀 넣지 않으면 맛이

밍밍하다는 사실을 잊지 말자. 양념을 확 쏟아부으면 먹을 수 없게 되고 만다. 그러므로 '너무 적게'와 '너무 많게' 사이에서 균형을 유지해야 한다. 요리할 때도, 묘사할 때도.

로버트 크레민스가 소설 『어떤 귀향A Sort of Homecoming』의 두 부분에서 형용사를 어떻게 썼는지 살펴보자.

나는 약간 짜증스러운 웃음소리를 냈고, 그건 지난 몇 분 동안 내게 걸렸던 엄청난 마법을 깨버렸다.

나는 괴이하고, 비현실적이고, 이상하고, 낯선 느낌에 잠에서 깨어났다.

첫 번째 구절은 "짜증스러운"이란 작은 형용사에 의존해 "엄청난 마법을 깨버리고" 있다. 두 번째 구절은 마법에 다시 걸린 것을 보여주기 위해 더 묵직한 형용사들로, 미식축구 선수들이 두툼한 보호 장비를 착용하듯 한껏 표현을 부풀리고 있다. 얼마나 적게 또는 많이 묘사할 것인지 작가는 글을 쓰는 동안 끊임없이 판단을 내려야 한다. 물론 그에 대한 답은 묘사가 얼마나 필요한지에 달렸다. "짜증스러운"은 어떤 태도를 꼬집어내는 수식어로 아주 효과적으로 쓰인다. 두 번째 구절에서 우르르 나오는 형용사 4개는 더 강한 인상을 준다. 이는 인물이 잠에서 깰 때의 기분을 독자에게 명확하게 전달한다.

여기서 형용사가 4개나 연달아 나오는 것은 작가가 의도를 전달하기 위해 쓴 것이지, 그저 잘 맞을 것 같아서 쓴 게 아니다. 그는 분명히 형용사를 수십 개 생각했을 것이다. 그러나 형용사가 많다고 묘사가 더 또렷하고 강렬해지는 건 아니다. 사실 형용사를 하나씩 덧붙일 때마다 묘사의 효과는 점점 줄어들었을 것이다. 수식어를 사용할 때는 너무 빠져들어 그 자체가 초점이 되는 일이 없어야 한다. 어떤 도구라도 도구 이상이 되게 내버려 두어서는 안 된다. 처음부터 마지막까지 중요한 건 수식어가 아니라 소설이다.

앞서 두 예에서 보듯, "짜증스러운"처럼 의외의 단어 하나는 나중에 형용사 4개를 쌓아올리듯 나열한 것만큼이나 효과적이다. 이 형용사들은 모두 작가가 의도했고 또 필요로 했던 기능을 정확하게 수행하고 있다. 소설 전체의 맥락에서 상황과 인물을 더욱 선명하게 그려낸다.

이처럼 글쓰기 도구를 쓸 때는 군더더기가 없어야 한다. 소설 쓰기의 다른 모든 일처럼. 전개에 직접적으로 도움이 되지 않는 건 그게 뭐든 군더더기며 따라서 걷어내야 한다.

형용사와 부사를 계속해서 점검하자. 만약 이웃 사람들을 공포로 몰아넣은 크고 사납고 거대한 개 이야기를 쓴다면 같은 뜻인 '큰'이나 '거대한' 중 하나는 버려야 한다. 또한 한 무리의 형용사를 반복해 사용하는 것처럼 비슷한 수식 어구를 재차 쓰지 않도록 경계해야 한다.

몹시 바쁘고 짜증스러운 하루가 거의 지날 즈음 작고 지친 한 남자는 두려움을 안고 정신없이 붐비는 기차역으로 다가왔다.

위에서 두 개씩 짝을 이룬 수식어들은 좋은 묘사다(바쁜-짜증스러운, 작은-지친, 정신없는-붐비는). 그러나 독자들이 이렇게 짝을 이룬 수식어가 반복되고 있다는 것을 알아차리게 되면, 소설의 전개나 사건에 집중하기보다 수식어 반복에 신경 쓸 가능성이 높다. 그렇게 되면 형용사들은 작가의 의도를 배반하고 만다. 다른 글쓰기 도구가 그러하듯 형용사도 소설을 위해 일해야 한다.

부사

부사는 세 가지 기능을 한다. 동사를 꾸미고(그는 '천천히' 사과를 씹었다), 형용사를 꾸미고('지나치게' 신중한 남자는 지루하다), 다른 부사를 꾸민다(그녀는 '매우' 빨리 달렸다). 바로 그 때문에 부사는 매우 자주 사용된다. 그러나 조심할 것은 다른 도구들처럼 부사도 잘못 쓰면 역효과를 가져온다는 점이다. 부사를 잘못 사용하는 한 가지 경우는 화자를 서술하는 문장에 끼워 넣는 것이다.

아래 예를 보자.

"오, 세상에." 엘렌은 슬프게 대답했다.
"오늘은 일어날 가치조차도 없어."

만약 오늘이 일어날 가치조차 없는 날이라면 엘렌이 "슬프게" 대답했다고 말할 필요는 없다. 인물의 대화 속에서 슬픔을 표현하는 게 인물 자체에 수식어로 끊임없이 설명을 덧붙이는 것보다 훨씬 효과적이다.

이 말은 부사가 나쁜 것이며 절대 사용해서는 안 된다는 뜻이 아니다. 부사는 물론 사용해야 한다. 화자를 서술하는 문장에서도 가끔씩 넣어야 한다. 그러나 최선의 선택이 부사일 경우에만 써야 한다. "'날 좀 내버려둬요.' 그녀가 방어하듯 말했다"라는 문장은 그녀가 위축되었다는 것을 보여주는 최선일 수 있다. 하지만 "그녀는 겁이 나서 움찔 움직이며 말했다"고 하는 건 조금 지나치다. '방어하듯'이란 표현이 훨씬 더 섬세한 접근이다.

부사에 관해 한 가지 더 말해둘 게 있다. 부사형 어미(우리말에서 '-게', '-도록' 등이 있다)가 붙는 표현을 연달아 쓰지 않는 게 좋다. 즉 한 문장 안에서 '멋있게, 화나게, 영리하게'를 나열하는 일은 피해야 한다. 독자가 '-게'의 숲을 다 빠져나온 다음에 화를 내며 소설을 멀리 던져버릴지도 모른다.

문장 부호, 어떤 역할을 할까?

소설을 쓸 때 문장 부호는 어떤 도움을 줄까? 느낌표, 마침표, 쉼표, 줄표, 쌍점, 쌍반점은 작가가 독자를 위해 설치하는 도로 표지판이다. 어디에서 잠깐 쉬고, 어디에서 계속 가고, 어디에서 속도를 내고, 어디에서 멈출지를 보여주기 위해 소설 곳곳에 배치하는 표지판이다.

문장 부호를 잘 사용하기 위해서는 글을 쓰거나 수정하는 동안 원고를 귀로 직접 들어봐야 한다. 반드시 큰 소리로 읽거나 누군가에게 읽어달라고 할 필요는 없지만 단어와 구절, 문장이 독자가 원하는 대로 들리도록 최대한 노력해야 한다.

문단이 바뀌거나 다음 쪽으로 넘어가는 경우가 아닌데도 서술이나 대화 도중에 끊기는 글이 있다. 이럴 때 문장 부호를 써서 멈춤 표시를 해주지 않으면 독자는 읽기를 멈추지 못한다. 마침표와 쉼표는 가장 많이 쓰이는 문장 부호며 쓰는 곳이 대개 정해져 있어 그다지 융통성 있게 사용할 수 없다. 그러나 느낌표, 쌍점, 쌍반점, 줄표는 다양하고 자유롭게 활용할 수 있다.

느낌표

인물들이 가끔 서로에게 고함을 친다면 그때가 느낌표(!)를 사용할 때다. 그러나 신뢰감과 편안함을 전달해야 할 때는 고함소리 같은 느낌표에 의존해서는 안 된다. 유용한 도구들은 도구 상자에 모아두었다가 정말로 필요할 때 꺼내 써야 한다. 루앤 라이스가 소설『완벽한 여름The Perfect Summer』에서 생각의 모순을 강조하기 위해 쓴 것처럼 말이다.

다른 부모들이 그녀의 아빠에게 엄지손가락 두 개를 추켜올리며 찬사를 보냈을 애니의 탁월한 점은 바로—애니는 딱 맞는 스포츠를 찾기 위해 재빨리 머리를 굴렸고—필드하키였다!

인물이 언제 큰 소리를 내며 언제 입을 다물지를 결정하자. 마찬가지로 작가로서 언제 힘을 주고 언제 힘을 뺄지도 결정하자.

플롯상 중요한 순간이라면 엄청 시끄러워야 하기에 느낌표가 필요하지만, 그렇지 않은 경우에는 다른 문장 부호를 사용하는 게 더 낫다. 예를 보자.

"네가 너무 미워서 죽여버리고 싶어!" 그녀가 소리쳤다.

여기에서의 느낌표는 잘 사용했다고 할 수 없다. 만약 현실에서 누군가가 내게 이런 말을 소리친다면 당연히 나는 주의가 쏠릴 것이다. 그러나 소설에서는 다음과 같은 문장이 더 강렬한 이미지를 남긴다.

그녀는 그를 뚫어지게 쳐다보았고, 눈물과 함께 증오가 그녀의 눈가에 차올랐다. "지금 당장 널 죽여버릴 수도 있어." 그녀가 나지막하게 말했다.

여기에는 고함도 없고 따라서 느낌표도 필요 없다. 화가 난 사람들은 대개 고함을 친다. 냉정을 잃고 흥분한다. 이런 상황에 속삭임이 끼어들 여지는 없어 보인다. 냉철한 사람들은 보통 미리 끝까지 생각을 하고 나서 말하며, 낱말 하나하나를 진지하게 고른다. 독자도 이를 알고 있다. 자신들도 가끔 고함치거나 속삭이기 때문이다. 그러므로 이 장면은 조용하게 다루는 게(가만히 눈물 흘리며) 훨씬 더 선명한 이미지를 전달하는 방법이다.

소설을 쓸 때는 모든 장면을 하나하나 살펴보고 어떻게 해야 가장 효과적일지 생각해보자. 즉 소리를 크게 또는 작게, 길게 또는 짧게, 가볍게 또는 무겁게 할지 결정하자.

줄표

줄표(―)는 한 문장의 어떤 부분을 나머지 부분에서 분리하는 쉼표와 같은 역할을 한다. 줄표는 작가 고유의 독특한 문체를 설정하는 데 효과적이다. 쉼표는 모든 사람이 정확하게 똑같은 방식으로 사용해야 하며 언어의 여러 규칙 중에서도 절대 불변의 규칙에 속한다. 그러나 줄표는 쉼표보다 자유로우므로 작가에게 많은 재량을 허용한다.

클레어 프랜시스의 소설 『밤하늘Night Sky』에서 두 구절을 보자.

그는 지금이 몇 시인지 궁금했다―아마 4시는 지났을 것이다. 외출하기에 아직 너무 이른 시간이었다.

머지않아―오늘 밤까지―그는 D8SS를 사기에 충분한 돈을 갖게 될 것이다.

여기서 보듯이 작가는 줄표와 함께 짧은 구절을 보충해 문장의 의미를 더 명확하게 규정하고 있다. 각각의 경우에 줄표 대신 쉼표를 사용할 수도 있다. 하지만 독자는 쉼표보다는 줄표가 묶어놓고 있는 세부 사항에 더 주목한다.

줄표를 여러 곳에 마구 사용하면 그 효과는 금방 퇴색한다. 그러나 어쩌다 보이는 줄표는 묘사에 적당한 묘미를 더한다(좀 더 형식적인 쉼표와 함께 사용하거나 쉼표 대신 사용하면).

괄호

줄표와 괄호(())의 기능을 혼동하지 말자. 줄표로 묶인 부분은 여전히 문장의 일부분이다. 그러나 이를 괄호로 묶으면 독자는 문장과 별개의 내용으로 여긴다. 연극에서 한 배우가 극에서 잠시 이탈해 관객들에게 무언가를 설명해주는 방백과 비슷하다. 또한 판사가 배심원들에게 증인이 말한 것 중 일부를 판결에 고려하지 말라고 요청하는 것과 같다. 하지만 배심원은 이미 증인의 말을 들었기 때문에 안 들은 것처럼 완전히 무시해버릴 수는 없다. 소설의 독자 또한 괄호 안의 글을 전체 문장으로부터 완전히 분리된 내용으로 받아들일 수는 없다. 작가 역시 독자가 정말로 그 부분을 무시해버리기를 원하지 않는다. 만약 그랬다면 처음부터 쓰지도 않았을 테니까.

괄호는 작가가 독자와 1대 1로 대화를 계속 주고받을 수 있는 한 가지 방법이다. 마치 독자가 소설을 한 장 한 장 읽어가는 동안 그 옆에 앉아 그때그때 약간의 설명을 덧붙여주는 것처럼 말이다. 찰스 디킨스나 빅토르 위고는 자주 이 방법을 사용했다. 두 작가는 "자, 친애하는 독자 여러분, 이제 이야기를 계속할까요?"와 같은 구절이 작품에 자주 등장하던 시대의 작가들이다.

만약 편지나 일기 형식으로 소설을 쓰겠다고 결심한 게 아니라면, 요즘과 같은 시대에 독자와 수다 떨기는 그리 바람직한 방법이 아니다. 그러나 가끔씩 괄호를 통해 정보를 알려줘 작품에 묘미를 더할 수는 있다.

블라디미르 나보코프의 소설 『왕, 여왕, 악당King, Queen, Knave』에서 그 예를 보자.

어디선가 문이 살그머니 닫히고, 계단이 삐걱거렸고(삐걱거려서는 안 되었다!) 그녀의 남편이 틀린 음정으로 신나게 불어대는 휘파람 소리가 귀에서 점점 멀어져갔다.

괄호 안의 정보를 전부 지운다 해도 문장의 나머지 부분이 원래의 이미지를 여전히 전달한다. 그러나 살짝 끼어든 괄호는 마치 비밀이라도 속삭이는 듯 묘사에 많은 것을 더하고 있다. 느낌표까지 붙어 있어 더욱 그렇다.

쌍점

쌍점(:)은 사촌 격인 쌍반점(;)과 자주 혼동되어 능숙한 작가들도 가끔 이 둘을 바꿔 쓴다. 그러나 그런 행위는 커다란 잘못이다. 쌍점은 독자에게 경고하는 기능을 한다. 이제 무언가 중요한 일이 나올 거라고 암시한다. 쌍점의 가장 일반적인 기능은 목록을 나열하는 것이다. 쌍점은 또한 인물이나 상황을 묘사할 때 가장 적합한 방법이기도 하다.

에드워드 루터퍼드는 소설 『런던London』에서 이렇게 쓰고 있다.

헨리 왕의 막대한 유산을 물려받을 후보는 셋이었다: 리처드, 그의 동생 존 그리고 그들의 조카인 아서.

작가가 할 일은 독자에게 정보와 이미지를 전달하는 것이다. 때로 이 정보는 하나, 둘, 셋처럼 일목요연하게 나열해야 더 분명히 전달할 수 있다. 이때 정보가 언제나 목록일 필요는 없으며 가끔은 무언가에 대한 정의일 때도 있다.

그 예를 『런던』에서 다시 살펴보자.

네드는 훌륭한 개였다: 중간 크기의 몸집에 부드러운 갈색과 흰색이 섞인 털, 반짝이는 눈을 가진 그 개는 주인에게 충성스러웠다.

또한 정보는 예시이거나 설명일 때도 있다.

미국독립전쟁의 애국자들은 한 가지, 단 한 가지만을 위해 싸웠다: 자유였다.

쌍점은 독자에게 무언가가 나온다는 것을 미리 알리는 역할을 한다. 이는 묘사, 설명, 아이디어, 목록 나열이다. 쌍점은 중요한 대목에 독자의 주의를 집중시키는 좋은 방법 중 하나다.

쌍반점
쌍점이 여러 가지 기능을 하는 반면 쌍반점은 한 가지 기능만을 한다. 그러나 매우 중요한 기능이다. 쌍반점은 두 개의 완전한 문장을 '그리고', '그러면' 같은 접속사의 도움 없이 연결한다. 그래서 절대로 해서는 안 되는 잘못을 막는다. 예를 들어 절이 끊어지지 않고 계속 이어진다든지, 아니면 문장을 짧게 뚝뚝 끊어버려 마치 울퉁불퉁한 자갈길을 가는 것처럼 읽는 동안 자꾸 부딪치게 되는 현상을 방지한다.

다음 세 문장을 살펴보자. 모두 완전한 문장 구조를 갖추었으며(주어와 술어) 분명하게 서술되어 있다.

암탉들은 계속 알을 낳았다.
그건 기적과 같은 일이었다.
어린 시절 그는 11월부터 봄까지 신선한 달걀을 먹어본 적이 없었다.

이 세 문장은 기대하지 않았던 일이 한 소년에게 기적과도 같이 일어났다는 것을 구체적으로 나타낸다. 만약 이런 이미지를 소설에서 전달하고 싶다면 문장들을 앞과 같이 나열하고 끝낼 수도 있다. 하지만 다른 식으로 문장들을 구성했을 때 이미지가 얼마나 더 효과적으로 전달되는지 제프리 렌트의 소설 『가을에In the Fall』를 보자.

암탉들은 계속 알을 낳았다. 그건 기적과 같은 일이었다; 어린 시절 그는 11월부터 봄까지 신선한 달걀을 먹어본 적이 없었다.

문장 길이 변화는 매우 효과적인 글쓰기 도구로 뒤에서 다시 살펴볼 것이다. 여하간 긴 문장을 자연스럽게 흘러가도록 만드는 최고의 방법은 쌍반점을 써서 짧은 문장 여러 개로 묶는 것이다. 자신의 원고에서 쌍반점을 쓸 수 있는 부분이 있는지 늘 찾아보자.

비유, 무슨 효과가 있을까?

비유는 표현하고 싶은 이미지를 효과적으로 전달하는 방법 중 하나로, 그것과 비슷한 뭔가를 보여주는 일이다. 은유, 직유, 유추, 의인화, 상징, 암시 등이 이에 속하며, 모두 작가가 가리키는 대상을 독자가 떠올릴 수 있도록 그 옆구리를 슬쩍 찌르는 방법이다.

특히 은유, 직유, 유추는 같은 기능을 하며 정도의 차이가 있을 뿐이다. 은유는 유사성을 암시적으로 나타내는 방법이고, 직유는 유사성을 직접적으로 나타내는 방법이다. 그리고 유추는 좀 더 정교하게 유사성을 나타내는 방법이다. 이 세 비유법은 소설 속에서 어떤 유사성을 얼마나, 어떻게 표현하느냐에 따라 고를 수 있다.

은유

은유는 유사성이 있다고 직접 말하지 않고 넌지시 나타내는 비유법이다. 은유를 쓰면 독자는 작가가 묘사하고 있는 사물과 사건이 아니라 다른 사물과 사건에 대해 생각하게 된다. 그 결과 그 사물과 사건을 더욱 명확히 느끼게 만드는 효과를 낸다.

다음의 예를 보자.

　당당한 정치가, 윈스턴 처칠은 전쟁 내내 영국을 이끌었다.

이 문장은 다음 문장만큼 마음에 와닿거나 효과적이지 않다.

　당당한 영국의 사자, 윈스턴 처칠은 전쟁 내내 자신의 나라를 이끌었다.

두 번째 문장은 처칠이 동물이라는 것을 암시하려는 의도에서 쓴 글이 아니다. 아마도 문장을 문자 그대로 읽는 독자는 그렇게 이해할지도 모른다. 은유는 독자에게 글 속에 '있는' 어떤 것이 글 속에 '없는' 어떤 것과 어떻게 유사한지 보여준다. 그러므로 글자 뜻 그대로만 해석하려는 독자에게 은유를 이해시키기 위해 약간은 무조건적인 믿음을 갖도록 해야 한다.
　이는 와인 전문가가 와인에서 딸기나 멜론 또는 고추 맛이 난다고 말하는 것과 같다. 이 재료들이 실제로 와인에 들어 있는 건 물론 아니다. 하지만 그 말을 듣는 사람들은 와인 맛이 어떤지 상상하기가 수월하다.
　알렉스 헤일리는 소설 『뿌리Roots』에서 다음의 구절을 쓰면서 독자들이 커다란 카펫이 때때로 하늘을 날아다닌다고 믿으리라 생각하지 않았다.

수십만 마리의 새가 살아 있는 광활한 양탄자처럼—무지개처럼 온갖 빛깔을 띤—힘차게 펄럭이며 날아올라 하늘을 뒤덮었다.

은유는 초보 작가의 글쓰기 도구로 인기가 많다. 만약 강도를 고양이처럼 묘사하려면 그냥 '강도는 고양이 같다'고 쓰면 된다. 아니면 '강도가 작은 고양이 발로'(칼 샌드버그의 시 「안개Fog」 속 문장을 빌려) 돌아다닌다고 할 수도 있다.

은유를 쓸 때 가장 큰 문제는 바로 은유를 잘못 쓰는 것이다. 우리 모두 자주 이러한 실수를 저지른다. 내가 가장 최근에 저지른 실수는 이 책 1장의 초고를 쓰면서 생겼다. 원래 문장은 다음과 같았다.

배경을 묘사할 때 자신만의 문체를 찾아내고 다듬는 일은 홀로 조종석에 앉아서 단독 비행을 하는 것과 같다.

이렇게 쓴 다음 몇 문장 뒤에 에이해브 선장의 하얀 고래가 수평선 위로 치솟아 오르듯이 자신의 문체가 드러날 거라고 썼다. 결국 한 문단에 비행과 항해의 이미지를 뒤섞어 사용했고 그로 인해 독자를 혼란에 빠뜨렸다. 그래서 이 부분을 수정할 때 위의 문장을 아래와 같이 바꾸었다.

배경을 묘사할 때 자신만의 문체를 찾아내고 다듬는 일은 홀로 배의 키를 잡고 나아가는 단독 항해와 같다.

이렇게 고치고 나자 비행이나 조종석에 대한 언급 없이 온전히 항해에 관한 이미지로 통일되었다. 나는 우리 모두가 같은 "페이지에 있다On the same page"라는 흔한 은유를 쓰지 않았다. 페이지는 배와 아무런 관계가 없기 때문이다. 대신 우리 모두 같은 바다에서 항해하고 있다고 했다.

만약 은유를 잘못 쓴 예가 더 궁금하다면 만화 「크랭크섀프트」를 보면 된다. 주인공이 툭하면 은유를 잘못 쓰는데, 여기서 바로 이 만화의 유머가 드러난다. 한번은 누군가가 주인공의 할아버지에게 손녀가 정말 다 컸다고 말했다. 그는 대답했다. "머지않아 두 날개를 펴고 저 문 밖으로 '걸어' 나갈 테지."

인물이 은유를 잘못 쓰는 상황을 만들면 코믹한 재미를 더한다. 다만 이 은유가 서술에서 두드러지면 재미는커녕 혼란만 생긴다.

직유

직유는 은유와 똑같은 기능을 한다.

다만 보통 '-처럼'이나 '-같이' 등의 조사를 써서 나타내므로 은유만큼 미묘하지 않고 직접적이다. 직유를 사용하면 처칠은 '영국 사자처럼' 포효하거나 '영국 사자같이' 당당할 수도 있다.

에이단 체임버스는 『노 맨스 랜드Postcards from No Man's Land』에서 움직임을 표현하기 위해 직유를 사용한다.

극장의 한쪽 옆면에는 광장을 객석처럼 거느린 작은 광장이 또 하나 있었다. 그 광장에는 천막을 친 카페가 있었고, 둥지를 드나드는 새들처럼 웨이터들이 드나들며 커피와 음식을 날랐다.

켄 폴릿은 『에덴의 망치The Hammers of Eden』에서 움직임이 없음을 표현하기 위해 직유를 사용한다.

빛이 더 밝아지면서 그들은 자신들 밑에 있는 크레인과 거대한 불도저의 어두컴컴한 실루엣을 구별할 수 있었다. 그것들은 잠든 거인들처럼 움직이지 않았다.

습작생들은 직유가 글에 가져다주는 멋진 효과를 처음으로 맛보고 나면, 엄마의 화장품을 처음 몰래 바르는 여자아이처럼 직유를 지나치게 쓰는 경향이 있다. 시가행진을 하는 조랑말같이 뽐내기 위해 직유를 연달아 사용하기도 한다.

자, 바로 앞 문단에서 나는 직유를 지나치게 사용했다. 직유를 너무 많이 쓰는 습작생을 화장품을 덕지덕지 바른 여자아이에 비유했다. 시가행진에 나온 조랑말에도 비유했다. 한 문단에 은유와 직유를 둘 다 사용하는 건 조금 지나치다. 그러나 넘치지만 않는다면 직유는 소설에서 가장 쓸모 있는 도구 중 하나다.

은유를 쓰는 곳에는 직유를 쓸 수도 있다. 그러나 직유는 유사성을 암시하기보다 직접 서술하는 수사법이다. 다시 말해 직유를 한다면 강도가 등장하는 부분은 '작은 고양이 발로 걷는' 게 아니라 '도둑고양이처럼 살금살금 걷는' 게 된다.

유추

유추는 두 대상이 최소한 한 가지 면에서 유사하다는 점에 착안해 두 대상을 조심스럽게 비교하는 것이다. 로리 오렐리아 윌리엄스의 『캠비아 엘레인이 해왕성에서 날아왔을 때When Kambia Elaine Flew in from Neptune』라는 소설에서 짧은 예를 살펴보자.

나에게 그 강어귀는 엄마가 끓는 물로 반죽한 옥수수 빵과 같았다.

이 문장은 고등학교 시절 치렀던 시험에서 우리를 힘들게 했던 유추 문제들과 똑같은 형식이다. 그러나 이 유추를 곧이곧대로 풀이할 필요는 없다. '엄마에게 끓는 물로 반죽한 옥수수 빵이 중요한 것처럼 그 강어귀는 나에게 중요했다' 또는 '그 강어귀가 나에게 그렇듯이, 끓는 물로 반죽한 옥수수 빵은 엄마에게 변치 않는 가치였다'라고 풀이해도 된다.

때때로 짤막한 유추로는 원하는 모든 것을 다 전달할 수가 없다. 그러면 조금 더 긴 유추로 만들어도 된다.

제임스 미치너의 『독수리와 까마귀The Eagle and the Raven』에서 주인공은 산타 애나와 샘 휴스턴이다. 작가는 소설 제목과 소설 전체에 이 두 주인공을 각각 새에 비유하고 있다.

마치 한 해에 힘센 새 두 마리가 하늘에 등장한 것과 같았다. 독수리는 남쪽에서, 까마귀는 북쪽에서 각각 선회하면서 자신의 힘을 키워가고 있었다. 격정의 42년 동안 두 적수는 점점 궤도를 넓히며 날아다녔고, 마침내 둘 사이의 대결이 불가피하게 되었다. 대결은 오직 한 번으로 끝날 것이었다. 세계의 역사를 바꿀 1836년의 봄, 점점 고조되는 18분간의 충돌 한 번만으로.

소설에서 유사성을 간략히 묘사할 때는 은유나 직유가 가장 효과적이다. 그러나 두 인물이나 사물을 좀 더 날카롭게 비교하려면 간략하거나 또는 길게 확장한 유추를 사용해야 한다.

앞의 강도가 등장하는 부분을 유추로 표현한다면 강도가 어떻게 고양이와 같은지에 대해 세부 사항을 덧붙여야 한다.

암시

이왕 고양이를 이야기하고 있으니 커트 보네거트의 『고양이 요람Cat's Cradle』을 살펴보자.

내 이름은 조나. 우리 부모님은 그렇게 불렀다. 아니 거의 그럴 뻔했다. 그분들은 나를 존이라고 불렀다.

"내 이름은 조나"라는 부분은 암시다. 암시는 유명한 인물이나 사건을 언급하는 수사법이다. 여기에서 작가는 『모비딕』의 첫 문장("내 이름은 이슈마엘")을 암시하고 있다. 내가 앞서 에이해브 선장과 하얀 고래를 말해 그 소설을 암시했던 것처럼.

암시는 다른 것에 주목시킴으로써 어떤 사물이나 사람을 묘사하는 방법이다. 단, 이때 문장의 핵심 낱말이 '유명한' 것이어야

만 한다. 독자가 암시를 알아채지 못한다면 아무 소용이 없다. 애리조나의 플래그스텝에 사는 작가의 엘머 삼촌이 구두쇠의 전형이라고 해서 소설 속 한 인물이 엘머 삼촌처럼 인색하다고 쓴다면 작가의 가족 말고는 누구도 이해하지 못한다. 그러므로 암시를 사용할 때는 독자가 이해할 수 있도록 충분히 유명한 것을 선택해야 한다. 암시가 수수께끼가 되어서는 곤란하다.

내가 몇 년 전에 접한 어떤 소설은 작가가 독자에게 직접 생각해낸 게임을 제시하는 것으로 도입부가 쓰여 있었다. "나처럼 고전 교육을 받은 운 좋은 독자라면" 소설 속에 심어놓은 예술과 문학 작품에 대한 암시를 찾아낼 수 있을 거라고 한 것이다. 그러면서 암시가 몇 개나 들어 있는지 알려주었고 보물찾기하는 아이들처럼 그것을 찾아나서라고 했다. 또한 이렇게 썼다. "내가 심어놓은 암시는 소설을 이해하는 데 중요한 단서가 아니므로 이를 무시하거나 이해하지 못해도 소설을 읽는 데 아무런 문제가 없을" 거라고.

나는 이와 같은 생각에 동의하지 않는다. 독자가 쉽게 알아채지 못하는 암시는 무용지물일 뿐이다. 독서의 속도를 떨어뜨리는 정도라면 그나마 다행이지만 최악의 경우에는 걸림돌이 된다. 그 소설을 읽은 독자들이 작가가 숨겨놓은 암시들을 찾아냈는지 모르겠으나, 나는 본론으로 들어가기도 전에 책을 덮어버렸다.

암시를 사용하는 목적은 독자를 쫓아내는 데 있지 않다. 독자가 이미 알고 있는 비슷한 상황이나 사건을 기억하게 해서 좀 더 소설에 몰입하게 하는 데 있다. 앞의 작가가 저지른 또 다른 실수는 암시를 이해하지 못해도 상관없다고 생각한 것이다. 만약 암시를 사용하기로 결정했다면, 단순히 독자가 암시를 찾아내는 재미 말고도 그 이상의 목적이 있어야 한다. 소설의 모든 요소가 그래야 하듯 암시 역시 소설에 가치를 더해야 한다.

토니 커시너는 연극 「아메리카의 천사들Angels in America」에서 영화 「오즈의 마법사The Wizard of OZ」를 암시한다. 한 극중 인물이 심각한 병을 앓고 깨어난 후에 친구들을 보며 말한다. "엄청난 꿈을 꿨어? 너도 거기에 있었고 너도 있었어…… 끔찍하기도 하고 멋지기도 했는데, 어찌 되었건 나는 계속 '집에 가고 싶어요'라고 했고 그들이 나를 집으로 보내줬어." 이 말은 영화 마지막에서 도로시가 한 대사 그대로다. 이는 오래전에 미국에서 하나의 기호로 자리 잡은 영화에 대한 분명한 암시이므로 대부분의 독자가 알아챈다.

앤 라이스의 『육체 도둑 이야기The Tale of The Body Thief』에 나오는 "그렇다면 하늘이시여, 나는 당신에게 반항할 것입니다!"라는 짧은 문장은 암시가 그리 명확하지 않다. 이는 「로미오와 줄리엣 Romeo and Juliet」에 나오는 로미오의 대사 "그렇다면 별이시여, 나는 당신에게 반항할 것입니다!"와 무척이나 비슷하다. 『육체도둑 이야기』에 나오는 인물은 로미오와 같은 상황에 놓여 있기에 이 말은 그 의미를 더욱 강조한다.

암시는 선명하건 은밀하건 모든 독자가 이를 이해할 수 있을 때 소설에 도움이 된다. 만약 어린 소년이 마을 사람들에게 불이 난 것을 알리기 위해 자전거를 타고 마을로 쏜살같이 달려가는 모습을 폴 리비어(미국독립전쟁 때 렉싱턴 전투에 앞서 밤중에 말을 타고 다니며 메시지를 전했던 인물)로 표현했다면 매우 바탕이 탄탄한 암시를 한 것이다. 그러나 독자들이 모르는 누군가의 삼촌은 그냥 내버려두는 게 좋다.

비유는 숭고한 언어

비유는 오랜 세월에 걸쳐 종교가 자주 사용한 문학적 도구다. 매주 일요일 아침 울려 퍼지는 찬송가를 생각해보자. "굳건한 요새는 우리의 신이시네"에서 사실 신이 요새라는 게 아니고 요새와 같다는 뜻이다. 다른 찬송가에서는 기독교 병사들을 노래한다. "전쟁을 행진하는 병사들"에서 병사들은 진짜 병사들이 아니고 자신들의 종교적 서약이 병사의 서약과 비슷하다는 뜻이다.

모든 종교의 경전은 은유와 직유 그리고 상징으로 가득하다. 성경이나 다른 종교 경전에 나오는 사건들에 대한 문학적·역사적 진위를 놓고 토론이 격렬하게 벌어지곤 한다. 하지만 대부분의 토론자는 노아가 실제로 방주를 물에 띄웠건 아니건 '인간은 신의 말을 잘 들어야 한다'는 교훈이 가장 중요하다는 점에 암묵적으로 동의한다.

만약 상징과 직유, 은유, 암시 같은 문학적 도구들이 아주 오랜 옛날부터 지금까지 사람들이 신비롭고 숭고한 것을 볼 수 있도록 도왔다면, 이는 분명 소설 쓰기에도 더할 나위 없이 유용한 도구가 될 것이다. 우리는 이 도구를 사용해 소설 속에 좀 더 단단히 인물과 배경 그리고 사건을 안착시킬 수 있다.

의인화

『로미오와 줄리엣』의 마지막 부분 대사를 살펴보자.

암울한 평화가 이 아침에 내렸으니
태양은 슬픔으로 얼굴을 안 보인다.

에스캘러스 군주는 자신 앞에 누워 있는 두 죽은 연인과 다른 인물들의 죽음을 애도한다(윌리엄 셰익스피어는 비극 작품을 많은 사람의 죽음으로 끝내기를 좋아했다). 그는 하늘에 있는 태양이 슬픔 때문에 구름 뒤에 숨는다고 말한다. 아무리 곧이곧대로 풀이하는 독자라도 태양이 정말 가책을 느끼는 일은 있을 수 없다고 생각할 것이다(베로나의 하늘이 그날 흐렸을 뿐이다). 이렇게 의인화는 무생물인 물체와 생각에 인간의 행동과 감정을 부여하는 수사법이다.

소설에서 의인화를 사용할 때는 세심한 주의를 기울이며 충분한 시간을 두고 생각해야 한다. 앤 패커가 소설 『클로센 부두에서의 다이빙The Dive from Clausen's Pier』에서 사용한 의인화를 살펴보자.

그 실크는 내가 전에 만져본 것들과 전혀 달랐고, 너무나 매끄럽고 부드러워서 마치 살아 있는 듯했다. 조심하지 않으면 내 탁자에서 스르르 마루로 달아나고 내 재봉틀에서 빠져나와 미끄럼을 탔기에 손으로 가만히 있으라고 어루만져 줘야 했다.

의인화는 작은 이미지에도 사용할 수 있다. 조앤 K. 롤링은 『해리 포터와 불의 잔Harry Porter and the Goblet of Fire』에서 한 단어("헤엄치다")로 이를 보여준다.

그들은 황무지를 가로질러 건너기 시작했는데 심한 안개 속이라 멀리까지 갈 수는 없었다. 20분쯤 지난 후, 어떤 문 옆에 작은 돌로 만든 오두막이 헤엄치고 있었다.

의인화를 사용하면 중요한 행동을 독자의 마음속에 분명하게 심어줄 수 있다. 수영장의 따뜻한 물이 팔을 만졌다는 표현은 재미없는 묘사다. 팔을 '어루만졌다'고 하는 게 훨씬 더 효과적이다.

상징

너무나 많은 학생이 문학은 순전히 상징으로 이루어진다고 생각하는데 참 안타깝다. 이는 교사들이 수업 중에 인물이나 사물, 사건이 무엇을 뜻하는지에 지나치게 중점을 두고 가르치기 때문이다. 더 구체적으로 말하자면 어떤 표현이 무엇을 의미하는지 교과서나 참고서에서 강조하는 것에만 관심을 두고 있다. 그래서 학생들은 자신들이 읽어야 하는 문학 작품의 핵심이 교사가 지적하는 다양한 상징에 있다는 생각을 품게 된다. 소설에서 중요한 다른 것들이나 소설 자체의 의미는 무시한 채 말이다.

상징은 문학의 전부는 아니지만 중요한 도구인 건 틀림없다. 애런 엘킨스는 『공포 원정대Fellowship of Fear』에서 몇몇 조각상을 묘사하는데, 이는 분명히 다른 사물이나 생각을 나타내는 상징이다.

그 입구의 한쪽에 있는 커다란 독수리 돌 조각상들은 예전에는 월계관을 쓴 나치의 십자기장을 발톱으로 붙잡고 있었다. 그러나 십자기장은 뉴스 카메라를 향해 웃고 있는 젊은 제대군인들 때문에 오래전부터 조금씩 깨져 나갔다. 그래서 지금은 유럽 주둔 미군 사령부를 지키는 독수리로서 의무를 수행하게 되었다.

여기에서 상징은 독수리 돌 조각상만큼이나 묵직하다. 소설에서 상징이란 도구를 사용할 때는 이보다 언제나 좀 더 절제하는 게 좋다.

위 소설에 나오는 독수리처럼 너무나 분명한 무언가를 상징하려는 게 아니라면 의도적으로 상징을 쌓아가는 작업은 자제하는 게 좋다. 가장 효과적인 상징은 소설 안에서 자연스럽게 생겨나며 우유의 크림처럼 표면에 저절로 떠오르기 때문이다.

나의 아버지가 알츠하이머병에 걸려 겪은 시련을 소설로 쓸때, 나는 여러 번 해군 벽시계에 대해 이야기했다. 부대에서 필요가 없어진 그 시계를 아버지는 내가 태어나기 전에 집으로 가져왔고 부엌 벽에 걸어놓았다. 꽤 크고 무거운 시계였는데 앞면 유리 덮개에 경첩이 달려 있어 열 수 있었다. 나는 아침마다 열쇠를 꽂아 시계태엽을 감는 아버지의 모습을 보며 자랐고, 그 시계로 시계 보는 법을 배우기도 했다(유감스럽게도 24시간이 다 표시되는 이상한 시계여서, 초등학교에 들어가서 12시간이 표시되는 보통 시계로 시계 보는 법을 다시 배워야만 했다). 아버지가 돌아가시자 그 시계를 떼어내어 내 집으로 가져왔다. 그리고 그날부터 시계태엽을 감는 의무를 이어받았다.

솔직히 말해 그 시계로 어떤 것 또는 어떤 사람을 나타내려 의도하지 않았다. 그러나 꽤 많은 사람이 그 시계를 나의 아버지, 자신들의 아버지 아니 우리 모두의 아버지, 또 피할 수 없는 시간의 흐름에 대한 상징(메멘토 모리memento mori 즉 죽음을 상기시키는 물건)으로 받아들였다. 결국 내 의도가 무엇이건 간에 내가 물려받은 그 시계는 하나의 상징이 되었다. 내가 상징을 위해 집어넣었기 때문이 아니라 소설의 자연스러운 전개 속에서 자연스레 상징으로 자리 잡았다.

아마도 지금 이 책을 읽는 누군가는 상징에 대해 아무 생각이 없다가 내 이야기를 듣고 갑자기 상징을 사용해야 하나 고민하고 있을지도 모른다. 그에 대한 내 대답은 이렇다. 가능한 한 최선을 다해 쓰자. 헤밍웨이가 말했던 것처럼 진실하게 그리고 잘. 그리고 무엇이 상징이 될지에 대해 걱정하지 말자. 사물과 인물을 구체적으로 서술하다 보면 자연스럽게 상징은 드러난다.

이 말은 선악 또는 복수심 등을 상징하는 인물을 등장시키지 말라는 뜻이 아니다. 소설 속에서 그들이 하는 행동과 말이 선이나 악을 상징해야 한다는 뜻이다. 상징을 만들려는 작가의 의도가 앞서면 결국 비평가들이 '종이 인형'이라 부르는 것을 만들어내기 십상이다. 이 인물들은 종이에 그리고 오려서 세워놓은 인형들처럼 일차원적으로 보인다. 다시 말하면 비현실적인 인물이 아닌, 정말로 현실 속의 사람처럼 인물을 그려야 한다는 말이다. 이 인물이 무언가를 상징한다면 더 훌륭하다.

이 점은 장소와 사물도 마찬가지다. 자신의 만든 배경이 장면이 바뀔 때마다 무대 위로 쿵 떨어지는 배경막에 불과하기를 바라는 작가는 없을 것이다. 현실감 있고 그럴듯한 장소가 되기를 바랄 것이다. 만약 배경이 노먼 록웰(미국 사회와 미국인을 소재로 사실적이고 비판적인 작품을 주로 그린 화가)의 그림에서 걸어 나온 가장 미국적인 상징, 즉 애플파이 같은 상징이 되기만을 원한다면 그곳은 진짜 사람들이 진짜 문제를 안고 살아가는 장소가 아니라 그저 상징에 그치고 말 것이다.

그러면 인물들의 이름은 어떻게 지으면 좋을까? 아주 옛날에는 상징적인 이름이 효과가 크곤 했다. 『천로역정Pilgrim's Progress』에서 일생을 통해 순례를 완수한 주인공의 이름은 크리스천이다. 그러나 요즘은 그런 식으로 이름을 붙이는 일에 조심해야 한다. 사실 너무나 조심스러운 일이라서 차라리 인물들의 이름에는 그어떤 상징도 넣지 말라고 충고하고 싶다. 만약 인물 이름에 상징을 넣고 싶다면 『앵무새 죽이기』에서 주인공을 애티커스 핀치라고 한 것처럼 주목을 끌지 않게 하자. 핀치는 주인공처럼 누구에게도 해를 끼치지 않는 작은 관상조다. 소설 속의 애티커스 자신이 그러했고 소설 속 또 다른 인물인 팀 로빈슨도 마찬가지다.

인물의 작명에서 상징을 가장 잘 사용하는 방법은 별명을 활용하는 것이다. 『천국의 창문』에서 나는 고아원 아이들이 얼굴을 덮을 정도로 커다란 점이 있는 한 수녀를 '물집 수녀님'이라는 별

명으로 부르게 했다. 머리가 나쁜 사람을 '아인슈타인'이라고 부르거나 잘 넘어지는 여자를 '우아하다'는 뜻의 '그레이스'라고 부르는 것처럼 별명은 반어적 상징으로 쓰일 수도 있다.

원고를 쓸 때 자연스럽게 상징으로 발전시킬 수 있는 인물이나 사건이 있는지 언제나 관심을 기울이고 있어야 한다. 만약 그러한 것을 찾게 되면 상징으로 만들 고심을 하자. 배경인 농가가 1년 전 일어난 범죄 사건과 한 인물이 느끼는 죄책감을 분명히 상징한다고 해보자. 그러면 여기에 따르는 뒷이야기와 거짓 단서, 몇몇 복선과 그 외 많은 사항을 만들어내야 한다. 이러한 문학적 노력을 통해 그 농가는 마침내 하나의 진정한 상징이 되고, 소설은 그만큼 더 풍부한 이야기가 된다.

의성어, 문장 속에 넣자

많은 작가 지망생이 행동을 묘사하는 의성어로 소설을 시작한다. 또는 소설 전체에 의성어만 단독으로 쓰기도 한다. 그래서 '빵!' '퍽!' '꽝!' 같은 한 단어가 여기저기에 등장해 말풍선들이 휙휙 지나가는 만화를 보고 있는 착각을 들게 한다.

'따르릉! 따르릉!'은 전화가 온 것을 알리는 한 가지 방법이다. 그러나 결코 최선의 방법은 아니다. 그냥 '전화벨이 울렸다'고 쓰는 게 더 낫다. 그러나 다음이 더 좋은 방법이다.

그는 수화기를 집어 들고 "여보세요"라고 말했다.

독자를 무시하면 안 된다. 인물이 수화기를 집어 들고 "여보세요"라고 말한다면 전화가 울렸다는 걸 독자는 알고 있다.

의성어를 단독으로 사용하는 대신 문장 속에 집어넣으면 마술처럼 더 효과가 좋아진다. 제인 그레이가 『자줏빛 초원의 카우보이Riders of Purple Sage』의 첫 문장에서 사용한 의성어를 보자.

또각또각 쇠편자를 댄 말발굽의 날카로운 소리가 잦아들다가 끊겼고, 노란색 먼지가 미루나무 아래에서 세이지 풀잎 위로 피어올랐다.

"또각또각"은 이 문장 안에서 노래처럼 흘러나오지만 그 소리 자체가 독립된 문장은 아니다. 우리는 말이 또각또각 걷는 소리를 듣고 곧바로 다음 상황으로 옮겨간다. 우리가 현실 속에서 매일 수백 번씩 그러는 것처럼 말이다.

현실 세계에서처럼 글 속에서도 의성어가 자연스럽게 들리도록 해야 한다. 그러려면 사물들이 내는 소리가 그 자체로 독립된 문장이 되기보다는 더 큰 묘사를 위해서 헌신하도록 해야 한다. 만약 갈매기 몇 마리가 끼룩끼룩 울고 파도가 말뚝에 철썩 부딪치는 해변을 배경으로 묘사하고 싶다면 다음과 같은 문장은 피하는 게 좋다.

"끼룩! 끼룩!" 수많은 갈매기가 울었다. 철썩! 파도가 말뚝을 쳤다.

사실 이런 문장은 피하는 게 좋은 정도가 아니라 절대로 써서는 안 된다. 완벽하게 나쁘기 때문이다.

"끼룩! 끼룩! 철썩!" 갈매기와 파도의 소리가 아침을 가득 채웠다.

이 문장은 조금 나은 편이다. 그러나 아래 문장이라면 더 좋았을 것이다.

갈매기 한 떼가 회색빛 아침 속을 떠다니면서 끼룩끼룩 울었다. 무심한 파도는 콘크리트 말뚝을 철썩 쳤다.

"끼룩끼룩"과 "철썩"은 독자가 배경을 상상하는 데 도움이 되는 좋은 단어들이다. 이 단어들이 문장 밖에 떨어져 나오면 독자는 그 소리에만 집중하기 쉽다. 이 단어들이 묘사의 전체 구조 속에 자리 잡는다면 훨씬 더 효과적인 의성어가 된다.

변주는 좋고 반복은 나쁘다

글을 쓰면서 때때로 외워야 할 주문이 하나 있다. "변주는 좋고 반복은 나쁘다."

변주는 주로 리듬감을 주기 위해 단어와 구절을 반복해 운문의 노랫말 같은 움직임을 강조할 때 나온다. 이와 반대로 반복은 무언가가 뜻대로 안 되어 똑같은 단어와 구절을 너무 자주 사용할 때 나온다. 장담하건대 독자들은 변주와 반복의 차이를 알고 있다. 그러니 작가라면 물론 알고 있어야 한다.

변주는 소설에서 무언가를 묘사할 때 쓸 수 있는 훌륭한 방법이다. 말하자면 멜로디 하나를 통해 독자가 정보를 조금씩 얻게 만들 수 있다.

존 그리샴은 소설 『관람석Bleachers』에서 간단한 변주를 사용한다. 그는 상황을 묘사하기 위해 아래 두 문장에서 "우리의"와 "기다리고 있었다"라는 표현을 두 번 반복한다.

우리는 두 경기를 뛰었다. 열한 명의 선수들은 두 플레이가 완벽해질 때까지 연습을 계속했다. 우리의 여자 친구들이 기다리고 있었다. 우리의 부모님이 기다리고 있었다.

윌리엄 게이는 『밤의 고장Provinces of Night』에서 배경 묘사를 하면서 좀 더 긴 변주를 보여준다.

향긋한 소나무 냄새, 들판의 비옥한 흙냄새는 브래디의 트랙터 탓에 진하게 하늘로 피어올랐다. 멀리서 들리는 소들의 희미한 울음소리만이 그곳의 고요함을 깨뜨리고 있었다.

만약 소설 속에서 한 인물이 다른 인물과 깊은 사랑에 빠졌다는 것을 명확히 나타내고 싶다면 그저 쓰면 된다. "그는 그녀를 매우 사랑했다." 아주 쉽다. 그렇지 않은가? 이 문장은 애초에 나타내려고 했던 것, 그가 그녀와 깊은 사랑에 빠져 있음을 정확히 진술하고 있다. 그러나 만약 이를 증명하고자 한다면 아래와 같이 변주를 해서 내용을 강조할 수 있다.

그는 항상 그녀를 생각했다. 그는 아침에 침대에서 일어날 때 그리고 전철을 타고 출근할 때도 그녀를 생각했다. 그는 따분한 직장 일을 하면서 종일 그녀를 생각했고, 전철을 타고 집으로 오면서도 그녀를 생각했다. 동네의 간이음식점에서 저녁거리로 사온 고기와 치즈 요리를 먹는 동안에도 주말에 기차역 플랫폼에 서 있는 그녀가 얼마나 아름다울지 생각했다. 그리고 그는 매일 밤 마침내 잠자리에 들어 눈을 감을 때도 그녀를 생각했다.

여기에 쓰인 "그녀를 생각했다"는 절대로 반복이 아니다(기억하자. 반복은 나쁜 것이다). 대신 그 남자가 머리부터 발끝까지 사랑에 빠져 있다는 사실을 독자가 완전히 받아들이도록 신중하게 짜인 멜로디를 만들고 있다.

변주는 언어가 가진 기본적인 아름다움을 잘 활용하고 그 아름다움에 주목하게 만드는 좋은 방법이다.

변주는 듣는 사람의 귀를 즐겁게 하고 소설의 주요 내용을 전달할 뿐 아니라 작가 고유의 독특한 문체를 확고히 하는 데 도움을 준다.

회상, 뒷이야기, 후일담의 효과

회상(플래시백)이란 과거로 갑자기 잠시 돌아갔다가 마찬가지로 갑자기 현재로 다시 돌아오는 것을 말한다. 뒷이야기는 회상과 같지만 좀 더 길게 과거로 다녀오는 여행 같은 것이다(사실 때로 뒷이야기는 단편소설, 심지어 장편소설의 대부분을 차지하기도 한다). 후일담은 현재의 사건이 끝난 후, 때로는 아주 오랜 시간이 흐른 후의 일을 살짝 들여다보는 것이다.

회상에서는 보통 한 인물이 과거의 일이나 사람을 떠올린다. 양배추 볶는 냄새가 몇 년간 가본 적이 없는 곳의 부엌을 떠오르게 할 수 있다. 또 50년간 함께 산 아내가 어느 순간 결혼 당시의 젊은 아가씨로 보일 수도 있다.

회상은 미스터리소설에서 한두 개의 단서를 끼워 넣을 때 또는 인물의 특성을 강조하거나 설명이 필요할 때 아주 유용하다. 개를 좋아하지 않는 어떤 사람이 있다고 가정해보자. 독자는 그가 왜 개를 싫어하는지 알고 싶을 것이다. 그럴 경우 잠시 과거로 가서 짧은 회상을 보여줄 수 있다. 아마도 그 회상을 통해 그가 어릴 때 개에게 물렸던 일이 밝혀질지도 모른다.

회상은 상당히 재빨리 일어난다. 그에 반해 뒷이야기는 한 인물을 소개하거나 상황을 끌어내야 하기 때문에 회상보다 더 길게 일어난다.

윌리엄 스타이런이 『소피의 선택Sophie's Choice』 4장을 어떻게 시작하는지 보자.

"어릴 적 우리는 크라쿠프에서 아주 오래된 집에서 살았어요. 그 집은 대학에서 멀지 않은, 꼬불꼬불한 거리에 있었지요."

이 소설의 거의 전부라고 할 수 있는 뒷이야기는 이렇게 시작한다. 이 뒷이야기는 현재 이야기 구조 속에 설정된 여러 장면에서 계속 다시 등장하며 펼쳐진다.

그런가 하면 후일담은 현재의 이야기로부터 멀어지는 도구로 뒷이야기보다는 더 드물게 쓰인다. 후일담은 미래를 살짝 들여다보는 것이다. M. M. 케이는 소설 『머나먼 파빌리온The Far Pavilions』에서 후일담을 사용한다.

그 후 몇 년이 지나고 많은 것을 잊어버렸을 때도, 애시는 여전히 그날 밤을 기억하고 있었다. 더위와 달빛, 자칼과 하이에나가 조그만 천막으로부터 아주 가까운 거리에서 으르렁대며 싸우던 끔찍한 소리. 천막 안에서 시타가 그의 옆에 웅크리고 앉아 그 소리에 떨며 두려움을 잠재우려 어깨를 토닥거리고 있었지만 아무 소용이 없었다.

회상과 뒷이야기, 후일담은 배경을 정하고 묘사를 하는 데 좋은 방법이다. 인물과 그 인물이 처한 상황을 더 깊이 들여다볼 수 있도록 현재라는 시간과 이곳이라는 공간으로부터 독자의 시선을 옮겨놓기 때문이다.

복선, 앞일을 엿보는 단서

다가오는 추위에 한발 앞서 철새들이 비행 대열을 이루는 것처럼, 복선은 앞으로 일어날 일을 엿볼 수 있는 단서를 독자에게 던져준다. 앨리스 세볼드의 『러블리 본즈Lovely Bones』의 첫 문장을 보자.

> 나의 성은 생선 이름인 새먼(salmon, 연어)이었고, 이름은 수지였다.

복선이 강하게 들어 있는 단어는 과거 시제인 "-이었고"다. 왜 '새먼이다'가 아니고 '새먼이었다'일까? 바로 다음 문장이 답을 말해준다. "나는 1973년 12월 6일에 살해되었다."

이제 독자에게는 새로운 궁금증이 생긴다. 주인공은 왜, 어떻게 살해된 걸까? 도대체 무슨 일이 벌어지고 있는 걸까? 독자는 수백 쪽을 읽고 나서야 모든 궁금증을 해결할 수가 있다. 하지만 첫 두 문장부터 호기심이 끓어오르기 시작한다.

이것이 바로 복선의 역할이다. 또한 첫 문장이 해야 하는 일이며, 독자가 소설을 계속 읽도록 만든다.

앞으로 벌어질 일에 대한 작은 단서는 독자 앞에 매달린 맛있는 당근과 같다. 복선은 유리창에 부딪치는 차가운 바람이 될 수도 있고, 골목길을 달려가는 빠른 발걸음, 또는 뒷마당에 묻혀 있는 돈 가방일 수도 있다. 복선은 독자가 책을 계속 읽도록 만드므로 소설에서 엄청나게 중요한 요소다.

문장과 문단 길이로 효과 주기

문장과 문단을 구성하는 단어의 선택만이 아니라 때로는 문장과 문단의 배열로도 감동을 줄 수 있다. 퍼트리샤 콘웰의 소설 『카인의 아들From Potter's Field』에서 몇 문장을 예로 들어보자.

　총알이 그의 오른뺨을 관통했다. 내가 그의 가슴을 압박하고 입으로 숨을 불어넣는 동안, 피가 내 손을 뒤덮었고 내 얼굴에 닿자 순식간에 차갑게 식어버렸다. 나는 그를 구할 수가 없었다.

　여기에서 인물이 운 나쁘게 죽었다는 요지는 문장을 이루는 단어와 문장 구조 덕분에 효과적으로 나타나고 있다. 독자는 아마 이 점을 깨닫지 못할지도 모르지만, 이는 일종의 속임수다. 하지만 또한 독자가 알고 싶어 하는 것을 알려주는 매우 효과적인 방법이기도 하다.

　셸리 마이댄스의 소설 『토머스Thomas』의 한 대목을 보자.

　볼드윈은 의자 뒤로 깊숙이 앉아 그를 바라보았다. 유스테스의 마음속에서 한 가지 생각이 떠올랐고 유스테스는 토머스를 쳐다보았으며 그런 후에 그의 동생을, 다시 토머스를 보았다. 곧 무슨 말을 하려는 듯 숨을 들이쉬었지만 아무 말도 하지 않았다.

이 글은 평범한 문장으로 시작했으나 곧이어 훨씬 길고 자세한 문장이 이어진다. 이 부분은 장면을 아주 효과적으로 묘사하고 있다. 글을 쓸 때는 이렇게 문장 길이의 변화에 세심한 주의를 기울여야 한다. 이를 위한 가장 좋은 방법은 머릿속에서 또는 모니터 위에서 끊임없이 문장을 이렇게 저렇게 변형해보는 것이다. 여러 가지 길이를 비교해보고 전달하고자 하는 내용에 가장 잘 어울리는 것을 선택하자.

다음은 D. E. 스티븐슨의 소설 『미스 벙클의 책Miss Buncle's Book』의 일부분이다.

새러는 시계를 쳐다보았는데 밤 12시였고 존은 아직 돌아오지 않았다. 그녀는 아무 일 없기를 바랐다. 물론 이번이 그들의 첫아기였고 첫아기는 사람들을 종종 기다리게 만들었다.

이대로도 괜찮으나 바꿔 쓰면 약간 다른 느낌을 낼 수 있다. 더 짧은 문장으로 시작해 좀 더 긴 두 문장으로 이어보면 어떨까?

새러는 시계를 쳐다보았다. 밤 12시였고 존은 아직 돌아오지 않았으며 그녀는 아무 일 없기를 바랐다. 물론 이번은 그들의 첫아기였고 첫아기는 사람들을 종종 기다리게 만들었다.

이 둘 중 어떤 문장이 더 낫다고 말할 수 없다. 전달하려는 의미를 염두에 두고 더 적합한 것을 선택해야 한다.

문장 길이와 마찬가지로 문장 구조에도 신경 써야 한다. 나 자신도 똑같은 문장 구조를 계속 쓰고 있다는 사실을 여러 번 발견한 적이 있다. 전치사구에 이어 주어를 놓고 뒤이어 동사, 그다음에 놓인 또 하나의 전치사구가 처음에는 좋아 보였다. 그러나 이 문장 형식을 또 사용하면 어떨까? 이에 대한 답을 우리는 이미 알고 있다. 반복은 순식간에 일어난다. 그러므로 글을 쓸 때는 요소를 이리저리 옮기고 구조를 다양하게 변화시켜야 한다. 문장을 짧게 줄이거나 때로 길게 늘이고, 구와 절은 물론 형용사와 부사도 자주 뒤바꿔야 한다.

문서 작성 프로그램은 작가에게 정말 대단한 축복이 아닐 수 없다. 셰익스피어와 제인 오스틴, 헤밍웨이는 모든 뒤바꾸기 작업을 머릿속에서, 또는 종이에 선이나 화살표를 여기저기 그어가면서 해야 했다. 그러나 우리는 마우스를 몇 번 클릭하면 할 수 있다(이 말조차도 이 세 작가에게는 몹시 어리둥절하게 들리겠지만).

문단 길이에 관해서도 똑같은 충고를 할 수 있다. 어떤 작가들은 소설뿐만이 아니라 모든 글이 긴 문단으로 시작되면 독자를 이야기 속으로 끌어들이는 데 역효과를 낸다고 생각한다. 맞다. 한 장章의 길이 역시 마찬가지다. 독자가 피곤해서 책을 그만 덮고 잠에 들까 고민할 때, 그래도 다음 장이 길 때보다는 짧을 때 한 장을 더 읽는 경우가 많다. 이런 행동이 심리학의 영역이라면 나는 전문가들에게 이 문제를 넘기겠다. 그러나 문단의 길이를 다양하게 하는 일은 심리학과 아무 관련이 없으며, 독자에게 가능한 한 친근한 형태를 제시하려는 것일 뿐이다. 독자는 긴 문단을 대할 때 쉽게 지치며, 똑같은 길이의 문단이 화물 열차처럼 죽

늘어섰을 때도 금방 피곤해한다. 그러므로 길이에 변화를 주자. 즉, 긴 문단 뒤에는 짧은 문단이 따르게 하자. 이 방법은 생각보다 꽤 효과적이다.

마무리: 절제와 균형

이 장에서는 작가가 사용할 수 있는 여러 가지 도구를 자세히 살펴보았다. 도구 하나하나를 다루지 않았지만 묘사와 배경에 유용한 몇 가지를 중점적으로 꼼꼼히 들여다보았다.

여기서는 요약하는 대신 한 가지 충고를 하겠다. 도구를 선택하고 사용할 때는 절제와 균형이 중요하다. 짧은 토막글을 쓰면서 도구를 한꺼번에 다 쓰면 안 된다. 각 장면과 인물 그리고 사건에 가장 잘 어울리는 도구를 쓰자. 어떤 경우에는 확장된 유추가 은유나 직유보다 더 좋다. 때로는 형용사 하나보다 셋이 더 효과적이고, 또 때로는 형용사를 전혀 쓰지 않는 게 더 좋은 경우도 있다.

글쓰기 도구를 앞서 언급한 양념과 재료, 조리 도구라고 생각하자. 하나하나 신중하게 쓰자. 때로는 조금씩, 때로는 넉넉하게. 그리고 작업을 다 끝냈으면 최종 결과물을 하나로 보자.

소설 속 요소들을 단순히 최종 결과물 안에 들어 있거나 결과물을 만드는 데 쓴 작은 부분들로 여겨서는 절대 안 된다. 그다음에 반드시 처음으로 돌아가서 조금씩 변화를 시도해봐야 한다(바로 이때 글쓰기 도구를 이용해 양념하고 조리해야 한다. 하지만 요리한 음식이 처음부터 잘못되었다면 그것을 되돌릴 수 있는 방법은 안

타깝게도 없다).

여러 번 수정하고 다시 도구를 사용하고 땜질하고 잘 매만진 후에야 드디어 마음에 드는 소설이 만들어질 것이다. 독자의 마음에 드는 소설을 쓰기 위해서는 먼저 작가 자신의 마음에 드는 소설을 써야 한다.

자신이 쓴 원고에서 의성어로 바꾸면 좋을 동사를 찾아 동그라미를 치자. '떨어졌다'를 '덜컹'으로, '두드렸다'를 '똑똑'으로, '망치질했다'를 '쿵쾅쿵쾅'으로 바꾸는 것처럼 말이다.

다른 작가가 쓴 소설을 하나 골라 무작위로 문단을 선택해 문장과 문단 구조를 변형해보자. 길이를 반드시 바꿔야 한다. 긴 문장을 짧은 여러 문장으로 자르고, 짤막한 문장 여러 개를 묶어서 긴 문장으로 만들어보고, 이러한 재구성이 어떻게 다른 효과를 가져다주는지 살펴보자. 그런 다음 자신이 쓴 글을 가지고 똑같이 해보자. 문장과 문단을 변형하고 구조를 변경하자. 이 작업을 통해 글이 얼마나 더 좋아지고 의미가 명확해지는지 놀라게 될 것이다.

자신이 쓴 원고에서 모든 형용사와 부사에 동그라미를 치고, 아래 네 가지 질문을 해보자.

- 이 단어를 여기에 꼭 써야 할까?
- 이 문맥에서 이 단어가 최선일까?

- 같은 묘사가 이미 다른 작품에서 쓰이지 않았는가?
- 수식어를 더 강렬하게 만들 수 없을까?(예를 들어 수식어를 추가하고, 더 섬세하게 손질하고, 굵은 글씨로 강조하는 식으로)

첫 번째, 두 번째 질문에 '아니다'라고 답하거나 세 번째, 네 번째 질문에 '그렇다'고 답했다면 이 원고는 아직 완성된 게 아니다.

4장

보여주기와
말하기:
소설 쓰기의
절대 법칙

말하지 않고 보여주는 일은
결국 소설 전체를 잘 쓰는 일이다.

창작에서 보여주기와 말하기 사이의 논쟁은 끊임없이 계속되고 있다. 그 논쟁은 내 소설 쓰기 수업에서도 이어지고 있다. 학생들은 내 수업을 듣기 전에 몇 년 동안 모든 것을 말하라는 작문 과제를 해왔다. 그런 탓에 나는 창작에 발을 들인 학생들의 머릿속에 소설 쓰기의 여러 기본기를 집어넣기 위해 애를 써야 하는데, 그중 하나가 그들에게 지금까지 금지되었던 보여주기를 하라는 것이다. 만약 내가 가르치기에 실패하면 학생들이 제출하는 첫 과제물은 살짝 변형된 기말 보고서 정도가 되고 만다. 아니면 '쟁기를 끌고 가는 늙고 지친 말'이라는 주제를 다섯 문단으로 길게 쓴 글을 제출하거나. 정보를 나열하고 체계적으로 전달하려는 의도로 쓴 글이라면 할 수 없지만, 소설에서는 엄청나게 비효율적인 구조다.

정보를 나열하는 식의 글쓰기가 소설 쓰기에 맞지 않는 이유는 완전히 말하기로만 이루어진 보고서기 때문이다. 「뉴욕 타임스」의 기자라면 기사를 써야 마땅하다. 그러나 소설을 쓰고 있다면 기자가 아닌 이야기꾼이 되어야 한다.

이쯤에서 플래너리 오코너의 말에 다시 귀를 기울여보자. 오코너는 『미스터리와 양식』에서 "소설 쓰기는 무언가를 말하는 일이라기보다는 보여주는 일이다"라고 했다.

『앵무새 죽이기』로 잠시 돌아가 보자. 이 소설에는 화자인 스카우트가 아버지 애티커스 핀치를 좋은 사람이라고 말하는 부분이 어디에도 없다. 그러나 소설을 읽는 내내 우리는 애티커스가 좋은 사람이란 것을 알고 있다. 독자에게 마지막에 가장 강렬하게 남는 이미지 중 하나는 애티커스의 선함이다. 애티커스가 행동으로 자신의 선함을 보여주는 여러 장면이 등장하기 때문이다. 작가는 끊임없이 보여줄 뿐 절대로 그가 선한 사람이라고 말하지 않는다.

'말하지 말고 보여줘라'는 소설 쓰기의 절대 법칙이다. 이 법칙은 언제나 그리고 영원히 옳다. 예외는 없다.

문제는 작가에게는 생각하는 것만큼 절대 법칙이 그리 많지 않다는 것이다. 몇 개가 분명히 있기는 하다. 계속해서 이어지는 문장은 결코 용납되지 않으며, 주어와 술어를 일치시켜야 한다(비록 사투리를 쓸 경우에는 지켜지지 않을 수 있지만). 그러나 보여주기와 말하기의 법칙은 사실 그렇게 엄격히 지켜야 하는 건 아니다.

작가의 목소리 즉 문체를 설정했다면, 좀 더 정확히 말해 이미 설정한 그 문체를 다듬었다면 이제부터는 독자에게 보여줄지 아니면 말할지를 끊임없이 결정해야 한다. 문체가 좀 더 뚜렷해지고 묘사력이 더 좋아지면 말하기보다는 보여주기를 더 많이 하게 될 것이다. 그러나 장담하건대 좋은 소설을 쓰고 싶다면 그 두 가지를 다 해야 한다. 오코너가 "소설 쓰기는 무언가를 말하는 일이라기보다는 보여주는 일"이라고 했을 때 '절대'라고 말하지 않았다는 것을 잊지 말자.

이 장에서는 다른 작가들이 작품을 쓸 때 주로 어떻게 보여주는지 또는 어떻게 말하는지, 아니면 어떻게 둘 다를 어떻게 하는지 여러 예를 통해 살펴볼 것이다. 작가들이 효과적으로 글을 쓰기 위해 어떻게 했는지 파헤쳐 볼 것이다. 그리고 작품에 생기를 불어넣기 위해 얼마나 세심한 조율을 했는지도 볼 것이다. 그런 후에 묘사와 배경을 공략할 때 보여주기와 말하기를 적절히 배합하는 몇 가지 방법도 함께 알아볼 예정이다.

그에 앞서 보여주기와 말하기의 차이가 무엇인지 확인하자.

보여주기와 말하기의 차이

다음 글을 보자.

모든 이가 즐거운 시간을 보냈다.

그럼 이제 토니 모리슨의 소설 『술라 Sula』의 한 문단을 보자.

늙은이들은 조그마한 아이들과 춤을 추고 있었다. 어린 소년들은 누나나 여동생과 춤을 추었고, 흥겨움을 표현하는 몸짓에 눈살을 찌푸리는(신의 손길이 그렇게 하라고 명령할 때 말고는) 교회 여신도들도 발끝으로 톡톡 장단을 맞추었다. 누군가(모두가 말하기를, 신랑의 아버지가) 사탕수수 술 한 병을 펀치에 부어버렸기 때문에, 흑맥주보다 더 독한 음료는 절대 마시지 않는 여자들은 물론 한잔 하려고 슬그머니 뒷문으로 빠져나가던 남자들도 취해서 비틀거렸다. 한 꼬마가 빅터 축음기 옆에 서서 손잡이를 돌리며 버트 윌리엄스의 「날 위해 한잔만 남겨주오」 노랫소리에 미소 짓고 있었다.

여기에서 한 가지 생각해보자. 독자들은 앞의 두 묘사 중 어떤 게 더 마음에 와닿을까? 분명히 후자일 것이다. 속마음과는 달리 일부러 어기대거나 그저 남과 다르고 싶어서 별나게 행동하는 사람이 아니라면 말이다.

요점은 이렇다. 두 글은 우리에게 잔치에 대한 똑같은 사실을 알려준다. 어느 글을 읽든지 사람들이 좋은 시간을 보냈다는 것을 알 수 있다. 그렇다면 우리는 왜 짧은 글이 사실을 충분히 전달하고 있는데도 긴 글을 선택하는 걸까?

그 이유는 지나친 간결함은 작가를, 더 분명히 말하자면 독자를 만족시키지 못하기 때문이다. 소설 요약문에 중독된 사람이 아니라 평범한 독자라면 작가의 노력과 정성이 담긴 글을 더 좋아하게 마련이다. 독자는 발끝을 톡톡거려 장단을 맞추는 여자들이나 기분을 띄우기 위해 펀치에 쏟은 밀주에 대해서도 세세히 알고 싶어 한다.

두 예시의 커다란 차이는 하나가 다른 하나에 비해 아주 길다는 점이 아니다. 가장 중요한 이미지라고 할 수 있는, 모두가 흥겨워하는 분위기를 긴 문단에서는 단 한 번도 직접적으로 말하지 않는다는 것이다.

첫 번째 예는 말하고 있으며, 두 번째 예는 보여주고 있다. 우리는 『술라』의 한 문단 속에 등장하는 모든 인물이 즐거운 시간을 보내고 있다는 것을 알 수 있다. 그들이 즐거워하는 것을 우리가 볼 수 있기 때문이다.

말하지 않고 보여주기는 작가라면 부려야만 하는 마술 중 하나다. 사실 가장 핵심이다. 독자가 소설을 꼼꼼히 다 읽고 나서 그 안의 인물과 배경, 사건이 모두 대단히 자연스러워서 필연적일 수밖에 없었다는 느낌을 안고 책을 덮을 수 있어야 한다. 바느질로 비유한다면, 작가는 많은 이미지를 이으면서도 그 이음새가 절대로 도드라지지 않게 꿰매야 한다.

이를 성공적으로 해내는 가장 효과적인 방법은 독자가 이미지에 대해 듣기보다는 경험하도록 만드는 것이다. 단순히 보고받기보다는 그 이미지를 느낄 수 있어야 한다.

히로시마 원자폭탄 투하 사건을 다룬 이부세 마스지의 소설 『검은 비黒い雨』에는 아래와 같은 문장이 없다.

도시는 폭발로 엄청난 피해를 입었다.

그러나 다음 문단은 있다.

불에 탄 피해 지역으로 들어서자, 길바닥의 유리 조각이 햇빛에 반사되어 얼굴을 똑바로 들고 걸을 수가 없었다. 시체 썩는 냄새는 어제보다 조금 약해졌으나, 집들이 무너져 기왓장이 산더미처럼 쌓인 곳에는 악취가 진동하고 파리들이 떼 지어 붙어 있었다. 거리를 정리하고 잔해를 치우던 구호반에는 후속 부대가 보충된 듯했다. 색은 바랬지만 아직 땀과 오물로 얼룩지지 않은 구호복을 입은 사람들이 섞여 있었다.

위 첫 번째 예는 사건과 관련된 정보만 준다. 그러나 두 번째 예는 사건을 보고, 듣고, 만지고, 맛보고, 냄새 맡는다. 이 두 글의 차이점은 도로 순찰대원이 쓴 사고 보고서를 읽는 것과 그 사고를 직접 겪어 놀란 것의 차이와 같다. 만약 교통사고를 당해본 적이 있다면, 사고의 전모를 짧게 전해 듣는 것과 사고를 직접 겪는 것은 하늘과 땅만큼의 차이라는 걸 알 것이다.

"도시는 폭발로 엄청난 피해를 입었다"는 너무나 냉정하고 무심하며 지나치게 포괄적이다. 반면 『검은 비』에서 작가는 폭발에 따른 피해를 소설 전반에 걸쳐 여러 세부 사항을 통해 보여주면서 독자에게 단단히 각인한다. 벽면에 잘 정돈된 작은 모형들처럼 작가가 그려놓은 섬세한 그림들을 주의 깊게 살펴보자. 깨진 유리 조각 위로 반사되는 햇빛, 무너져버린 집들, 시체에서 나는 악취, 파리 떼들. 섬세하게 고른 단어가 하나하나 더해져 필연적인 결론을 만들어낸다. 바로 도시가 폭발로 엄청난 피해를 입었다는 것이다.

단도직입적으로 말해 두 번째 예가 엄청나게 더 좋은 글이다. 독자를 소설 속으로 완전히 끌어들이기 때문이다.

자, 중요한 사실을 하나 말하겠다. 두 번째 예인 『검은 비』가 더 좋은 이유는 말하지 않고 보여주기 때문만이 아니다. 보여주기와 말하기 두 가지를 다 하고 있기 때문이다.

다시 돌아가서 읽어보자. "반사되는 햇빛…… 얼굴을 똑바로 들고 걸을 수가 없었다", "시체 썩는 냄새는 조금 약해졌지만", "파리들이 떼 지어 붙어 있었다"는 모두 말하기다. 그러나 이 구절들은 도시가 얼마나 극심한 고통을 겪고 있는지를 보여주고 있다. 단순히 서술하는 것보다 더욱 강한 인상을 독자에게 심어주고 있다.

소설을 쓸 때는 보여주기와 말하기 이 두 가지 방법을 균형 있게 조합해서 사용해야 한다. 소설은 보고서나 요약문이 되어서는 안 된다. 교통사고를 다시 생각해보자. 효율적이고 짧은 문장으로 쓴 도로 순찰대원의 추돌사고 보고서와 사고 당시의 운전자나 승객의 감정과 충격을 전달하는 글 중 독자는 어디에서 더 많은 것을 얻을까? 비록 남과 달라야 하고 속마음과 반대로 말하는 사람이라고 해도 이 질문의 답은 분명히 알고 있을 것이다.

소설을 보고서처럼 보이지 않게 하는 최선의 방법은, 보여주기를 주로 하되 말하기를 할 때도 신중하게 단어를 고르고 다듬는 것이다.

행동은 말보다 소리가 크다

소설『주홍 글씨The Scarlet Letter』의 딤스데일 목사를 떠올려 보자. 그는 마을 사람들 앞에서 경건하고 흠 없는 완벽한 사람처럼 군다. 그러면서 동시에 가련한 헤스터 프린이 자신이 저지른 것과 똑같은, 또는 그보다 약한 일탈을 한 죄로 모든 비난을 받는데도 내버려둔다. 작가로서 결코 잊어서는 안 되는 것을 딤스데일 목사는 잊어버렸던 것이다. 보여주기가 말하기보다 더 큰 믿음을 준다는 사실 말이다. 행동에 대한 믿음만이 아니라 글에 대한 믿음도 마찬가지다. 묘사를 할 때는 더욱 그렇다.

언제 보여주고, 언제 말해야 할까?

작가들은 보여주기와 말하기를 어떻게 조화롭게 사용했을까? 아래 글을 보자.

잠재적인 위험과 질책을 받을 가능성에도 그가 소방관이 되기로 결정한 한 가지 이유는 소방복이었다. 그의 어머니 또한 그 제복이 멋지다고 생각했다. 그러나 그의 아버지는 그의 결정에 전적으로 반대했다.

이 글은 작가가 전달하고자 하는 요지를 다 전달한다. 그러나 다음 글과 같은 효과는 없다. 바로 캐슬린 캠버의 소설『자비의 책The Book of Mercy』일부다.

그는 소방관에 관한 거라면 뭐든지 다 좋았다. 흥분, 위험, 영웅이 될 수 있는 기회. 푸른색 제복, 어두운 모직으로 된, 바지의 양쪽 가운데에 칼처럼 주름이 잡힌 바지, 에나멜가죽으로 만든 모자챙은 쓴 사람의 얼굴이 비칠 정도였다. "정말 멋지구나." 그의 어머니가 말했다. 그의 아버지 눈에는 분노와 실망이 차올랐다. 그는 바닥에 침을 뱉었다.

위 첫 번째 예는 인물들을 이해하기 위해 꼭 알아야만 하는 것을 거의 다 말하고 있다. 그러나 두 번째 예는 말하는 것 말고도 많은 일을 하고 있다. 일단 '그'가 소방관이 되는 것을 어떻게 느끼고 있는지를 보여주고 있다. 그리고 마지막 두 문장에는 그 사실에 대한 아버지의 반응을 보여주면서 긴 설명을 통해 전달할 수 있는 것보다 더 많은 극적인 효과와 묘사를 담고 있다.

이 인물이 자신의 새로운 직업인 소방관에 대해 어떤 감정을 갖고 있는지 조금 더 깊이 살펴보자.

그는 몇 블록 떨어진 곳에서도 연기 냄새를 맡는 법을 배웠고 하늘이 마치 떠오르는 해의 가장자리처럼 밝게 빛나는 것을 보았다. 그럴 때마다 그는 심장이 두근거리고 그 심장이 점점 커져 가슴을 가득 채우는 것을 느꼈다. 심장이 두근거리는 소리는 화재 현장의 붉고 뜨거운 빛을 향해 그들이 탄 소방차가 마지막 모퉁이를 돌아설 때까지 그의 귀에 메아리쳤다.

여기에서도 마찬가지로 독자가 알아야 할 것들을 말하는 건 몇 마디면 된다. "그의 직업은 손에 땀을 쥐게 하는 일이었다"라는 문장으로 충분히 요지를 전달할 수 있다. 만약 세부 사항을 더 보여준다면 "그가 탄 소방차가 화재 현장에 접근했을 때 심장 박동이 빨라졌다"라고 덧붙여도 된다. 그러나 중요한 건 독자가 약간이 아니라 훨씬 더 많은 세부 사항과 정확한 정보를 원한다는 것이다.

소설 속 인물들, 그들이 처한 상황, 플롯의 개요(인물들이 어떻게 한 지점에서 다른 지점으로 이동하는지와 행동의 시간적 순서에 대한)는 소설에서 모두 중요하고 필수적인 요소다. 소설에 생명을 불어넣고 눈으로 보는 것처럼 생생하게 만드는 게 바로 묘사다. 독자에게 단순히 서술하지 않고 보여주는 일은 결국 소설 전체를 잘 쓰는 일이다.

앞의 글을 다시 자세히 살펴보자. 빛나는 하늘과 소방관의 심장이 두근거리는 강렬한 이미지에 주목하자. 이는 인물이 그 장소에서 어떻게 느끼는가를 정확히 알려주는 좋은 묘사다. 이 구절을 읽을 때 독자도 인물과 똑같은 기분을 느낄 수 있기 때문이다. 가족 중 한 사람이 사고를 당한 현장으로 달려갈 때, 전투가 벌어지고 있는 곳 한복판에 있을 때, 파티에 간 십 대 자녀가 온다던 시간에서 세 시간이 지나도 집에 오지 않을 때. 이때는 아마도 수많은 가능성(물론 모두 나쁜)이 머릿속을 빠르게 스쳐갈 것이다.

소설을 쓸 때는 이와 같은 이미지, 다시 말해 누구나 납득할 수 있는 상황과 감정으로 독자와 공감해야 한다. 만약 작가가 말하기만 한다면 독자의 공감을 얻기 어려울 뿐 아니라 아마도 거의 얻지 못할 것이다. 그러나 작가가 보여주려고 한다면 그 이미지들은 사실적인 이미지가 되고 독자의 마음에 생생히 새겨질 것이다.

찰스 프레이저의 소설 『콜드 마운틴의 사랑Cold Mountain』의 일부를 보자. 남북 전쟁 때 산골 아가씨 루비가 주인공 에이다를 도와주러 그녀가 물려받은 농장으로 처음 왔을 때의 이야기다.

루비의 제안은 모든 방면으로 뻗어나갔고 결코 멈출 것 같지 않았다. 그녀는 작물을 번갈아가며 심는 윤작에 관한 아이디어를 갖고 있었다. 그리고 개울에 물레방아를 만들고 그 수력을 이용해 옥수수를 빻아서 방앗간에 내는 세를 절약하려는 계획까지도. 어느 날 저녁 자신이 머무는 오두막으로 돌아가려고 어둠 속을 나서기 전에 그녀가 한 말은 이것이었다. "닭을 좀 키워야겠어요. 달걀프라이를 선호해서가 아니라 빵 구울 때 필요해서요. 달걀을 차치하더라도 닭이 가까이 있으면 기분도 좋고 여러 가지 면에서 쓸모가 있거든요. 집도 지키고 덩굴제비콩에 붙어 있는 벌레도 잽싸게 잡아먹거든요. 이 모든 게 아니더라도 마당에 닭들이 걸어 다니는 모습을 보면 얼마나 행복하겠어요."

다음 날 아침 그녀가 말했다. "돼지, 숲속에 풀어놓은 돼지들이 좀 있나요?"

"아니. 우리는 언제나 햄을 사 먹는데." 에이다가 말했다.

"돼지 한 마리면 햄 두 덩어리 말고도 얼마나 먹을 게 많이 나오는데요. 돼지기름만 해도 그렇죠. 많이 필요할 거예요." 루비가 말했다.

여기에는 루비가 농사와 농장 생활에 대해 엄청난 지식을 갖고 있다는 사실이 분명하게 드러난다. 그리고 끝부분에서 작가는 에이다가 아무것도 모른다는 것을 확실히 보여준다. 그냥 그렇다고 말하고 끝내버릴 수도 있었는데도 말이다. 루비는 농장 일에 대해 모든 것을 알고 있고 에이다는 아무것도 모른다고. 독자가 알아야 할 사실은 결국 그것이니까. 그러나 독자는 이런 기본적인 사실보다 더 많은 것을 알고 싶어 한다. 독자는 단순히 말하는 것만으로 전해지지 않는, 두 여자와 그들이 처한 독특한 상황에 대해 더 많이 알고 싶어 한다. 농사에 대한 풍부한 지식은 독자의 마음속에 루비라는 여자를 차근차근 그려 넣는다. 그리고 작가는 소설의 전개에 따라 이 그림을 차근차근 완성한다.

루비는 "선호", "차치하더라도", "여러 가지 면에서"라는 표현을 한다. 우리가 조금만 관심을 기울인다면 그녀가 산골에서 온 그저 그런 시골뜨기가 아니란 것을 짐작할 수 있다. 그녀는 아마 교육이나 독서를 통해 배움을 얻었을지도 모른다. 그리고 이러한 의외성은 일차원적이고 전형적일 수 있는 인물에게 흥미로운 면을 더해준다. 독자가 결국 에이다와 루비를 좋아하게 되고 그들의 투쟁을 응원하게 된다면, 이는 인물들과 그들의 행동이 말로만 전해지지 않고 적절하게 보였기 때문일 것이다.

또한 옥수수, 닭, 물레방아, 덩굴제비콩 등이 이 소설의 공간적 배경과 역사적 배경을 분명히 하고 있다는 데 주목하자. 독자에게 남북 전쟁이 한창인 시기에 어떤 농장이 있다고 말하는 건 아주 쉽다. 그러나 독자가 실제로 농장에 있는 것처럼 느끼게 하기는 쉽지 않다. 작가는 단순히 말하는 것보다 엄청나게 더 복잡한 작업을 해야 한다. 또한 수백 개에 이르는 작은 세부 사항을 보여줘야 하며, 이 모든 세부 사항을 합쳐 마침내 1860년대 농장의 모습과 냄새 그리고 소리를 만들어내야 한다.

이제 존 가드너가 소설 『그렌델Grendel』에서 어떤 식으로 보여주다가 나중에 말하는지 보자.

그 괴물 앞에서는 으르렁거리는 것도, 소리를 지르는 것도, 고함을 치는 것도 아무 소용이 없다. 붉은 기가 도는 황금빛의 거대한 몸뚱이, 말려 있는 커다란 꼬리, 쌓아둔 보물 위로 펼쳐진 팔다리, 그리고 가족의 죽음이 어린 듯 차가운 눈동자. 보이지 않는 바닥을 가로질러 사라진 곳에는 황금과 보석, 은그릇이 가득했다. 그 모두가 용이 뿜어대는 붉은빛의 파동 때문에 핏빛으로 보였다. 아치형으로 구부러진 천정과 동굴 위쪽 벽에는 박쥐들이 우글거렸다. 용이 천천히 숨을 들이마시고 내쉬면서 거대한 벽난로 같은 몸속을 새로운 공기로 가득 채울 때마다 그의 날카로운 비늘도 밝아졌다 어두워졌다 했다. 면도날처럼 날카로운 엄니는 그의 발아래 놓인 산처럼, 귀한 돌과 금속으로 만들어진 듯 번쩍거렸다.

가슴이 뛰었다. 용이 나를 똑바로 쏘아보고 있었다. 무릎이 풀리고 온몸에 힘이 빠져 나는 주저앉았다. 용이 입을 살짝 벌리자 불이 조금 새어 나왔다.

"오, 그렌델!"

용이 말했다.

"네가 왔구나!"

첫 문단은 용과 용이 사는 굴에 대해 길게, 많은 것을 말하고 있다. 만약 이 문단에 나온 모든 세부 사항을 목록으로 만든다면 시간이 꽤나 걸릴 것이다. 그런데 그다음 문단에서 작가는 그렌델의 반응을 짤막하게 서술한다. 첫 문단은 멋지게 다듬은 말로 이루어진 이미지의 강물처럼 흘러가는데, 그다음 문단은 사실만을 서술하는 짧은 다섯 문장으로 되어 있다(앞서 3장에서 다룬 문장 길이 변화로 효과를 주는 좋은 예다). 이 두 문단은 함께 모여 그렌델이 용을 맞닥뜨렸을 때 느낀 공포를 매우 효과적으로 전달한다. 이 소설의 작가는 언제 보여주고 언제 말할지를 알고 있다.

보여주기와 말하기를 효과적으로 조합한 또 다른 예가 있다. 레이 브래드버리의 『화성 연대기The Martian Chronicles』에서 두 문단을 살펴보자.

K 부부는 아직 늙지 않았다. 그들은 진짜 화성인답게 고운 구릿빛이 도는 피부를 갖고 있었고 노란 동전 같은 눈, 음악처럼 부드러운 목소리를 갖고 있었다. 한때 그들은 화학 약품으로 만든 불꽃으로 그림을 그리고, 와인 나무에 초록색 술이 가득 열리는 계절에

는 운하에서 수영을 하고, 대화의 방에 들어가 푸른 인으로 그린 초상화들 옆에서 새벽까지 이야기 나누는 것을 좋아했다.

지금 그들은 행복하지 않다.

첫 문단에서 '행복하다'라는 표현이 한 번도 나오지 않았다는 점에 주목하자. K 부부가 행복했다는 것을 보여주려는 의도가 분명하다. 즐겁고 미래적인 이미지들이 부드럽게 흘러가는 가운데 작가는 이들 부부가 행복했음을 보여준다. 그리고 그다음 문단에 이르러 그 이미지는 한 문장 때문에 갑자기 멈춰 서버린다.

가드너와 마찬가지로 브래드버리는 언제 보여주기를 하고 언제 말하기를 해야 하는지 잘 알고 있다. 위 글처럼 신중하게 짜고 세밀하게 공을 들인 보여주기는 야구 투수의 변화구마냥 불시에 공격하는 장치가 되곤 한다. 훌륭한 투수는 연이은 속구와 같이 매번 같은 볼을 던져 타자를 안심시키다가 방심한 틈을 노려 아래로 떨어지는 변화구를 던진다. 훌륭한 작가 또한 그렇게 한다. 이야기를 고조시키려면 보여주기가 필요하다. 변화구는 가능한 한 짧고 사무적으로 말할 때 가장 효과적이다.

다시 앞의 둘째 문단에서 인물들의 행복감을 부정하기 전에 첫째 문단에서 어떤 식으로 행복의 느낌이 그려지는지 살펴보자. "고운 구릿빛이 도는 피부", "노란 동전 같은 눈"처럼 K 부부를 육체적으로 자세히 묘사한 부분을 보자. 우리는 그들의 생김새를 "음악처럼 부드러운 목소리"까지 몇 마디를 통해 파악할 수 있다. 그리고 또 그들이 한때 즐겨했던 일들에 대해서도 알 수 있다. 화학 약품으로 만든 불꽃으로 그림을 그리고 푸른 인으로 그린 초상화가 있는 대화의 방에 들어가는 것같이 우리 지구인들에게는 이상해 보이는 일을 화성인들이 즐기는 것도 알 수 있다.

이 모든 것을 작가는 독자에게 말하고 있다. 첫째 문단을 통해 우리가 알 수 있는 주요 이미지는 K 부부가 행복했다는 점이다. 그리고 그 이미지는 우리에게 말하지 않는다. 보여준다.

둘째 문단에서 우리가 말로 전해들은 건 그들이 더 이상 행복하지 않다는 것뿐이다. 진실의 가혹함은 냉정하게 말할수록 더 강렬하게 느껴진다. 인물의 불만을 설명하기 위해 한두 문단을 더 써도 되겠지만 그보다는 이렇게 냉정해 보일 만큼 짧은 진술이 훨씬 더 효과가 크다.

글을 쓸 때 이 기술을 기억하자. 신중하고 복잡한 보여주기를 한 후에는 재빨리 간결한 말하기를 하는 게 좋다.

『화성 연대기』를 쓸 때 작가가 "이 부분은 말하기로 하는 게 좋겠군" 또는 "여기는 보여주기가 낫겠어"라고 생각하는 데 그리 오랜 시간이 걸리지 않았을 거라고 확신한다. 그리고 보여주기냐, 말하기냐 동전을 던져 결정하지 않았다는 것도 확신하다. 이 소설의 작가는 어느 부분에서 보여줄지 또는 말할지를 본능적으로 알고 있었다. 누구나 그렇게 할 수 있다. 우리는 사실 이야기를 머릿속에, 또는 종이 위에 펼치면서 상황에 따라 보여주거나 말하기 둘 중 하나를 거의 무의식적으로 선택하고 있다. 하지만 말하기보다는 보여주기를 더 많이 해야 한다는 것을 잊지 말자.

이미 보여준 것은 다시 말하지 말자

소설 쓰기 수업에서 학생들은 내게 평가를 받기 위해 원고를 내는데, 아래와 같은 글이 자주 보인다.

> 마사 루이스는 자신의 손에 올려놓은 커다란 쿠키 세 개에 대해 곰곰이 생각해보았다. 이스트의 달콤함과 쿠키를 천천히 씹을 때의 느낌, 다디단 크림과 버터 그리고 계피의 맛을 생각했다. 그녀는 먹을 때 얼굴과 드레스 위에 떨어질 쿠키 가루도 떠올렸다.
>
> 그런 다음 마차 옆에 서 있는 맨발의 두 소녀를 생각했다. 그들이 입고 있는 옷은 이미 여러 아이가 물려받고 또 물려받은 옷이 분명해 보였다. 아이들의 커다란 눈은 그들의 텅 빈 배만큼이나 휑해 보였다.
>
> 마사 루이스는 쿠키 냄새를 한 번 더 맡아보고는 쿠키를 소녀들에게 건네주었다. 그녀는 인정 많은 아이였다.

여기서 글쓴이는 쿠키가 루이스에게 얼마나 중요한 것인지를 보여준다. 그리고 불쌍한 두 소녀가 루이스에게 얼마나 강한 인상을 주었는지도 보여준다. 그리고 루이스가 불쌍한 소녀들에게 주기 전에 딱 한 번 더 쿠키 냄새를 맡아보는 장면에서는 그녀의 내적 딜레마를 넌지시 보여준다. 모든 부분이 아주 잘 쓰였다. 그러나 바로 그다음에 글쓴이는 글을 망쳐버렸다. 만약 이 글을 읽고 루이스의 인정 많음을 이해하지 못한 사람이 있다면(보여주기가 다 끝났는데) 그건 글을 읽으면서 전혀 집중하지 않은 것이다.

앞의 글의 마지막 문장은 완전한 말하기다. 이 문장은 앞서 본 가드너와 브래드버리의 마지막 문장들과 같은 말하기가 분명 아니다. 이 문장은 이미 보여준 것을 '또다시' 말하고 있다. 좋은 글에는 '결코' 이런 문장이 있으면 안 된다.

이 마지막 문장이 윌리엄 진서가 『글쓰기 생각 쓰기』에서 말한 사람들이 가지고 있는 글쓰기 고질병, 즉 군더더기다. 그의 말이 옳다. 인간은 필요 이상으로 말하는 경향이 있다. 하지만 글쓰기에서 이미 보여준 것을 또 말하면 군더더기가 될 뿐이므로 절대 해서는 안 된다.

자신이 이 문제를 잘 처리하고 있는지 알아보는 가장 좋은 방법은 새로운 이미지나 상황을 그릴 때마다 지금 말하려는 것을 독자에게 앞서 보여주진 않았는지 스스로 질문하는 것이다. 만약 그렇다고 한다면 지워버려야 할 군더더기를 또 하나 만든 셈이다. 그 즉시 컴퓨터 자판의 삭제키(또는 잘 지워지는 지우개)를 써야 한다.

마무리: 직관적 과정

지금까지 묘사와 배경을 쓸 때, 사실 그뿐만이 아니라 모든 것을 쓸 때 보여주기와 말하기를 어떻게 조합하는지 다루었다. 다음 장에서는 감각적으로 묘사하는 법을 알아보고 다른 것들도 함께 살펴볼 것이다. 그러나 보여주기와 말하기는 이 책에서 앞으로도 계속 등장할 것이다.

보여줄 때와 말할 때를 결정하는 일은 결국에는 직관적인 과정이 되어야 한다. 그렇다고 해서 글을 쓸 때 글쓰기를 자꾸만 멈추고 '문단이나 이미지를 다른 방식으로 쓰면 더 좋지 않을까' 하고 생각하지 말라는 뜻이 아니다. 다른 방식으로 쓴다는 건 대개 말한 것을 보여주기로 바꾸거나 또는 그 반대인 경우를 말한다.

마지막으로 예를 하나 더 보자. 훌륭한 영화는 훌륭한 글과 같이 이미지를 통해 이야기를 전달한다. 영화 「아웃 오브 아프리카 Out of Africa」의 끝부분에는 화자인 늙은 여자가 젊은 나이에 죽어버린 한 남자와 오래전에 나눴던 사랑을 되돌아보는 멋진 장면이 있다. 그녀는 오랜 삶의 끝자락에서 자신이 천국 또는 내세의 존재를 믿는다고 말하고 싶어 한다. 그러나 그녀는 이를 말하는 대신 보여준다. 바로 이런 식으로.

그녀는 자신이 떠나온 뒤로 한 번도 돌아가지 않은 아프리카에 있던 옛 친구로부터 이야기를 듣는다. 사자들이 가끔 광활한 초원이 내려다보이는 그녀의 옛 애인의 무덤에 찾아온다는 것이다. 그리고 때로 몇 시간 동안이나 무덤에 누워 있곤 한다는 것이다. 여러 해 전에 죽은 애인은 생전에 사자를 몹시도 사랑했고 존중했다.
"그 사람이 좋아했겠네." 그녀가 늙고 지친 목소리로 말한다.
"내가 그 사람에게 그 얘기를 꼭 해줄게."

그녀가 만약 천국의 존재를 믿으며 옛사랑을 곧 다시 만날 거라고 단언했다면 얼마나 모자란 이야기가 되었을까? 그녀에게 그 사실을 말할 의도가 전혀 없는 만큼, 그녀의 대사 속에서 이 모든 생각이 자연스럽게 드러나는 게 이 영화를 얼마나 멋지게 만드는가?

바로 이게 보여주기와 말하기의 다른 점이다.

'걷다', '말하다', '치다'같이 평범한 동사들로 목록을 만들자. 그리고 각 동사가 구체적인 의미를 띄도록 동사구를 가능한 한 많이 적자. 이 연습의 목표는 좀 더 정확한 묘사를 하는 게 아니라 한 동작을 가장 분명한 묘사가 될 때까지 다듬어보는 것이다.

이 연습을 할 때는 적극적으로 동의어 사전을 사용하자. 사전에 쓸 만한 게 없다면 스스로 생각해내야 한다.

아래의 짧은 문장은 말하기로 쓴 것이다. 여기에 보여주기를 넣을 수 있는 방법을 생각해보자. 그리고 몇 줄 정도로 짧게 써보자.

- 그 남자가 초조해하고 있다.
- 그 회중시계는 매우 오래된 유품이다.
- 잔디는 최근에 깎았으며 나무 울타리는 손질을 잘해놓았다.
- 그 유람선은 옆에 정박한 범선보다 엄청 큰 배였다.
- 학생들은 그날의 마지막 종이 치기를 기다렸다.
- 정류장에 있는 한 늙은 여인은 누군가를 기다리고 있다.
- 그 두 마리의 개 중 큰 개는 거만하다.

"그녀는 파리가 얼마나 멋진 곳인지 내게 이야기해주었다"라는 문장에 대해 생각해보자. 이 문장은 파리에 대한 누군가의 인식을 충분히 묘사하지 않고 있다. 소설 속 한 인물이 다른 인물에게 파리에 대해 말하는 장면에 이 문장만 있다면 많이 부족하다. 그러니 다시 써보자.

이 보잘것없는 평범한 문장을 멋진 묘사가 가득한 황홀한 문장으로 변화시키자. 파리에 가본 적이 없어도 괜찮다. 레이 브래드버리도 화성에 다녀오지 않았다. 그럼에도 그는 화성의 도시와 풍경, 화성인들에 대한 아름답고 무척 그럴듯한 글을 썼다.

파리에 대한 이미지를 머릿속에 자세히 그린 다음에 글로 옮기자.

보여주기를 이용한 짧은 작문 연습을 해보자. 아래는 말하는 문장들이다. 이를 보여주는 문장들로 바꾸자.

- 해변의 노을이 멋있다.
- 주부의 일은 끝이 없다.
- 그는 장인의 얼굴을 자세히 들여다본 적이 없다.
- 그 우편물은 결코 도착할 것 같지 않았다.
- 새벽녘 공원은 흥미로운 곳이다.

이 연습을 반드시 해보자. 그러면 세부 사항을 찾는 세심한 관찰자가 될 것이며, 간략히 말하기보다는 직접 보여줄 수 있다는 자신감이 생길 것이다.

5장 —————————————— 감각적 묘사:
오감과 직감을
다루는 솜씨

때로 어떤 것의 부재가
가장 효과적인 묘사가 될 수도 있다.

20여 년 전 내가 살고 있는 도시의 예술과학센터 천문관 개관식에 참석한 적이 있다. 그 행사에 작가 제임스 미치너가 강연을 하러 왔다. 얼마 전 '텍사스'란 제목의 소설을 쓰기 위해서 텍사스의 한 도시로 이사를 왔던 것이다. 당시 그는 『스페이스Space』란 소설을 막 출간했고, 그래서인지 천문관 개관을 축하하러 온 것은 매우 적절해 보였다. 그날 식장은 꽤 사람이 많이 모여 꽉 들어찼다.

그날 밤 미치너는 작가로서의 오랜 경력에 대해 말했고, 자신이 살았고 또 소설을 썼던 몇몇 멋진 곳에 대해 이야기했다. 또한 작가로서 자신의 장점과 약점도 말했다. 당시 문학계에서 그의 위치는 확고했고(수백만 권이나 팔린 여러 소설의 작가로서) 그는 자신이 잘할 수 있는 것과 잘할 수 없는 것에 만족하는 듯 보였다.

약점은 기억나지 않지만 그가 말한 작가로서의 장점은 정확히 기억하고 있다. 그는 자신이 의자 하나를 머릿속으로 상상할 수 있고 그 의자를 한두 문단으로 아주 자세히 쓸 수 있다고 했다. 그리하여 자신의 글을 읽고 독자가 그 의자에 앉는 게 어떤 느낌일지 정확히 알게 될 것이라고 했다. 의자를 단지 눈으로 그려볼 뿐만이 아니라 의자를 느끼는 것이다. 자신의 몸무게에 눌린 의자가 삐거덕거리는 소리를 듣고, 의자를 닦을 때 쓴 오일과 쿠션의 낡은 천에서 나는 냄새를 맡는 느낌을 말이다.

그의 말이 맞다. 미치너는 묘사를 위해 오감을 이용하는 일에 거의 언제나 완벽했다.

사실 그는 천문관의 개관식에 참석하기 위해 내가 살고 있던 도시를 방문한 게 아니었다. 센터의 위원회가 그가 온다는 소식을 알고 진행한 일이었다. 그는 이 도시에 우물을 파는 사람이 있다는 이야기를 듣고 그 사람과 며칠을 같이 보내기 위해서 온 것이었다. 어쩌면 미치너의 조수는 우물을 팠을지도 모른다(말장난이 아니다). 미치너는 정확한 세부 사항의 신봉자였으며 일류 조사원이었다.

우물 파기는 그의 소설 『텍사스Texas』에서 그리 중요한 부분이 아니었으므로, 미치너는 조수에게 우물 파는 과정을 보고 오라고 할 수도 있었다. 그러나 그는 직접 현장에서 땅 파는 과정을 보면서 하나도 놓치지 않고 모든 세부 사항을 메모했다. 앞에서 모든 것에 주의를 기울이고 세부 사항을 수집하는 일이 얼마나 중요한지 강조한 것을 기억하는가? 미치너의 작업은 세부 사항이 독자를 소설에 몰입하게 만드는 데 얼마나 중요한지를 보여주는 완벽한 예다.

미치너는 그날 밤 강연에서 다음 소설 『알래스카Alaska』를 위해 곧 얼어붙은 북극으로 떠날 거라고 말했다. 한 해의 가장 추운 시기에 북극의 야외에서 몹시 추운 기온의 영향을 오롯이 느낄 만큼 오랫동안 서 있을 생각이라고 했다. 나를 비롯해 대부분의 작가라면 그곳이 얼마나 추울지 상상하는 것으로 만족했을 것이다. 그러나 그는 아니었다. 그는 직접 추위를 느끼고, 만지고, 듣고, 냄새 맡아야 했다. 그의 독자들 또한 그것을 느끼고, 만지고, 듣고, 냄새 맡을 수 있도록.

우리가 이 장에서 다루는 건 매우 중요하다. 왜냐하면 앞에서 계속 말한 것처럼(지금쯤은 지겨워졌겠지만), 소설을 잘 쓰려면 많은 요소가 필요하지만 그중 가장 중요한 건 독자를 소설 속으로 끌어들이는 능력이기 때문이다. 독자는 작가가 이야기 속의 많은 것을 실제 감각을 통해 생생히 전달할 때 소설 속으로 걸어 들어온다.

오감을 이용해 묘사하는 법

미술관에 걸린 그림 앞에서 허기를 느껴본 적이 있는가? 어떤 정물화 속에 그려진 복숭아를 보고 있다고 상상해보자. 희미한 아침 햇빛과 은은한 조명 속에서 솜털이 살아 있고 껍질 안에 달콤한 즙과 과육이 듬뿍 있을 것 같은 탐스러운 복숭아다. 이 그림을 보기 전에는 복숭아를 먹고 싶은 생각이 없었으나 지금은 집에 가는 길에 가게에 들러 복숭아를 살 작정이다. 이건 순전히 화가 탓이다. 딱 맞는 색깔과 명암의 조화 그리고 조심스러운 붓질로 진짜 복숭아를 만지면 어떤 느낌이 날지, 코앞에 대면 무슨 냄새가 날지 깨닫게 만들었기 때문이다. 그리고 복숭아를 한 입 베어 물면 어떤 '맛'일 날지도 깨닫게 했다(그래서 가게로 가고 있다). 간단히 말해 화가는 우리가 복숭아를 정신적으로 '지각'하게 만들었다. 화가가 뛰어날수록, 지각도 뛰어나다.

작가도 글을 쓸 때 이와 같은 일을 해야 한다. 장소와 사물, 인물과 사건을 완벽하게 묘사해 독자가 실제로 느끼게 해야 한다. 만약 이를 능숙하게 해내면(소설을 잘 쓰려면 그래야 하지만) 복숭아를 그린 화가처럼 독자를 귀찮게 할 수도 있다. 소설에 나오는 갓 구운 초콜릿칩 쿠키의 달콤한 향기를 집 안에 가득 퍼트려 독자를 과자 가게로 달려가게 하기 때문이다.

이를 가능하게 하는 방법은 독자의 다섯 가지 감각과 더불어 때로는 신비로운 직감까지 이용하는 것이다. 사물과 장소, 인물의 성격에 공감하게 만들면 독자를 소설 속으로 끌어들일 가능성이 한층 커진다.

소설에서 감각적 묘사를 살리는 방법을 살펴보기에 앞서 보여주기와 말하기, 순수소설과 대중소설의 중요한 차이점을 다시 한번 간단히 알아보자.

보여주기와 말하기

앞서 4장에서 다룬 보여주기와 말하기를 되짚어보자. 보여주기와 말하기는 감각적 묘사를 할 때 가장 중요하다.

무슨 냄새가 나고, 무슨 맛이 나고, 어떤 느낌이 난다는 설명은 언제나 말하기다. 이는 때로 꽤 괜찮은 방법일 수 있다. 예를 들어 도살장을 길게 묘사한 후에 짧게 선언하듯 말한다. "그곳에 서는 죽음의 냄새가 났다." 그러나 왜 그런 냄새가 나는지 어디에서도 보여주지 않은 채 죽음의 냄새가 난다고 내뱉는 건 결코 효과적이지 않다.

진한 커피 향기를 퍼지게 하는 게 커피 냄새가 났다고 말하는 것보다 효과적이다. 마찬가지로 어떤 사람의 발이 아프다고 말하기보다는 왜 발을 다쳤는지 보여주는 게 더 바람직하다.

글쓰기에서 감각적 묘사를 할 때만큼 말하기보다 보여주기가 효과적인 경우는 아마 결코 없을 것이다.

순수소설과 대중소설

순수소설을 좋아하는 독자들은 묘사가 긴 글을 좀 더 참을성 있게 읽는다. 소설 속에서 일어나는 일만큼이나 작가가 어떻게 그 일을 마술처럼 멋지게 풀어내는지에 관심이 크기 때문이다. 대중소설의 독자들 또한 작가의 마술 같은 솜씨를 보고 싶어 하지만, 이들은 그 마술이 예상보다 길어지는 것을 절대 원하지 않는다. 이들에게는 이야기가 전개되는 방식보다 박진감 있는 플롯과 반전이 더 중요하다.

그렇다면 순수소설과 대중소설이라는 각 장르에서 묘사를 어떻게 해야 효과적일까? 두 가지 예를 통해 살펴보자. 먼저 윌리엄 호이옌의 『숨의 집The House of Breath』을 보자. 이 소설은 미국 남서부 문학의 고전으로 불린다.

섬세한 노랫가락 같은 동양의 언어가 꽃향기처럼 바람을 타고 흘러 들어왔고, 우리는 숲속 어딘가에 있는 집시들의 천막에서 한 줄기 연기가 피어오르는 것을 보았다. 길 위로 우리의 발이 미끄러지자 수풀에서는 새들이 놀라 날개를 퍼덕거렸다. 들판은 몰려가고 달려가는 것들로 살아 숨 쉬고 있었다. 날개가 있고 다리가 달린 짐승들은 제 마음대로 오갔으며 사람이나 차에 막히지 않았다. 저 들판의 빽빽한 덤불과 풀 밑에는 움직이고 멈추기를 반복하는, 눈에 보이지 않는 작은 생물들이 있었다.

이 글을 조이 필딩의 『귓속말과 거짓말 Whispers and Lies』과 비교해보자.

나는 잠긴 부엌문을 열고 살금살금 밖으로 나갔다. 맨발에 닿는 풀이 차가웠다. 갑자기 메스꺼움이 밀려와 정신이 아찔해졌고 가라앉을 때까지 신선한 공기를 마구 들이마셨다. 여러 번 길고 깊은 숨을 쉰 후에 오두막 문을 향해 계속 다가갔다. 그때였다. 오두막 안에서 웃음소리가 들려왔다. 앨리슨은 분명 아프지 않았다. 혼자도 아니었다.

순수소설의 독자들은 『숨의 집』을 읽으며 인물이 어디로 가고 있는지 궁금한 것만큼 인물이 보고 듣는 것, 그 느낌의 복잡한 세부 사항에도 관심을 갖는다. 『귓속말과 거짓말』에서도 인물은 보고 듣고 느낀다. 다만 인물이 오두막에서 무엇을 하는지가 더 강조되고 있다.

대중소설의 독자들은 화자가 소설 속 인물의 웃음소리를 들었다고 대놓고 말해도 전혀 실망하지 않는다. 그러나 순수소설에 익숙한 독자들은 정확히 어떤 종류의 웃음이었는지 알고 싶어 할 수도 있다.

따라서 작가는 우선 자신이 쓰는 소설의 대상 독자가 이 두 부류 중 어디에 속할지 정하고, 그에 적합한 묘사를 해야 한다. 이야기가 빠르게 전개되기를 원하는 독자를 염두에 두고 대중소설을 쓸 경우에는 세부 사항을 넣은 묘사를 되도록 줄여야 한다.

시각, 후각, 촉각, 미각, 청각, 그리고 직감

감각적 묘사는 소설에서 자주 쓰이는 도구며, 어떤 감각을 쓸지는 배경이나 플롯에 따라 정해진다. 이때 모든 감각을 다 쓸 생각은 절대 하지 말자. 소설 쓰기는 어린이 야구단을 감독하는 일이 아니다. 모든 경기에 모든 선수가 뛸 필요는 없다. 특정 장면이나 사건에서 전달하고자 하는 이미지, 독자가 느꼈으면 하는 바가 무엇인지 먼저 정하자. 그러면 어떤 감각을 이용할지 자연스레 알게 된다.

소설 속에서 아이가 강아지 한 마리를 선물받았다고 해보자. 그러면 강아지를 어떻게 묘사할 것인지 결정해야 한다. 만약 아이가 특히 호기심이 많다면 강아지에서 어떤 맛이 나는지도 묘사할 수 있다. 위층에 사는 심술궂은 노인이 강아지 소리에 화를 낸다면 강아지가 어떤 소리를 내는지가 가장 중요하다. 또 아이에게 알레르기가 있다면 강아지 냄새는 맨 먼저 묘사해야 한다.

여러 감각을 조합해도 된다. 또한 감각을 하나도 이용하지 않아도 된다. 이런 묘사가 소설 전체에서 조금도 중요하지 않을 수도 있지만, 독자가 멋진 표현에 감탄하는 것만으로도 묘사는 충분히 보람 있는 작업이다. 그러니 무엇을 묘사하든 원하는 만큼, 더 정확히는 독자가 알고 싶어 하는 만큼 감각을 이용하자.

감각이 겹쳐도 망설일 필요는 없다. 예를 들어 어떤 것의 모습으로 맛을 묘사하고 싶다면 그래도 괜찮다. 이런 일은 늘 있는 일이다. 그림 속의 복숭아를 기억하자. 소설 속에서도 일어날 수 있다.

이제 감각을 하나씩 살펴볼 것이다. 소설을 쓸 때 어떻게 활용할 수 있으며, 다른 작가들은 어떻게 썼는지 예를 통해 알아보자.

이성적이고도 감성적인 가진 소설 제목

소설의 제목은 독자가 가장 먼저 받는 선물이다. 많은 경우 제목의 호소력이 첫 문장, 첫 문단을 읽을지 말지를 결정한다. 그러니 표지에서 작가 이름 위에 놓일 이 제목은 완벽히, 제대로 뽑아야 한다.

제목에 감각을 담는 건 좋다. 물론 본문에서도 계속 그래야 하겠지만 말이다. 아래는 감각적 묘사를 활용한 소설 제목들이다.

- 『터치The Touch』
- 『내게 보이는 게 네게 들린다면If You Could Hear What I See』

- 『삼나무에 내리는 눈Snow Falling on Cedars』
- 『내 손의 돌 하나A Stone in My Hand』
- 『사과 향기The Smell of Apples』
- 『등 뒤의 칼A Knife in the Back』
- 『머나먼 트럼펫A Distant Trumpet』
- 『밤의 향기Night Scents』
- 『숨 막히는 직감Strangled Intuition』
- 『천둥아, 내 외침을 들어라Roll of Thunder, Hear My Cry』
- 『집을 그리워하며Hungry for Home』
- 『뜨거운 양철 지붕 위의 고양이Cat on a Hot Tin Roof』
- 『너무 시끄러운 고독Prilis Hlucna Samota』
- 『쓴 약Bitter Medicine』
- 『죽음은 깃털보다 가볍다Death is Lighter than a Feather』
- 『위험한 향기Scent of Danger』
- 『늑대의 휘파람 Wolf Whistle』
- 『훤히 보이는 곳에In Plain Sight』
- 『강의 속삭임The Whisper of the River』
- 『오디 맛보기A Taste of Blackberries』
- 『바람이 불 때When the Wind Blows』
- 『폭우Hard Rain』
- 『메아리Echoes,』
- 『눈 위에 내린 빛Light on Snow』

시각

사물과 인물 그리고 장소의 겉모습은 제일 흔한 묘사이므로, 시각은 아마도 글쓰기에서 가장 자주 쓰는 감각일 것이다. 시각을 이용할 때 주의할 점은 다른 감각을 배제하면서까지 쓰지 않는 것이다. 무엇을, 어떻게 보여줄지에 언제나 신경을 써야 한다.

독자에게 보여주고 싶은 것을 단순히 서술하는 일은 시각을 올바르게 이용하는 방법이 아니다. 문장을 세밀하게 다듬어 독자가 예상하지 못하는 단어와 이미지로 채우는 게 그 비결이다. 독자를 놀래야 한다.

아래는 미국 현대문학을 대표하는 소설가 코맥 매카시의 『평원의 도시들Cities of the Plain』 중 일부분이다.

빌리는 높은 사막을 응시했다. 배처럼 둥글게 늘어진 송전선이 밤과 싸우고 있었다. (……)

빌리는 굴러 지나가는 밤의 실패를 보며 앉아 있었다. 길옆의 가시나무 덤불, 산맥 위에 내려앉은 평평하고 까만 망사천이 그들 위로 별들이 피어난 사막의 하늘을 가르고 있었다. 트로이는 담배를 피웠다.

나는 이 단락을 읽기 전에는 전신주 사이의 송전선이 "배처럼 둥글게 늘어져" 있다고 생각해본 적이 없었다. 또한 전선이 "밤과 싸우고" 있다고 여긴 적도 없었다. 이 구절은 광활하고 끝이 보이지 않는 지형의 이미지를 보여주고 있고, 또한 그다음의 "굴러 지나가는 밤의 실패"라는 표현으로 강화되고 있다. 나는 망사천(주로 커튼을 만드는 데 쓰는 가볍고 반투명한 천)이 산맥을 묘사하는 데 쓰인 적이 있는지 모르겠다. 여하간 이 소설의 작가는 산맥을 마치 그곳에 없는 듯 멀리 있고 알아보기 어려운 모습으로 그리기 위해 망사천을 썼다. 그리고 사막의 밤하늘에 별이 아주 많다는 것을 "별들이 피어난" 하늘로 표현했다. 독자의 마음속에 정밀한 이미지를 그려 넣기 위해 아무도 예상하지 못한 이미지(독특한 구절과 형용사)를 사용하고 있다.

이는 누구나 탐을 낼만큼 뛰어난 묘사다. 사물이나 인물에 대한 독특한 묘사는("배처럼 둥글게 늘어진 송전선"처럼) 독자의 관심을 끌어 이미지를 더 잘 기억하게 한다. 그리고 작가도 이미지를 더 잘 기억하게 된다.

독자가 이미 아는 상투적이며 진부한 표현은 절대 피해야 한다. 깜짝 놀란 인물을 두고 "놀란 토끼 눈을 하고" 본다고 하거나, 뭔가를 열심히 하는 것을 "눈에 불을 켜고" 한다고 표현하는 건 진부하다. 이미 죽은 표현이다. 그러나 너무나 많은 작가가 이런 표현을 여전히 쓰고 있다.

여기서 경고를 하나 하겠다. 간혹 등장하는 낯선 묘사는 작품에 긍정적인 효과를 주지만 한 소설 안에서 한 번만 써야 한다. 독특한 표현은 처음 읽을 때는 흥미롭지만 다시 나오면 신선함이 사라진다.

묘사는 단순히 어떤 것을 알리는 것 말고도 더 많은 역할을 하기도 한다. 특히 원하는 분위기를 명확히 하거나 원하는 시대로 독자의 관심을 끌기에 좋은 방법이다. 19세기 말 영국 런던을 배경으로 하는 소설이라면 말이 끄는 마차, 신사의 지팡이, 숙녀의 양산 같은 세부 사항으로 빅토리아 시대의 분위기를 재현하는 데 세심히 주의를 기울여야 한다. 플롯에 살인마 잭이나 미궁에 빠진 다른 사건이 등장한다면 런던의 어두운 뒷골목이나 템스강을 감싸는 짙은 안개를 보여줘야 한다.

때로는 어떤 단어들이 작가가 원하는 장소로 독자를 이끌기도 한다. 월터 M. 밀러가 SF소설 『리보위츠를 위한 찬송A Canticle for Leibowitz』에서 색다른 사막 풍경을 묘사하기 위해 사용한 독특한 이미지를 보자.

바짝 마른 사막을 잔인하게 속여 넘긴 후에 비라는 축복을 내리기 위해 산으로 몰려가고 있는 뭉게구름의 하늘—떼가 하늘을 가리기 시작했다. 그리고 구름의 어두운 그림자—모양이 울퉁불퉁한 땅을 가로지르며 찬란한 햇빛을 잠시 피할 수 있는 반가운 휴식을 허락하곤 했다. 달려가는 구름—그림자가 폐허를 훑으며 지나갈 때 신출내기는 그늘이 지는 동안 재빨리 일을 했다. 그러고는 다음번 구름의 무리가 태양을 가릴 때까지 잠시 일손을 놓고 쉬었다.

작가는 여기에서 먼 미래 이야기의 배경에 묘사적인 장치를 주입하고 있다. 하늘—떼, 그림자—모양, 구름—그림자 등은 현대적인 완곡어법이다. 이렇게 줄표(—)로 연결한 단어는 고등학교 때 배우는 「베오울프Beowulf」 같은 고대시가 아니면 보기 드물다. 이 소설은 대참사를 겪은 후 다시 살아나고 있는 세상을 배경으로 삼고 있다. 그러므로 이 같은 구식 묘사는 이 소설의 원시적이고 원초적인 분위기에 잘 어울린다.

독특한 표현을 시도하는 것을 두려워하지 말자. 은유와 형용사 그리고 그 밖의 모든 수사법은 작가라면 누구나 쓰는 평범한 도구일 뿐이지만, 이를 특별한 솜씨로 다룬다면 전혀 평범하지 않은 결과가 나온다.

때로는 미묘한 차이를 설명해야 할 때가 있다. 한 가지 방법이 있다. 아래 윌리엄 마틴의 『케이프 코드Cape Cod』 중 일부를 살펴보자. 이 소설은 순례자들이 메이플라워호를 타고 신대륙으로 오는 장면에서 시작한다.

존스는 자신의 값비싼 최신 소형 망원경을 눈에 대고 수평선을 살폈다. 연기 같은 회색빛 하늘이 잔잔하고 푸르스름한 회색빛 바다 위에 놓여 있었다. 그리고 이쪽과 저쪽을 갈라놓는 수평선 너머에 아메리카가 있었다.

여기서 두 회색빛에는 약간의 차이만 있거나 거의 차이가 없다. 작가 입장에서는 그냥 '하늘은 바다보다 약간 더 어두운 회색빛이었다'라고 쓰는 게 쉬웠을 것이다. 하지만 이 글에서 색 묘사는 단순한 묘사 그 이상의 역할을 한다. 즉 인물의 목적지가 좀 더 밝은 곳이라는 것과 인물이 두 가지 음울한 색조 사이에 있다는 것을 보여줘서 전체적인 이야기 전개에 도움을 주고 있다. 진부한 표현이지만 '터널 끝의 불빛 같은' 역할을 하고 있는 것이다.

작가는 독자에게 보여주고 싶은 것을 끊임없이 가리키고 있어야 한다. 그러면 대개 크고 요란한 소리를 내므로 독자가 이를 놓치기 쉽지 않다. 작가가 가리키지 않으면 너무나 작고 조용해서 독자가 놓치기 쉽다. 두 회색의 미묘한 차이처럼 말이다.

독자를 원하는 시대와 장소로 데려와 오래 잡아두기 위해서는 시각을 다른 감각보다 훨씬 많이 써야 한다. 그러려면 세상 모든 게 어떻게 보이는지 언제나 주의를 기울여야 한다. 소설 속에서 곧 벌어질 커다란 사건 못지않게 색깔, 빛, 그림자, 형태, 질감 같은 미세한 특징도 신중하게 다루고 강조하자.

우리에게는 시각 말고도 사용할 수 있는 감각이 아직 네 개가 더 있다는 걸 잊지 말자. 너무나 많은 작가가 다른 감각들은 내버려두고 모두 시각으로만 묘사를 해결하려는 실수를 저지른다.

후각

누군가가 말하길, 오감 중 후각이 향수를 불러일으키기에 가장 적합한 감각이라고 했다. 그 말은 사실이다. 버스나 트럭에서 뿜어져 나오는 배기가스 냄새를 맡을 때마다 내 마음의 눈은 순식간에 30년도 더 지난 옛날 내가 근무하던 독일 군대의 주차장을 바라본다. 또 리마콩 삶는 냄새를 맡을 때마다 매일 그 콩을 요리하던 어린 시절 할머니의 부엌으로 순식간에 돌아간다. 누구에게나 이렇게 어떤 냄새가 불러일으키는 자신만의 기억이 있을 것이고, 그로써 남들보다 정확하게 구별할 수 있는 몇 가지 냄새가 있을 것이다.

독자의 뇌리에는 이렇게 소중한 냄새의 기억이 가득 차 있다. 그러니 후각을 소설에 활용하지 않을 이유가 없다. 더욱이 과거의 기억을 가장 잘 불러일으키는 신체 감각인 만큼 더욱 자주 사용하는 게 좋다. 다만 후각의 기억 고리는 누구나 수긍할 만큼 보편적이어야 한다. 독자 모두가 주차장에서 군 생활을 보내지 않았을 것이며, 리마콩을 요리하는 할머니가 있지 않을 것이다. 그러므로 이런 냄새들을 소설에서 마음대로 써먹을 수는 없다.

후각은 인물이 어떤 기억을 떠올릴 때, 무언가를 상징할 때, 묘사하기 어렵거나 불가능한 것을 묘사하거나 배경을 설정할 때 이용할 수 있다. 다른 작가들이 이를 어떻게 해내는지 예를 통해 살펴보자.

고어 비달은 소설 『워싱턴 D. C.Washington D. C.』에서 향기를 통해 인물의 기억을 끄집어낸다.

"너 여기 있었구나! 그런데 그 치자 꽃에서 떨어져. 난 그 냄새를 견딜 수 없어. 머리를 아프게 하거든. 엄마가 왜 그 꽃에 빠졌는지 알 수가 없어. 그 꽃은 무용 학교를 생각나게 해. 소년들은 모두 파트너에게 시든 치자 꽃 두 송이로 만든 코르사주를 갖다 줘야 했거든. 세상에, 여긴 정말 덥구나."

소설에서 어떤 냄새를 이용해 인물에게 무언가를 생각나게 할 때는 먼저 그게 즐거운 기억인지 아니면 괴로운 기억인지 정해야 한다. 행복한 기억인가 아니면 슬픈 기억인가? 무서운 기억인가 아니면 희망찬 기억인가? 그 기억에 대한 전반적인 분위기가 기억에 색을 입힐 것이다.

위의 예에서는 특정 향기가 인물에게 불쾌한 과거를 기억하게 만든다. 대부분의 사람이 향기라고 느끼는 치자 꽃이 이 인물에게는 되도록 멀리하고 싶은 냄새다. 냄새를 이런 식으로 사용하면 이야기, 더 구체적으로는 뒷이야기를 확장할 수가 있다.

말리 유먼스의 『캐서우드Catherwood』에서는 냄새가 인물이 포기한 무언가를 상징한다.

아일랜드의 마지막 모습이 안개 속으로 흐릿해지자 바다 냄새가 더욱 짙어지기 시작했다. 아일랜드 해안의 강렬한 냄새, 잔디 타는 냄새와 흙냄새는 옅어져갔다.

때로는 인물의 성격적인 면, 즉 충직함이나 정직함 또는 위 글에서처럼 아일랜드라는 특정한 장소에 대한 헌신적 태도를 그 인물이 맡고 있는 어떤 냄새로 드러내는 것도 좋다. 특정 상표의 향수 냄새를 맡자 오래전에 잊은 사랑이 다시 떠오르기도 하고, 상큼한 레몬향이 미궁에 빠진 살인 사건에 단서를 던져주기도 한다.

상징을 사용하는 건 상당히 어려운 작업이다. 종종 도가 지나쳐 무리한 상징이 되기 쉽다. 오늘날의 독자들은 너무 뻔해 보이는 상징을 용납하지 않는다. 예를 들어 복수를 뜻하는 '커다란 하얀 고래'나 죄를 지은 젊은 여자들이 가슴에 단 '주홍 글씨' 같은 상징 말이다. 그러나 까다로운 독자라도 절묘하게 드러나는 상징은 기꺼이 받아들인다. 냄새는 어떤 것을 상징으로 떠오르게 하는 것 중 가장 미묘하다. 『캐서우드』의 두 문장에서 바다와 해안, 잔디 타는 연기와 흙냄새는 한 번만 언급된다. 이 단어들은 마치 냄새처럼 잠시 머물러 있다가 그것들이 상징하는 아일랜드처럼 사라져버린다.

어떤 감각은 때로 묘사가 불가능한 것을 묘사하는 데 사용되기도 한다. 래리 왓슨이 『몬태나 1948Montana 1948』에서 후각을 이용한 것처럼 말이다.

데이지가 한낮의 열기가 안으로 들어오지 못하게 커튼을 내리고 창문을 닫았기 때문에 맥올리 씨의 집은 캄캄하고 답답했다. 그 집에서는 마치 데이지가 아무도 모르는 몇 가지 채소를 푹 끓이고 있는 듯 언제나 이상한 냄새가 났다.

평범한 작가라면 기이한 이 냄새를 묘사하기 위해 다른 방법을 사용했을 수도 있고, 아니면 화자의 말을 통해 그 냄새의 정체를 '도대체 알 수가 없다'고 쓰고 말았을지도 모른다. 그러나 우리는 평범한 작가가 되고 싶은 마음이 조금도 없으니 여기서 귀중한 교훈을 하나 배워야 한다. 바로 특별한 일을 할 때는 좀 더 영리해져야 한다는 것이다. 문장을 뒤집고, 단어를 만들어내자. 독자에게 기대치 않은 놀라움을 선사하자. 매카시의 소설에 나오는 "배처럼 둥글게 늘어진 송전선"을 기억하자. 우리가 가진 유일한 한계는 상상력이다. 독자들은 평생 동안 자신의 관점에서 무언가를 봐왔다. 그러니 이제는 독자에게 우리의 감각을 보여주자.

　시각과 마찬가지로 후각도 소설의 배경을 설정하는 데 도움이 된다. 파트리크 쥐스킨트가 소설 『향수Das Parfum』에서 파리의 냄새를 구체적으로 묘사함으로써 18세기의 파리를 어떻게 그려내는지 살펴보자.

　사람들은 생 드니 거리와 생 마르탱 거리 옆 골목에 빽빽하게 모여 살고 있었다. 그곳에는 집들이 5, 6층 높이로 다닥다닥 붙어 있었기 때문에 하늘이 보이지 않았으며, 땅바닥의 공기는 온갖 악취로 가득 차 있었다. 그곳에는 사람 냄새와 짐승 냄새, 물과 돌 냄새, 재와 가죽 냄새, 비누 냄새와 갓 구운 빵 냄새, 식초를 넣고 끓인 계란 냄새, 국수 냄새, 반질반질 윤이 나게 닦은 놋 그릇 냄새, 샐비어와 맥주와 눈물 냄새, 기름 냄새, 마르고 젖은 지푸라기 냄새 등이 뒤섞여 있었다. 수천, 수만 가지 냄새가 멀건 죽처럼 엉긴 채 골목 구석구석을 메우고 있었다. 이 냄새는 아주 가끔 지붕 위로 날아갈 뿐 바닥에서는 냄새가 절대 사라지지 않았다.

　여기서 작가가 향기가 아니라 악취를 사용한 것에 주목하자. 이 둘은 후각 스펙트럼의 양 극단에 놓여 있는 단어다. 향기는 긍정적이며 기분을 좋게 하는 냄새를, 악취는 부정적이며 고약한 냄새를 가리킨다. "멀건 죽"에는 약간의 좋은 냄새(갓 구운 빵 냄새처럼)도 들어 있지만 대부분 기분 나쁜 냄새가 뒤섞여 있다. 그래서 전체적인 균형은 확실히 악취 쪽으로 기울어 있다.

이러한 악취 목록은 이 소설이 펼쳐지는 18세기 프랑스 파리의 더러운 거리로 독자를 곧장 데려간다. 그러나 『향수』는 도서관 서가에 어울리는 순수소설이다. 이 소설의 작가는 그림을 그리기 위해 수많은 세부 사항을 쌓고 또 쌓는 사치를 누리고 있다. 만약 이 작품이 대중소설이라면 말을 빙빙 돌리지 말고 본론을 말해야 하며, 모든 묘사를 생략하고 파리의 악취를 잘 보여주는 두 문장 정도만 남겨야 한다.

소설 속 인물들이 화창한 봄날 산책을 하고 있다고 해보자. 부드러운 산들바람 속에서 둘은 여러 냄새를 맡을 수 있을 것이다. 밭에서 나는 생양파 냄새, 멀지 않은 공장에서 나는 악취, 마을 빵집에서 풍기는 향긋한 빵 냄새 등. 우리는 여기서 둘 중 하나를 선택할 수 있다. 마치 벽돌을 쌓아 담을 만들듯 세부 사항을 하나하나 쌓아 올리거나(『향수』처럼), 아니면 한두 문장으로 좀 더 간결하게 묘사를 끝내거나.

만약 더 완벽한 방법을 선택한다면 코를 톡 쏘는 양파 냄새가 들판을 가로질러 산책자들을 향해 날아가게 할 수도 있고, 공장의 굴뚝이 뿜어내는 연기에(약간의 환경론적 비판을 담아내면서) 여러 가지 색을 입힐 수도 있다. 그리고 빵집에서 풍기는 유혹적인 냄새와 함께 야외에서의 즐거운 하루를 그릴 수도 있다.

그러나 만약 대중소설을 읽는 독자들을 염두에 둔다면 다음과 같은 묘사로도 충분하다.

자크와 노아는 잠시 걸음을 멈추고 그 멋진 날을 만끽했다. 물리건 빵집에서 풍기는 달콤한 이스트 향기가 타이어 공장의 코를 찌르는 냄새와 뒤섞였다. 부드러운 바람에서 느껴지는 달콤하고 톡 쏘는 무언가가 그들에게 윌슨 노인의 넓은 밭이 양파로 넘쳐나고 있음을 알려주었다.

여기에 나타난 묘사는 간단해 보이지만 결코 대충 쓰인 게 아니다. 소설 속의 배경과 순간을 완벽하고 훌륭하게 묘사하고 있다. 간단한 묘사라고 해서 그냥 짧기만 해서는 안 된다. 길고 세부 사항이 풍부한 묘사처럼 독자의 마음속에 완벽한 그림을 그려 넣어야 한다. 그러므로 우리가 해야 할 일은 가장 강력한 이미지, 가장 뛰어난 이미지를 고르는 것이다.

촉각

촉각은 어떤 것을 만질 때의 '느낌'으로, 관능적인 만족에서 아픔과 고통까지 모든 것을 뜻한다. 이 감각은 매우 범위가 넓어 독자들이 실제로 느낀 건 그중 일부에 그친다. 그러므로 촉각을 묘사할 때는 독자가 자신이 경험한 느낌을 다시 정확히 기억해 내게 만들거나, 경험해보지 않은 느낌이라면 어떤 것인지 생생히 짐작할 수 있게 해야 한다.

여기에서는 만족 지연의 법칙에 따라 아픔과 고통을 먼저 살펴보고 관능적인 만족은 나중에 다루겠다.

신체적인 고통을 잘 그려내는 작가로는 기수였다가 서스펜스

소설 작가로 변신한 딕 프랜시스가 있다. 그는 말에서 여러 번 굴러떨어져 본 경험 덕에 눈을 가늘게 떠야만 보이는 고통에 관해 다양한 세부 사항을 긁어모을 수 있었다. 아래는 그의 소설 『롱샷 Longshot』 중 일부로, 화자가 곤란한 상황에 처해 있다.

나는 두 손바닥으로 썩어가는 덤불 위를 짚고 무릎을 세우며 일어나려 했다.

나는 거의 정신을 잃었다. 일어날 수 없었을 뿐 아니라 일어나려 할수록 고통은 더 심해졌고, 비명을 지르려 해도 숨조차 들이쉴 수가 없었다. 땅바닥에 다시 몸을 뉘었다. 몸 여기저기를 헤집는 고통밖에는 아무것도 느낄 수가 없었다. 고통이 잦아들기까지는 아무 생각도 할 수가 없었다.

뭔가 이상하다는 생각이 들었다. 땅에서 몸을 일으킬 수 없어서가 아니라 어떤 이유에서인지 내 몸이 땅에 붙어 있었기 때문이다.

조심스럽게, 땀을 흘리며, 찌르는 듯 화끈한 고통을 온몸으로 느끼면서 나는 오른손으로 몸과 땅 사이 여기저기를 만져보았다. 그 사이에서 막대기 같은 게 만져졌다.

나중에 밝혀지지만 이 인물은 화살에 맞았다. 이제 독자는 화살에 맞아본 적은 없지만 얼마나 고통스러울지 상상할 수 있다. 작가의 묘사 덕분이다. 그의 묘사 실력을 살펴보자. "거의 정신을 잃었다", "숨조차 들이쉴 수가 없었다", "몸 여기저기를 헤집는 고통", "찌르는 듯 화끈한 고통" 이 모든 표현은 고통의 절대성을 추호도 의심하지 못하게 한다.

　소설에서 고통을 묘사할 때는 이 정도의 수고를 들일 필요가 있다. 그러나 때로는 하나의 문장으로 이미지를 나타낼 수도 있다. 척 팔라닉이 『인비저블 몬스터Invisible Monster』에서 쓴 문장을 보자.

　두통, 구약성서에서 신이 후려치는 듯한 두통이었어.

　이런 게 바로 두통이다. "후려치는", "구약성서"라는 단어를 통해 두통의 강도를 각인시킨다. 이 문장이 '두통이 극심하다'보다 말할 수 없이 뛰어나다는 데 누구나 동의할 것이다.

　소설에서 인물이 느끼는 고통의 단계는 작가가 그 고통의 정도를 묘사하는 단계와 맞물려야 한다. 두통, 심지어 구약성서까지 나온 뒤라면 보통은 고통이 한층 더 심해져야 한다. 또한 두통이 점차 악화되면서 인물의 행동과 이야기가 변화한다면 두통이 어떻게 더 심해지고 있는지 묘사해야 한다. 어쩌면 지끈지끈하던 두통이 더 심해져 머리를 쿵쿵 때리듯이 아플 수도 있다.

　인물이 앞으로 겪을 일을 독자에게 정확히 알려주려는 건 좋지만, 묘사를 하면서 독자(또는 인물까지도)를 잃어선 안 된다. 뼈가 부러지고 힘줄이 꼬이는 모습을 그림처럼 묘사하는 건 좋지 않다. 나쁘고 고통스러운 어떤 일이 일어나고 있다는 느낌을 주되 너무 지나치면 안 된다. 앞서 프랜시스가 쓴 구절 "몸 여기저기를 헤집는 고통"을 다시 보자. 그는 여기에 훨씬 더 많은 세부 사항을 집어넣을 수도 있었다. 그러나 그렇게 하지 않았다는 게 고마울 따름이다. 적어도 나는 작가가 한 인물이 몸 여기저기를 헤집는 고통 속에 있다고 말한다면 그 말을 믿을 준비가 되어 있다.

소설에 아픔과 고통을 그려 넣어야 할 경우에는 실제 고통을 묘사하기보다는 고통을 겪는 인물의 반응을 강조하자. 프랜시스의 글에서 인물의 행동은 그 자신의 생존은 물론 이야기 자체의 생존에도 중요하다.

촉각을 사용할 때 언제나 인물이 느끼는 바를 묘사해야 하는 건 아니다. 때로는 독자가 소설을 읽으면서 느꼈으면 하는 바를 슬쩍 묘사할 수도 있다. 그러면 독자는 자신이 결코 경험하지 못한 느낌을 연상하게 된다.

여기에 마른 꽃잎을 손가락으로 문지르는 것 같은 단순한 일이 어떻게 정치권력 재편 같은 엄청난 일을 은유할 수 있는지 보여주는 예가 있다. 바버라 킹솔버의 『포이즌우드 바이블Poisonwood Bible』의 한 대목이다.

그들은 천천히 자신들의 지도를 정비했다. 킹, 루크, 비숍 그 누가 멀리서 공격하기 위해 나설 것인가? 누가 장기 말로 희생되어 옆으로 밀려날 것인가? 아프리카 이름들이 엄지와 검지 사이에서 속절없이 마른 꽃잎들처럼 부스러져 굴러다녔다―응고마, 무켕가, 물레레, 카사부부, 루뭄바 등등. 그것들은 카펫 위로 먼지가 되어 떨어졌다.

독자들은 정치권력을 재편해본 경험이 절대로 없을 것이다. 그러나 마른 꽃잎을 부서뜨려봤을 가능성은 상당히 높다. 그래서 이 작가는 독자가 경험하지 못한 훨씬 커다란 무언가를 묘사하기 위해 독자가 경험한 소소한 행동을 이용했다.

다른 감각들처럼 촉각 역시 단순히 어떤 느낌을 전하는 것 말고 더 많은 역할을 해야 한다. 내가 『외딴 곳A Place Apart』을 쓸 때였다. 화자와 한 소녀의 관계가 시작된 것을 강조하고 싶었다. 그래서 프랑스 파리를 묘사하는 중간에 소녀의 손가락이 담쟁이덩굴이 자라나는 것처럼 움직이는 장면을 살짝 끼워 넣었다. 소녀의 손가락이 화자의 손등을 어루만지는 행동을 통해 그들 사이에 로맨스가 시작되고 있다는 좀 더 큰 이야기로 독자의 관심을 끌어당긴 것이다.

그녀가 나에게 파리에 대해 말했다. 그녀가 가장 좋아한 생미셸 거리와 노천의 카페들에 대해. 그리고 셰익스피어 극단 서점에서 센 강 너머에 있는 노트르담 성당의 둥그런 부벽이 가파른 벽 위로 얼마나 높이 솟아 있는지에 대해. 그녀는 담쟁이덩굴이 벽을 온통 휘감고 나서 강으로 뻗어간다고 말했다. 순간 그녀의 긴 손가락이 내 손등을 따라 짧은 여정을 시작했다. 마치 담쟁이덩굴이 자라나듯.

이야기를 확장하거나 더 큰 이야기로 주의를 끌기 위해 소소한 것을 활용하는 이러한 장치는 여러 번 사용해도 효과적이다. 작가는 글을 쓰는 동안 배경과 분위기를 확실하게 만들어줄 감각적 세부 사항을 늘 찾아다녀야 한다. 위의 글에 나온 담쟁이덩굴 묘사는 그곳에 담쟁이덩굴이 정말로 있다는 걸 알려준다. 그러나 담쟁이덩굴이 자라나듯 움직이는 소녀의 손가락은 한층 심화된 묘사로, 독자의 주목을 끌 뿐만 아니라 더욱 중요한 로맨스로 관심을 돌리게 한다.

미각

얼마 전 신문에서 제시카 데인즈라는 기고가가 쓴 차에 대한 글을 읽었다. 의학적 효용 및 역사에 등장하는 차(보스턴 차 사건 같은)를 간단히 언급하고, 그 기사가 요리 섹션에 게재되었으므로 독자가 마실 만한 여러 가지 차를 소개했다.

그녀는 이 글을 학기말 보고서처럼 시작할 수도 있었다.

차의 세계는 넓고 다양하다.

아니면 첫 문장을 약간 다듬어서(요즘 자주 쓰는 표현으로) 이렇게 시작할 수도 있었다.

차는 세계에서 가장 오래된 음식이자 가장 흥미로운 음식 중 하나다.

이 문장이 지루한 보고서 같은 첫 번째 문장보다 확실히 더 낫지만, 데인즈가 실제로 쓴 문장은 훨씬 좋았다.

차는 흙 맛이 난다. 혀를 톡 쏘는 비옥한 흑토 같고 최근에 맛본 그 어느 것보다 더 진실한 맛을 낸다.

한모금만 마셔도 공상에 빠뜨린다 — 봉우리가 높은 산들과 소중한 잎들이 뜯겨나간 부드러운 나무들.

차는 당신을 그렇게 만들 수 있다.

그날 아침 나는 신문에서 차에 관한 읽을거리를 찾지 않았고 차에 대한 생각조차 없었다. 사실 요리 섹션을 읽을 의도도 전혀 없었다. 그런데 기사에 실린 삽화가 먼저 주의를 끌었다. 다음으로 첫 문장이 나를 낚아채 끝까지 놓아주지 않았다. 단어 하나하나 빼놓지 않고 다 읽었고 몇 가지 사실을 새로 알게 되었으며, 그 기사를 한없이 만끽했다. 이 기사의 한 문장을 바꿔 표현하면 이렇다. "섬세하게 쓴 글은 당신을 그렇게 만들 수 있다."

이제 나를 낚아챈 미끼에 대해 생각해보자. "차는 흙 맛이 난다." 이 문장은 두 가지 중요한 것을 순식간에 이루어낸다. 첫째, 감각 중에서도 가장 믿을 만한 미각을 자극한다. 다른 감각은 때로 우리를 속일 수 있으나 무언가가 내는 맛은 대개 순수한 본질인 경우가 많다. 둘째, 효과적인 첫 문장이 되기 위한 요건을 정확하고 충실히 지키고 있다. 독자가 두 번째 문장을 계속 읽도록 만들고 있는 것이다. 감각적 묘사는 독자의 관심을 지속하는 데 효과적인 방법 중 하나다. 이 경우 무엇이 과연 흙 맛이 나는지 알고 싶게 한다.

'입맛'은 개인의 호불호를 가르는 보편적인 지표로 발전할 수 있다. '그 음악은 내 입맛에 맞지 않아' 또는 '입맛이 까다로운 사람'이라고 흔히들 말한다. 우리 사회는 오래전부터 미각으로 사람의 유형을 분류했다. 그 예로 서양에서는 지루하고 재미없는 남자는 밀크 토스트, 혈기왕성한 소녀는 뜨거운 타말레라고 한다.

소설에서 무언가의 맛을 전할 때만이 아니라 사물이나 인물을 묘사할 때도 미각을 쓸 수 있다는 것을 잊지 말자. 맛을 위해서만 사용한다면 곧 김이 빠져버릴 것이다. '닭고기 맛이 났다'는 한 번은 효과가 있을 수 있지만 두 번째에는 그렇지 않다.

제2차 세계대전을 배경으로 한 소설 『워싱턴 D. C.』에서처럼 인물을 발전시키는 데 미각을 이용해보자. 이 소설에는 한 병사가 나온다. 병사는 전쟁의 와중에도 차에 곁들이는 음식에 관심이 많다. 그는 버터로 만든 모든 음식에 심취해 있다. 버터가 아주 드물게 배급되었기 때문이다. 이 소설의 작가가 인물의 관심을 어떻게 음식에 고정시키는지, 그리하여 독자를 어떻게 작가의 의도대로 이끄는지 살펴보자.

삶은 행복했다. 그는 차를 주문했고 치킨 샌드위치를 게걸스레 먹었다. 그리고 최근에 에니드를 많이 보지 못했다고 말했다. "국방부에서는 우리를 꽤나 부려먹거든." 그가 둘러댔다. 치킨 샌드위치는 약간 싱거웠는데, 소금을 넣지 않은 버터 때문일 것이다. 그는 따끈한 치즈 롤 샌드위치를 먹어보았다. 훌륭했다. 버터가 빵에 윤기를 주었고, 고추가 맛을 살렸다.

그리고 후에 몇 가지 음식(아마도 버터가 안 든)을 더 먹었지만 이 음식들은 그에게 별다른 감흥을 주지 못한다.

그러나 메인요리는 근사했다. 닭가슴살을 접어 만든 커틀릿이었다. 포크로 고기의 갈색 표면을 쿡 찌르자 뜨거운 버터가 안에서 흘러나왔다.

작가는 인물이 느낀 음식의 맛을 이렇게 세부 사항을 나열해 점진적으로 표현함으로써 이 인물이 누구인지 또 그에게 무엇이 정말로 중요한지 알린다. 매우 절묘한 방법이다.

앞에서 소리를 높이거나 낮출 때에 대해 한 말을 기억하는가? 이는 미각에도 똑같이 적용된다. 무슨 맛이 나는지 조용히 전해야 할 때가 있다(위에서 인물이 버터를 즐기는 것처럼). 그러면 독자의 주목을 크게 끌지 않으면서 맛을 통해 인물을 조금씩 설정해갈 수 있다.

소리를 높여야 할 때가 있을 것이다. 이때는 독자에게 알리고 싶은 것을 얼버무리지 말고 단도직입적으로 말하자. 어빙 스톤은 『고통과 환희Agony and Ecstasy』에서 인물의 성격을 보여주기 위해 미각을 이용한다.

베르톨도는 조각 말고 좋아하는 게 두 가지 있다. 웃음과 요리. 그의 유머에는 그가 만든 치킨 알라 카시아트라보다 더 많은 향신료가 들어 있었다.

본론을 말하겠다. 이 남자는 유머 감각이 넘친다. 이상 끝. 보여주기와 말하기의 균형을 유지하라는 말을 기억하는가? 우리가 살펴본 『워싱턴 D. C.』는 최고의 보여주기 예, 『고통과 환희』는 최고의 말하기 예다.

맛은 인물을 설정하는 데 유용하듯 배경을 확실히 하는 데도 도움이 된다. 만약 뉴올리언스를 배경으로 소설을 쓴다면 이렇게 쓸 수 있다.

그녀는 비행기가 활주로에 닿기도 전에, 카페 뒤 몽드에 파는 슈거 파우더를 뿌린 베이녯의 맛이 느껴졌다.

이 문장을 읽는 독자들은 뉴올리언스에 가본 적도, 베이녯을 먹어본 적도 없을 수 있다. 그러나 인물이 뉴올리언스에 도착하기도 전에 베이녯을 먹는 상상을 하는 것을 보고, 베이녯이 아주 맛있을 거라고 확신할 수 있다. 뉴올리언스가 정말로 멋진 곳이라는 생각은(적어도 이 소설 속 인물에게는) 이야기가 본격적으로 전개되기 전에 독자의 의식 속에 자리 잡기 시작한다.

때때로 소설에서는 맛없는 것도 미각으로써 효과를 낼 수 있다. 트레이시 슈발리에의 『진주 귀고리 소녀Girl with a Pearl Earring』에서 주인공은 한 가정의 음식을 다른 가정의 음식에 반대되는 것으로 여긴다.

저녁을 먹는 동안 나는 가톨릭 구역의 저택에서 먹었던 음식과 비교하려 했다. 그러나 나는 이미 고기와 맛좋은 호밀빵에 익숙해져 있었다. 어머니가 타네케보다 요리를 잘하긴 했지만, 검은 빵은 딱딱했고 기름기 하나 없는 야채 스튜는 맛이 없었다.

위 글에서 어떤 맛(구체적으로 맛없는 맛)은 서로 다른 두 집안에서 펼쳐지는 이야기에 힘을 싣고 있다. 이 두 집안은 많은 면에서 아주 다르다. 일단 종교적, 정치적, 경제적으로 큰 차이가 난다. 그리고 그 차이가 이 소설의 핵심이다. 그러므로 작가는 여러 가지 방법을 동원해 차이를 부각한다.

누구나 이 작가들처럼 미각을 효과적으로 이용할 수 있다. 소설 속에서 미각은 어떤 맛이 나는지 서술하는 역할 이상을 해야 한다는 것을 잊지 말자. 한 인물이 한두 가지 맛을 선호한다는 사실은 독자의 마음속에 그 인물의 이미지를 뚜렷하게 새긴다. 특정한 맛은 특정한 장소를 나타낼 수 있고(바닷가재는 메인을, 바비큐는 텍사스를, 사과는 워싱턴을 대표하는 것처럼), 특정한 시대를 나타낼 수도 있으며(군밤은 빅토리아 시대의 영국을, 벌꿀 술은 중세 시대를 떠올리게 하는 것처럼), 인물의 기분을 나타낼 수도 있다(한 남자가 장모를 생각할 때의 언짢음처럼).

청각

1960년대 TV 드라마인 「고머 파일Gomer Pyle」을 보면, 주인공인 해병대원 고머에게 훈련 하사관이 얼굴을 들이대면서 "자네 소리가 안 들린다!"라며 소리를 버럭 지르는 장면이 있다. 독자가 소설을 보며 이 하사관과 똑같은 반응을 하길 바라는 작가는 없을 것이다.

독자는 인물들이 서로에게 말하는 소리만이 아니라 수많은 다른 소리도 들을 수 있어야 한다. 일반적으로 배경에 속속들이 스며 있는 불협화음은 물론, 가끔은 소리의 부재도 있어야 한다. 또는 에드거 앨런 포의 단편소설 「고자질하는 심장The Tell-Tale Heart」에 나오는 살인자처럼 혼자만 들을 수 있는 소리도 있어야 한다.

우리를 늘 둘러싸고 있는 소리는 소설 속에도 있어야 한다. 생명이 깨어나는 순간의 소리 또한 마찬가지다. 독자들은 생활 속의 혼잡함이(때로는 침묵이) 있을 때 배경 안에서 더 편안해한다.

루이 라모르가 쓴 소설 『팀버랜드의 총 Guns of the Timberlands』의 짤막한 한 장면을 보자.

마을 한쪽 끄트머리에 있는 흔들리는 널다리 위에서는 또각또각 말발굽 소리가 들렸고, 이어서 짐마차의 덜컹덜컹 소리가 들려왔다. 소리는 거리로 퍼져나갔고 채찍으로 엉덩이를 찰싹 맞은 두 마리 검은 말이 빠르게 내달렸다.

이 장면에서는 많은 일이 벌어지는데, 작가는 이를 전달하는 주된 도구로 소리를 사용한다. 독자를 장면으로 끌어들이는 좋은 방법 중 하나가 장면에 나오는 모든 소리를 들려주는 것이다. 물론 모든 소음이 이야기에 중요하지는 않지만 배경을 빠르게 정리해 보여주는 데 효과적이므로 세부 사항에 따로 공을 들이지 않아도 된다는 장점이 있다. 소설 속에서 청각을 사용할 만한 곳을 찾아보자. 배경을 좀 더 선명히 살릴 몇몇 소리(또는 냄새, 맛, 느낌)를 짧게 들려줄 만한 부분을 찾자.

우리는 앞서 이야기 전개에 도움이 되지 않는 요소는 무엇이든 삭제해야 한다고 배웠다. 그래서 위 장면같이 뛰어난 대목을 지워야 하지 않을까 고민에 빠질 수가 있다. 흔들리는 널다리나 덜컹거리는 짐마차는 대단히 중요한 세부 사항은 아니지만, 독자들을 더욱 이야기로 몰입시키는 역할을 한다. 따라서 이런 것들은 시험을 통과했으니 지우지 않아도 된다.

의성어는 독자에게 소리를 들려주는 탁월한 방법이다. 앞의 『팀버랜드의 총』에서 작가는 많은 청각적 세부 사항을 보여주며 '또각또각, 덜컹, 찰싹' 같은 단어로 더욱 강렬하게 표현한다.

청각을 다룰 때는 대부분 이처럼 그 소리를 묘사하지만 가끔은 소리의 부재를 강조하는 게 훨씬 더 효과적이다. 때때로 소리보다 더 중요한 것에 주의를 집중시키고 싶을 수도 있다. 로버트 프로스트가 유명한 시 「눈 내리는 저녁 숲가에 서서Stopping by Woods」에서 한 것처럼.

다른 소리라곤 순한 바람과 보드라운 눈송이가 스쳐가는 소리뿐.

이 시의 작가는 여기에서 자연과 날씨의 위대한 아이러니를 떠올린다. 대부분의 기상 현상이 큰 소리가 나는 반면(폭풍과 비, 바람처럼) 내리는 눈은 보통 그 반대다. 눈은 조용하다. 따라서

'휘익'이나 '꽝'보다는 '순한', '보드라운', '스쳐가는 소리'라는 표현을 사용한다.

때때로 프로스트 시의 "순한 바람"과 "보드라운 눈송이"처럼 거의 아무런 소리가 들리지 않는 상황을 소설에서 그려야 할 때가 있다. 그러나 이 경우에도 대개는 '뭔가' 소리가 난다. 로버트 펜 워런의 『모두가 왕의 부하들All the King's Men』에서 질주하는 자동차의 굉음처럼.

그러나 만약 네가 제 시간에 일어나서, 판자에서 핸들을 떼어내지 않는다면 너는 놀랄 만큼 빨리 달리게 될 것이며, 가끔씩 다른 자동차가 네 앞에 불쑥 나타났다가 전지전능하신 신이 맨손으로 양철 지붕을 잡아 뜯을 때처럼 와락 잡아채는 소리를 내며 너를 지나쳐 갈 것이다.

"신이 맨손으로 양철 지붕을 잡아 뜯을 때처럼"이라고 한 이 묘사를 읽을 때마다 생각한다. 질주하는 차가 옆을 지나갈 때 이런 소리가 날 거라고. 모든 작가가 자신이 쓴 묘사를 보고 독자가 이렇게 반응하길 원할 것이다. 그러려면 지금까지 해온 것보다 더 열심히 귀 기울여 들어야 한다. 어떤 소리라도 들어봐야 하지만, 특히 자신의 소설에서 중요한 역할을 할 소리와 소음을 주의해 들어야 한다. 그다음에 한 단계 더 나아간다. 소리를 하나 정확히 고른다. 예를 들어 바닷가에서 갈매기들이 서로 끼룩끼룩 울 때처럼 떼를 지어 시끄럽게 울면 어떻게 들리는지 생각해본다.

좋은 작가는 은유에 많은 시간을 보낸다. 갈매기 떼가 주주총회에 참가한 화가 난 주주, 송전선을 따라 지그재그로 지나가는 전기, 제멋대로 날뛰는 수다쟁이 캐시(줄을 잡아당기면 말을 하는 인형)를 생각나게 할 수도 있다. 갈매기에 관한 은유는 소음을 더 생생하게 만드는 데 멋지게 써먹을 수 있다.

시간이 날 때마다 쓰고자 하는 소설의 배경과 비슷한 장소에 가서 소리를 들어보자. 그냥 '듣기만' 한다. 다 들은 다음에 작가 일지에 그 소리들을 적는다. 아마 들은 소리와 듣지 못한 소리에 놀랄 것이다. 공항을 묘사할 때는 공항에 가서 정말로 어떤 소리가 나는지 확인한다. 북적이는 레스토랑의 소리도, 시골 길의 소리도 확인한다. 이러한 연습을 하면 진부한 표현을 하지 않게 된다. 미용실에서 전혀 '닭장 같은 소리'가 나지 않는다는 걸 알게 될 수도 있다. 전에 주목하지 못했던 수많은 소리를 듣게 될 것이다.

소설을 통해, 심지어 그 제목을 통해서도 어떤 것의 소리가 '없다'는 데 독자의 주의를 집중시킬 수 있다. 이를테면 드넓은 전경의 고요에 대해(『삼나무에 내리는 눈』처럼), 조용해서는 안 되는데 조용한 사람들이나 사물들에 대해(『양들의 침묵The Silence of the Lambs』처럼). 때로 어떤 것의 부재가 가장 효과적인 묘사가 될 수도 있다. 플래너리 오코너는 "신의 은총을 보여주는 최선의 방법은 때로 은총의 부재를 묘사하는 것"이라고 했다. 이는 자신이 부도덕한 인물을 창조하는 이유라고 했다. 이러한 역설적 접근법은 감각적 세부 사항을 다룰 때 유용하다.

이제 우리 대부분이 많은 시간을 보내면서 듣는 음악에 대해 생각해보자. 노래나 멜로디가 인물에게 미치는 효과를 간과하면 안 된다. 같은 음악이라도 인물에 따라 완전히 다른 의미가 될 수 있다. 영화 「카사블랑카Casablanca」에 나오는 음악 「시간이 흐르듯이As Time Goes By」를 예로 들어보자. 일자는 피아노 연주자 샘이 그 음악을 다시 연주해주기를 원한다. 행복했던 옛 시절로 되돌아갈 수 있기 때문이다. 그러나 릭은 이루지 못한 첫사랑이 떠올라 연주하지 못하게 한다.

인물을 멋지게 묘사하는 방법의 하나는 즐겨 듣는 음악의 장르나 좋아하는 노래가 뭔지 알려주는 것이다. 특히 노래 가사에는 그 자체로 작은 이야기가 들어 있다. 노래 한두 곡만으로도 소설 전체나 인물에 힘을 실어줄 수 있다.

멜로디가 인물의 성격을 살리는 데 얼마나 도움이 되는지 제임스 볼드윈의 단편소설 「소니의 블루스Sonny's Blues」를 살펴보자.

한 소년이 매우 복잡하면서도 또 아주 단순한 노랫가락을 휘파람으로 불고 있었다. 마치 소년이 한 마리 새인 것처럼 노래가 자연스럽게 흘러나오고 있었다. 다른 소리들에 묻히지 않고 또렷하게 자신을 지키는 그 소리는 쌀쌀하고 맑은 공기 속에서 아주 시원하고 감동적으로 들렸다.

이 작가는 인물과 배경을 확실히 그리기 위해 멜로디를 이용하고 있다. 멜로디는 복잡하면서도 단순한데, 소년도 마찬가지다. 그리고 소년의 입에서 흘러나온 멜로디는 맑은 공기와 주변의 소음 속으로 흘러들어 간다.

독자의 호기심을 자극하기 위해 소리를 이용하는 것도 방법이다. 이야기는 계속 흘러가야 한다. 이야기가 매끄럽지 않거나 주춤하면 독자는 책을 덮어버리고 더 재미있는 일을 찾아 떠난다. 그러니 독자가 계속 궁금해하게 만들어야 한다. 월리스 스테그너는『안전한 곳을 향해Crossing to Safety』에서 신비한 멜로디로 소설을 시작하는데, 그 멜로디를 통해 배경을 설정하는 장면을 살펴보자.

내가 무슨 소리를 들은 거지? 나는 숨을 멈추고 귀를 기울였다. 째깍 째깍 째까닥 째깍 째까닥 째깍 째깍 하나가 아닌 여러 개의 시계가 제각기 가고 있는 것 같았다. 나는 내 시계를 귀에 대보았으나 1인치 거리에서도 들리지 않았다. 그러나 째깍거리는 소리는 멀리서 희미하게 계속 들려왔다.

나는 시계 뚜껑을 다시 닫고 프렌치 도어로 다가가 문을 열고 지붕 테라스로 나갔다. 밤이라 바깥이 방 안보다 환했다. 째깍째깍 소리는 훨씬 더 크고 다급하게 들렸고 리듬은 더 불규칙해졌다 ― 마치 아이들이 한 블록쯤 떨어진 곳에서 나무 울타리를 막대기로 제멋대로 치면서 달려가는 소리 같았다. 난간으로 가서 길 아래를 내려다보았다. 비토리아 다리를 휘돌아 한 줄로 늘어선 가로등의 불빛이 오르락내리락했다. 두 바퀴 수레가 가로등을 다 돌아서 지나가고 있었고, 수레 옆에는 한 사람이 걷고 있었다. 수레를 끄는 건 보도 위를 째깍거리며 서둘러 걷고 있는 당나귀였다.

이 작가는 마침내 길 끄트머리에서 밝혀지는 째깍 째깍 소리의 출처를 처음부터 밝힐 수도 있었다. 그러나 독자를 궁금하게, 더 나아가 추측하게 해서 소설 속의 시대와 장소 안에 확고히 자리 잡도록 함으로써 이야기가 계속 전개되고, 또 독자가 계속 읽게 만들었다.

직감

여기에서 직감은 죽은 사람들이 눈에 보이는 일 같은 것을 말하는 게 아니다. 적어도 그런 것들만은 아니다. 세상에는 때때로 오감으로 전달할 수 없는 것들이 존재한다. 전혀 실체가 잡히지 않는 어떤 것들 말이다. 살면서 어떤 일에 직관적인 느낌을 받았지만, 그 느낌에 실제적이고 논리적 근거가 전혀 없던 경우가 분명히 있었을 것이다.

직감은 특히 추리소설에서 자주 중요한 요소로 등장한다. 퍼트리샤 모이스의 소설에서 스코틀랜드 경시청의 헨리 티펫 경사는 코로 유명한데, 이는 그의 직감을 뜻하는 다른 표현이다. 직감은 한 인물이 어떤 상황이나 인물을 의심할 때 쓸 수 있으며 범죄 스릴러만이 아니라 모든 장르에 어울린다. 몇 가지 예를 보자.

존 D. 맥도널드의 『딥 블루 굿바이』에서 해난구조 컨설턴트인 트레비스 맥기가 처음 들어가 보는 어떤 집에 대한 느낌을 이렇게 묘사한다.

그 집은 까만 벽돌, 유리, 테라초(대리석을 골조로 한 콘크리트),

알루미늄으로만 지어진, 내 취향이 전혀 아닌 플로리다식 주택이었다. 집에는 수술실처럼 서늘한 기운이 감돌았다. 각각의 집은 아파트처럼 공동 복도가 있었다. 따뜻함과 사생활을 전혀 누릴 수 없는 그런 집이었다. 이런 집 앞에 서면 병원 대기실에 있는 듯한 기분이 든다. 문이 열리면 안으로 불려 들어가서 끔찍한 일을 겪고 나서야 내보내줄 것 같다. 이 집에서 집의 향기가 느껴진다고 말할 수 없을 것이다. 누군가 이사 가고 나서 빈집이 되면 막 씻어낸 핏자국이 보일 것 같은 집이었다.

이 집에서 맥기가 받은 메시지는 보고, 듣고, 만지고, 냄새 맡아서 얻을 수 있는 것들이 아니다. '직감적으로' 느낀 것들이다.

똑같은 대목을 메리 히긴스 클라크의 서스펜스소설 『스틸와치Stillwatch』에서 찾아볼 수 있다.

그 장소는 충분히 평화로워 보였다. 크리스마스트리와 하누카(유대교의 성전 헌당 기념일) 양초들이 펠트 천과 가짜 눈으로 덮인 카드 테이블에 놓여 있었다. 환자들의 병실 문마다 테이프로 카드가 붙어 있었다. 놀이실의 스테레오에서 크리스마스 캐럴이 흘러나오고 있었다. 그러나 뭔가가 이상했다.

이상한 뭔가는 다른 신체 감각을 이용해서는 묘사할 수 없다. 직감은 마술이나 예언과 비슷하다. "엄지손가락을 찌르는" 느낌을 윌리엄 셰익스피어가 말한 대로 "무언가 사악한 것이 다가오고 있음"으로 받는 것이다.

직감도 다른 감각들과 마찬가지로 남용될 수 있다. 모든 것을 자신의 느낌에만 의존하고 다른 감각을 무시하는 인물은 순식간에 신뢰성을 잃는다. 적의가 느껴지는 집과 이상한 일이 벌어지는 양로원처럼 특정한 세부 사항에 집중해 무슨 일이 벌어지는지 궁금해하게 만들고 싶다면 직감을 사용하자. 이러한 전조는 실생활에서 정말 드물게 나타나므로 소설에서도 아주 가끔만 사용해야 한다.

마무리: 다양한 자극이 살아 있는 글

독자에게 사물의 모양, 소리, 냄새, 느낌, 맛이 어떤지를 보여주는 일은 작가로서 해야 할 가장 중요한 임무다. 그리고 여기에서 핵심은 '보여준다'는 데 있다. 이러한 감각을 전달할 때는 말하기보다 보여주기가 언제나 훨씬 더 효과적이기 때문이다.

감각적 묘사를 사용할 때는 이 장에서 다룬 요점들을 기억하자. 자신의 소설을 읽을 독자들이 주로 순수소설 독자인지 대중소설 독자인지 먼저 정해야 한다. 매카시가 "배처럼 둥글게 늘어진 송전선"이라고 한 것처럼 독자의 예상을 뛰어넘는 독특한 방식으로 이미지를 전달하자. 사물이 '어떻게 생겼는지'를 보여주는 데만 너무 급급하면 안 된다. 다른 감각들도 사용해야 한다. 불꽃처럼 강렬하고 분명한 세부 사항도 써야 하지만, 똑같은 색깔이라도 채도가 약간 다른 것처럼 알아채기 힘들 만큼 소소한 세부 사항도 자주 써야 한다. 때로는 청각에 속하는 침묵처럼 감각이 전혀 개입되지 않은 상태를 강조하자. 감정과 분위기의 관점에서 볼 때 조용한 곳은 시끄러운 곳보다 더 강렬한 느낌을 줄 때가 많다. 단순히 어떤 것을 알려주기 위해서 모양, 소리, 느낌, 냄새, 맛을 묘사하는 데 그치지 말고 훨씬 더 많은 역할을 하게 해야 한다. 감각적 묘사는 배경과 인물, 사건을 발전시키는 데 도움이 되어야 한다.

끝으로 최근에 내 수업 시간에 일어났던 일화를 소개함으로써 좋은 글에서 오감이 얼마나 중요한지 다시 한번 강조하려 한다.

한 학생이 샌프란시스코를 배경으로 쓴 과제물에 대해 다른 학생들에게 평가를 받고 있었다. 이번 과제는 작가 또는 화자가 한 장소에 자리를 잡은 후 자신의 시야에서 벌어지는 일들을 글로 보여주기였다. 이 학생은 골든게이트 다리 밑을 지나고 있는 유람선 위에 자리를 잡았다. 그래서 요새와 만, 샌프란시스코의 언덕과 빌딩, 자신의 머리 위에 있는 거대한 다리, 멀리 보이는 앨커트래즈섬까지 보여줄 게 아주 많았다.

학생들은 언제나 긍정적인 평으로 시작한다. 여러 학생이 몇몇 장소에 대한 묘사가 좋다는 말을 했다. 다른 학생은 역사와 지역 관습에 대한 세부 사항을 잘 살려냈다고 지적했다. 어떤 학생은 글의 대상에 딱 맞는 대화를 썼다고 말했다. 또 누군가는 유람선 옆에서 헤엄치고 있는 물개들이 아주 귀엽다고 말했다.

그런 후 갑자기 조용해졌다. 마침내 과제를 낸 학생이 스스로 자기 글의 문제를 깨달았다.

"뭔가가 빠졌죠, 그렇죠?" 그 학생이 말했다.

그러자 어떤 학생이 딜레마의 원인을 찾아냈다. 모든 것을 또렷이 볼 수는 있으나 아무런 냄새도 맛도 느낌도 소리도 없다고 말했다.

옳은 지적이다.

이 학생은 오감 중에서 오직 한 가지 감각을 통해서만 모든 묘사를 담아냈던 것이다. 즉 어떻게 보이는지만 전달한 것이다. 샌프란시스코만의 유람선 위에 서 있는 사람은 다양한 감각의 자극에 둘러싸여 있다. 예를 들어보면 유람선의 흔들거림, 물개들이 짖는 소리, 갈매기들이 끼룩대는 소리, 소금기를 머금은 안개의 냄새와 맛과 느낌, 도시에 울려 퍼지는 종소리가 있을 것이다.

그 학생은 글을 수정해 세부 사항이 풍부한 이야기로 만들어 다시 제출했다. 그 글은 독자들을 골든게이트 다리 밑을 지나는 유람선 안으로 당장 뛰어들게 만들 만큼 살아 있었다. 그래서 독자들이 그 학생의 세심한 문장을 통해 유람선에 올라타 모든 것을 함께 경험할 수 있었다.

세로로 6칸, 가로로 10칸인 표를 만든다. 첫 번째 열에 차례대로 시각, 후각, 미각, 청각, 촉각, 직관을 적고 첫 번째 행에는 아래의 주제를 적는다.

- 다가오는 한랭전선
- 피자
- 해안가
- 산
- 카페테리아에서의 점심
- 도시의 거리
- 시골길
- 쇼핑센터
- 비행기의 내부
- 나의 부엌

각 주제를 감각적으로 묘사할 수 있는 사물이나 행동 또는 느낌을 최소한 하나씩 생각해내자. 한 번 쓴 것을 다시 써도 괜찮다. 나뭇잎을 청각과 시각, 촉각에 사용해도 된다. 초점을 좁게 맞추면 오히려 방해가 된다. 피자는 소리를 내지 않지만 피자 박스를 열 때는 소리가 난다. 표의 모든 칸을 빠짐없이 다 채워보자.

앞의 표와 똑같은 표를 하나 더 만든다. 이번에는 사물, 행동, 느낌 대신에 각 감각을 전달할 수 있는 단어나 구를 써넣자. 예를 들어 나뭇잎에 대해 촉각에는 '거칠다'와 '뚜렷한 잎맥'을, 시각에는 '맴돌며 떨어지는'을(아마 헬리콥터처럼 떨어질 수도 있다. 흔하지 않은 이미지를 사용해도 괜찮다), 청각에는 '바스락'과 '휙'을(의성어를 사용하는 연습을 하자) 쓰는 것이다.

앞의 주제들 가운데 하나를 골라 생각해낸 이미지와 도구를 사용해 독자를 그 장소로 데려갈 수 있도록 한 쪽을 써보자. 독자가 그곳에 가서 보고, 듣고, 만지고, 맛보고, 냄새 맡고, 심지어 존재하지 않는 어떤 것을 느끼도록(직감) 만들어야 한다. 여기에는 규칙이 있다. "보다, 듣다, 만지다, 맛보다, 냄새 맡다"라는 낱말과 그것들의 변형조차도 사용해서 안 된다. '-처럼 보인다'나 '-처럼 냄새가 난다'라는 말이나 서술하는 말도 쓰지 말자. 말하지 말고 보여주자.

자신의 쓴 원고에서 오감을 사용하면 더 좋아질 부분을 찾아 동그라미로 표시하자. 대부분이 사물이나 인물의 모습을 나타낸 부분일 것이다. 이제 다른 감각 한두 가지를 사용해 묘사를 더 분명하게 다듬어보자.

6장 —————————————— 인물 묘사:
살아 숨 쉬는
인물 그리기

완벽함이란 사람이 가질 수 없는 특성이며
이는 소설 속 인물도 마찬가지다.

소설 속에 사는 인물들은 독자의 마음속 무대에 등장하는 배우다. 그들은 작가가 만들어내는 멋진 대화를 전달하는 통로인 동시에 작가가 만들어내는 갈등과 해결이라는 게임을 직접 하는 선수다. 그러므로 소설을 잘 쓰려면 모든 유형의 사람을 소설 속으로 다 불러들여야 한다. 그리고 소설을 쓸 때 가장 먼저 해야 하는 결정은 이러한 인물들, 특히 주요 인물을 어떻게 묘사할 것인가이다.

주인공인 삼십 대 여자가 소설의 첫 장면에서 어떤 파티에 도착한다고 해보자. 그녀는 안전한 피신처를 찾아 파티장의 구석으로 곧장 가서 그곳 벽지의 단조로운 무늬 속에 스스로를 파묻을 수도 있다. 아니면 큰 소리로 깔깔 웃으며 파티장 안으로 성큼성큼 걸어 들어갈 수도 있다. 힘찬 걸음걸이로 말이다. 대부분의 경우 주인공의 행동은 이 두 극단 사이 어딘가에 놓이겠지만, 어쨌든 그녀의 행동은 솜씨 있는 묘사를 통해 서술되어야 한다. 주인공은 스토리텔링의 전 과정에서 매우 커다란 짐을 짊어진다. 그녀에 대한 독자의 첫인상은 중요할 수밖에 없다.

솜씨 있는 묘사는 첫 장면에서만 필요한 것이 아니며, 또 주요인물에만 한정되어도 안 된다. 인물 대부분을 독자의 마음속에 남게 하려면(편지를 배달하고 다시는 등장하지 않는 소년까지도) 모든 인물을 충분히 묘사해야 한다. 나는 존 D. 맥도널드의 소설 『딥 블루 굿바이』의 주인공 트래비스 맥기를 영화에서 그를 연기한 배우들 말고는 '실제로' 본 적이 없다. 그러나 소설 속의 묘사(걷거나 서 있는 자세, 호리호리하고 볕에 그을린 몸, 헤어스타일과 옷 입는 취향 등)를 근거로 사람들 사이에 섞여 있는 맥기를 곧바로 골라낼 자신이 있다.

소설을 쓸 때는 이만큼 효과적인 묘사를 해야 한다.

생명이 있는 인물을 위해

지금부터 인물 묘사가 훌륭한 소설 세 작품을 살펴볼 것이다. 이 소설들은 모두 독특한 접근법으로 인물을 묘사하고 있다.

먼저 카슨 매컬러스의 단편소설 「나무. 바위. 구름A Tree. A Rock. A Cloud」 가운데 몇 문장을 보자.

소년은 그에게 다가갔다. 소년은 열두 살쯤 나이에 비해 체구가 작았고, 종이 자루의 무게 때문에 한쪽 어깨가 다른 쪽보다 높이 올라가 있었다. 얼굴은 마르고 긴 편에 주근깨가 있었고 눈은 아이다운 동그란 눈이었다.

여기서 작가는 소년의 신체를 묘사하고 태도, 동기, 세계관은 소설의 후반부로 미룬다.

이제 윌리엄 E. 배럿의 소설 『들판의 백합Lilies of the Field』의 시작을 살펴보자.

그의 이름은 호머 스미스였다. 그는 스물 네 살이었다. 키는 187센티미터였고 피부는 따뜻하고 깊은 검은색이었다. 그는 크고 단단한 체구를 가졌고 눈과 눈 사이가 넓었다. 조각가라면 이러한 외모를 성격으로 해석하겠지만, 호머 스미스의 어머니는 언젠가 그에 대해 3분의 2는 상냥하고 3분의 1은 정말 말썽꾸러기라고 말했다.

여기서 작가는 짧고 요약된 문장을 사용해 몇 가지 신체적 특성을 말한다. 그런 후에 인물의 어머니가 말한 내용을 소개하면서 이 남자의 이미지를 급격히 추락시킨다. 많지 않은 단어로도 우리는 인물의 생김새뿐만 아니라 그가 어떤 사람인지 처음으로 엿볼 수 있다.

다음으로 플래너리 오코너의 단편소설을 보자. 「착한 시골 사람들Good Country People」에 나오는 처음 몇 문장이다.

프리먼 부인은 홀로 있을 때 짓는 무심한 얼굴 표정 외에 사람들을 대할 때 짓는 전진과 반전이라는 두 다른 표정을 갖고 있다. 전진의 표정은 앞으로 달리는 육중한 트럭처럼 흔들림 없이 나아갈 때 나타났다. 그녀는 눈을 결코 왼쪽이나 오른쪽으로 돌리지 않았고, 길 한가운데의 노란 선을 따라가다가 갈림길이 나올 때만 몸을 돌렸다. 그녀는 자신의 말을 철회할 필요가 별로 없었기에 또 다른 표정은 거의 짓지 않았고……

이 작가는 프리먼 부인의 여러 가지 표정을 묘사하기 위해 윌리엄 포크너식으로 독자를 세부 사항의 물결 위를 떠다니게 만든다. 우리는 끝부분에서 이 여자의 외모만큼이나 완고한 성격에 대해서 알게 된다. 소설을 쓸 때는 이처럼 인물의 외모는 물론 성격에 대해서도 많은 것을 전달해야 한다. 묘사를 인물의 생김새와 대화에 관한 기본적인 사실을 전하는 용도로만 쓰지 말자. 인물의 태도와 그가 가진 철학, 약점 등 다른 수많은 것을 전달할 때에도 사용하자. 돌멩이 하나로 새를 여러 마리 잡아야 한다.

인물을 어느 범위까지 묘사할 것인지는 소설 속 상황에서 인물이 무엇을 하느냐에 달려 있다. 어떤 상황이든지 그리고 어떤 수준의 묘사를 하든지 이 점을 반드시 기억하자. 바로 작가가 인물을 보는 것만큼 독자도 또렷하게 볼 수 있어야 한다는 것이다. 이를 위해서는 처음부터 잊지 말아야 할 게 있다. 마음속에 인물에 대한 완전하고 자세한 이미지를 만들고, 이를 독자에게 능숙하게 전달해야 한다는 점이다.

이제부터 이미지를 전달하기 위한 여러 가지 방법을 살펴보자.

신체 묘사 잘하는 몇 가지 방법

인물의 외모 묘사는 아주 짧게 할 수도 있고(이를테면 그 사람은 버터색 머리카락을 갖고 있다고 말하는 것처럼), 윌리엄 포크너가 단편소설 「에밀리에게 장미를A Rose for Emily」에 쓴 것처럼 길게 할 수도 있다(짧게 묘사하는 건 누구든 할 수 있다).

그녀가 들어오자 사람들이 모두 일어섰다. 작고 뚱뚱한 그 여자는 검은색 옷을 입고 있었고 가느다란 금목걸이가 허리까지 내려와 벨트 속에 파묻혔다. 손에는 녹슨 금색 손잡이가 있는 흑단 지팡이가 들려 있었다. 그녀의 골격은 작고 가늘었다. 그 때문에 다른 사람이라면 약간 통통할 뿐인 몸집이 아주 뚱뚱해 보였다. 그녀는 흐르지 않는 물속에 오랫동안 잠겨 있었던 듯 얼굴이 통통 부어 있었고 피부도 창백했다. 살찐 주름에 파묻힌 눈은 밀가루 반죽 덩어리에 작은 석탄을 박아 넣은 듯 보였다. 손님들이 찾아온 용건을 말하는 동안 그녀의 두 눈은 이 얼굴에서 저 얼굴로 옮겨 다녔다.

여기에 나온 신체 묘사의 요점은 그녀가 키가 작고 살이 쪘으며 검은색 옷을 입고 지팡이를 들었다는 것, 그리고 눈이 통통한 얼굴에 비해 아주 작다는 것이다. 순수소설과 대중소설의 차이에 대해 앞서 말한 내용을 떠올려 보자. 포크너가 순수소설 작가라는 사실은 타이태닉호가 큰 배라고 말하는 것처럼 뻔하다. 포크너는 아주 가는 붓으로 꼼꼼히 색칠을 하는 화가처럼 세부 사항을 신중하게 거듭 사용한다. 대중소설 독자를 겨냥한 소설에서는 이 여자에 대해 독자가 분명히 알았으면 하는 바에 좀 더 집중해야 한다. 만약 뚱뚱함과 통통함의 차이, 물속에 오래 잠겨 있었던 듯한 몸의 이미지, 석탄을 이용한 직유 등등 이 '모든' 것을 독자가 알길 원한다면 모두 소설 안에 써야 한다. 단, 대중소설 독자는 순수소설 독자만큼 긴 묘사를 참아내지 못한다는 점을 잊으면 안 된다.

앞서 여러 번 이야기했듯 묘사는 그저 서술하는 것 말고도 많은 역할을 해야 한다. 데이비드 웨스트하이머의 『탈주 특급Von Ryan's Express』에서 좋은 예를 찾아볼 수 있다.

대령은 키가 컸고 몸은 쭉 곧았다. 관자놀이 쪽에 흰머리가 드문드문 섞인 짙은 금발은 짧고 빳빳했다. 그의 얼굴은 선글라스로 가려 타지 않은 두 눈 주변의 둥그런 부분을 제외하고는 심하게 그을려 있었다. 눈가에는 잔주름이 많았고, 햇빛 아래에서 끊임없이 적의 전투기를 찾아내느라 눈에 약간 사시기가 있었다. 그의 얼굴은 험상스럽기까지 한 억센 얼굴이었으며 부드러움이라곤 조금도 찾아볼 수 없었다. 멀리서는 어려 보였지만 가까이에서는 서른여섯이라는 실제 나이보다 늙어 보였다.

이 묘사를 통해 우리는 이 인물의 외모(머리카락 색, 키, 머릿결, 눈) 말고도 그가 몇 살인지 알 수 있고, 그의 인생관도 짐작할 수가 있다. 그는 부드러운 사람이라기보다는 강인한 사람이다. 그리고 그의 강인함이 소설 속에서 중요한 역할을 하리라는 점도 예상된다.

이처럼 여러 역할을 하는 묘사를 하려면 어떻게 해야 할까? 한 가지 방법은 특정 인물에 관해 생각할 수 있는 모든 것을 작가 일지에 목록으로 만드는 것이다. 키, 몸무게, 색깔, 신념, 단점, 장점, 의자에 앉는 방식 등 생각해낼 수 있는 건 뭐든지 다 적는다. 소설에 꼭 쓰일 것 같은 것만 적어서는 안 된다. 인물이 소설 속에서 생생하게 살아 있으려면 작가는 인물에 대해 묘사한 것보다 훨씬 많이 알고 있어야만 한다. 만약 인물이 어쩌다 아이를 돌봐줘야 하는 상황에 놓인다면, 그가 얼마나 믿을 만한 사람인지 독자가 알든 모르든 작가만은 꼭 알고 있어야 한다. 좋은 작가라면 자신이 쓰고 있는 모든 인물의 동기 또한 알고 있어야 한다. 무엇이 그들을 행동으로 몰아가고 또 무엇이 그들을 갑자기 멈추게 하는지 속속들이 알아야 한다. 인물을 그 정도로 잘 아는 유일한 방법은 그 인물 속으로 빠져드는 것이다. 그러니 목록을 만들어야 한다. 자신이 얼마나 복잡한 인물을 만들어낼 수 있는지 알면 아마 놀랄 것이다.

때로는 인물의 생김새와 행동을 재빨리 말하고 나서 핵심으로 들어가는 방식이 효과적이다. 앤 라모트는 소설 『비뚤어진 작은 마음Crooked Little Heart』에서 이를 잘 보여주고 있다.

엘리자베스는 제임스를 살폈는데 부스스한 머리, 아름다운 초록빛 눈동자의 그가 그녀를 보고 미소 지었다. 그녀는 그와 함께 있는 게 좋았다. 그저 좋았다. 그가 옆에 있을 때 그녀는 행복했다.

여기서 작가는 이 부분을 더 길게 늘릴 수도 있었다. 제임스의 외모에 관한 세부 사항을 더 많이 알려주고, 그가 엘리자베스에게 얼마나 중요한 사람인지 또 그가 그녀를 어떻게 행복하게 만들었는지 정성껏 설명하면서 말이다. 그러나 작가는 이런 것들을 기정사실로 만드는 쪽을 택했다. 엘리자베스의 인생에서는 너무나 분명한 사실이기 때문이다.

소설을 쓸 때 얼마나 많은 묘사를 생각해낼 수 있느냐에 따라 묘사의 양을 결정해서는 안 되며(솔직히 말해 어떤 작가든 수도 없이 많이 생각해낼 수 있다) 어떤 것 또는 어떤 인물이 얼마나 많이 묘사되어야 하는지에 따라 결정해야 한다. 대개의 경우 간략한 묘사가 지나치게 공들인 묘사보다 더 낫다. 이건 앞의 예만 봐도 분명히 알 수 있다.

켄트 하루프는 소설『플레인송Plainsong』에서 한집에 사는 두 노총각 형제가 농장에 온 손님을 맞이하는 장면을 묘사한다.

해럴드는 여분의 의자 중 하나에서 기름 묻은 농기계 조각을 떼어낸 후 테이블 앞으로 끌어다 놓았다. 그는 반듯하게 앉았다. 집 안에 있을 때 맥퍼런 형제의 얼굴은 땀으로 번들거렸고 홍당무처럼 빨개졌으며, 방 안의 찬 공기 때문에 정수리에서는 김이 모락모락 피어올랐다. 그들은 일꾼들이 일을 마치고 쉬는 오래된 그림에서 튀어나온 농부들 같았다.

노총각 형제는 손님을 맞는 게 익숙하지 않아 농기계를 부엌에 갖다 놓는가 하면 실내에 있는 게 너무나 어색해 얼굴이 빨개지고 땀까지 흘린다. 이들의 이미지는 단순한 묘사를 넘어서 이 소설에 관한 많은 부분을 독자에게 이야기해준다. 마지막으로 작가는 그들의 이미지를 오래된 그림에 비유해 더욱 그럴듯하게 만든다.

이러한 소소한 행동과 관계를 통해 소설을 전개하는 데 도움이 되는 묘사를 해야 한다. 만약 인물이 남자 친구와 댄스파티에서 돌아오는 십 대 소녀이고 그녀가 핸드백 속의 휴대폰을 자꾸 쳐다본다면, 독자는 소녀의 관심이 어딘가 다른 곳에 있다고 추측한다. 작가는 인물의 이런 소소한 행동을 통해 독자를 원하는 방향으로 걸어가게 만들 수 있다.

실존 인물을 토대로 묘사하기

실존 인물을 토대로 인물을 묘사하는 방법을 잠시 알아보자. 실존 인물이란 역사적 인물이나 유명인, 작가가 실제로 알았거나 알고 있는 평범한 사람을 뜻한다. 이 두 유형의 인물들은 모두 숨을 쉬며 걸어 다니고, 작가의 상상 밖에서 그들 나름의 삶을 살았거나 살고 있는 실제 사람이다.

먼저 자신이 아는 주변 사람들을 살펴보자. 알다시피 우리는 소설을 통해 이 사람들에게 작게나마 분풀이를 할 수도 있다. 아주 싫어하는 사람의 사마귀 같은 결점을 그대로 살려 그를 소설에 집어넣는 일은 꽤 효과적인 심리 치료가 될 수 있다. 그러나 이때는 본인이 눈치 못 채도록 아주 조심스러워야 한다. 그냥 우연의 일치일 뿐이라고 어설프게 변명하는 건 분란을 해결하지 못한다. 더구나 만약 소설 속에 등장시킨 아무개가 누구나 쉽게 알아볼 수 있는 사람이고 아직 살아 있는 사람이라면, 그에게 한동안 괴롭힘을 당할 수도 있다. 그렇다고 해서 그 사람 또는 그 사람의 어떤 면을(대개 최악인 면이겠지만) 소설 속에 슬쩍 넣어선 안 된다는 뜻은 아니다.

주변 사람을 소설에 등장시켰을 때 생길 수 있는 또 다른 위험은 그가 누구인지 금방 알아볼 수 있게 함으로써 그에 대한 감정을 나타내려는 작가 자신의 욕망에 사로잡히는 것이다. 소설 속 인물은 언제나 작가가 원하는, 다시 말해 '소설에 필요한' 인물이어야 한다. 그래서 이런 시도는 거의 늘 소설을 실패로 이끈다. 작가가 인물과 관련된 일들을 결정할 때 현실에 있는 사람에 좌우된다면 이 중요한 결정 과정은 흐지부지되고 소설은 결국 빈약해지고 만다. 소설을 써보지 않은 사람들은 이 작업의 정밀성을 이해하기 어렵다. 소설에 꼭 메리 고모를 넣어야 한다고 쉴 새 없이 이야기하는 사람들을 떠올려 보자. 자기 아이가 한 귀여운 짓이나 누군가 한 웃긴 말 같은. 그들은 소설 쓰기를 그저 이야기 속에 뭔가를 집어넣는 일이라고 생각한다. 그러나 작가는 소설에 필요한 것만 집어넣어야 한다. 메리 고모에게는 소설책 한 권을 선물로 주든지 아니면 그 소설을 헌정하자. 절대로 메리 고모를 소설에 넣으면 안 된다.

이제는 메리 고모보다는 좀 더 유명하고 독자들도 알아볼 수 있는 실존 인물들에 대해 말해보자. 먼저 위인부터 살펴보겠다.

사도 바울의 외모에 대해 알려진 모든 내용은 2,000년간 내려온 고전에 근거를 두고 있다. 사실 성경에는 바울의 모습이 자세히 설명되어 있지 않고 역사학자들이 남긴 약간의 기록이 있을 뿐이다. 오랫동안 그의 외모에 대해서는 빨강머리와 그리 매력적이지 않다는 두 가지 특징이 전해져왔다. 테일러 콜드웰은 소설 『신의 위대한 사자Great Lion of God』에서 바울을 빨강머리의 못생긴 남자로 그리고 있다. 월터 F. 머피는 『반석 위에서Upon This Rock』에서 바울이 성자聖者가 되기 전, 곧 바울이라 불리기 전의 모습을 묘사한다. 바울은 다마스쿠스로 가는 길에 하나님의 음성을 듣기 전까지 타르수스의 사울이라 불렸다. 머피는 바울을 아래와 같이 그리고 있다.

사울은 매력적인 얼굴이 아니었다. 그의 얼굴은 눈, 코, 입을 아무렇게나 던져 만든 것처럼 보였다. 하나하나는 그다지 못생기지 않았으나 전혀 조화를 이루지 않았다. 귀는 켈트족 병사의 귀처럼 물병의 손잡이만큼 축 늘어졌고 머리 옆으로 불쑥 튀어나왔다. 곱슬곱슬한 머리는 밝은 빨강색 싸구려 걸레같이 보였다. 피부색은 곱지 않았고 연한 올리브색이었다. 턱수염은 가늘고 들쭉날쭉했는데 서른 살이 다 된 남자의 수염이라기보다 십 대 소년의 수염 같았다. 수염 또한 빨간색이었는데 머리카락보다는 훨씬 옅어 보였다. 매부리코는 얼굴에 비해 길었고 입은 아주 컸다. 치아는 불규

칙하고 윗니가 벌어져 있어서 힘주어 말할 때 가끔 휘파람 소리가
새어나왔다.

작가는 못생겼다고 단정하기보다는 왜 매력적이지 않은지 세
부 사항을 제시하며 묘사한다. 독자가 소설을 읽기 전에 그 나름
생각하고 있던 못생긴 빨강머리가 아니라 살아 숨 쉬는 인간을
보여주기 위해 매부리코, 큰 입, 벌어진 치아, 듬성듬성한 턱수염
을 지적한 것이다.

역사적 인물을 등장시키고 싶다면 인물이 속한 시대까지 모
두 등장시켜야 한다. 예를 들어 앞의 글에서 바울의 귀가 물병 손
잡이처럼 늘어졌다고 말한 부분을 빙 크로스비(20세기 중반 미국
의 가수)의 귀 같다고 묘사한다면 안 된다. 비록 우리는 빙 크로스
비가 큰 귀를 가진 옛날 가수라는 걸 알고 있지만, 바울의 입장에
서는 아주 먼 미래의 사람이기 때문이다. 그러므로 빙 크로스비
의 귀 같은 비유는 소설의 배경이 1930년대 이후일 때는 괜찮지
만 여기처럼 서기 1세기 때의 이야기에는 맞지 않는다.

머피와 콜드웰 이들 두 작가는 소설에서 바울을 잘생긴 남자
로 만들 수도 있었다. 참고할 사료가 거의 없기 때문에 설령 그렇
게 만들어도 누구도 반박하지 않았을 것이다. 그러나 많은 독자
가 이미 바울의 외모에 대한 선입견이 있으므로, 두 작가는 전통
적 이미지를 따르는 쪽을 택했으며 묘사를 통해 그들 나름대로
변형을 했다.

좀 더 가까운 과거의 인물이나 유명인을 소설에 이용할 때는

작가에게 이 정도의 선택권이 주어지지 않는다. 케네디 대통령을 소설에 등장시킨다면 그 인물은 케네디처럼 생겨야 하고 말해야 한다. 모든 독자가 케네디가 어떻게 생겼고 어떻게 말하는지 정확하게 알고 있기 때문이다.

허먼 우크는 『전쟁의 폭풍The Winds of War』을 쓸 때 제2차 세계대전 당시의 세계 지도자 여러 명을 묘사했다. 그래서 그는 콜드웰이나 머피가 바울에 대해 쓸 때보다 참고 자료가 훨씬 많았다. 도서관에는 그 인물들의 전기가 가득했고 사진도 수천 장 구할 수 있었다. 그래서 우크는 구체적인 참고 자료를 충분히 보며 인물을 묘사했다.

히틀러는 헨리보다 키가 크지 않았다. 죄수처럼 짧게 자른 머리에 악수할 때는 몸을 앞으로 숙였으며 머리는 한쪽으로 기울어졌고 머리카락이 이마로 흘러내린 자그마한 남자였다. 이것이 헨리가 훈장을 주렁주렁 단, 무뚝뚝하게 생긴 불가리아인 옆에서 총통을 처음으로 보았을 때 언뜻 받은 인상이었다. 그러나 다음 순간 그의 인상은 변했다. 히틀러가 멋진 미소를 짓고 있었다. 아래로 처진 입은 단호하고 긴장되어 보였고 눈은 확고한 자신감에 차 있었지만 웃을 때는 광적인 표정을 찾아볼 수 없었다. 얼굴 전체가 환하게 빛이 났고 유머가 강하게 느껴졌으며 소년 같은 호기심과 수줍음이 느껴졌다. 때때로 그는 상대방의 손을 붙잡은 채 대화를 했다. 특히 즐거울 때는 소리 내어 웃었다. 그리고 오른쪽 무릎을 갑자기 들어 올려 약간 안쪽으로 잡아당기며 이상하게 움직였다.

바울을 묘사하거나 히틀러를 묘사하거나(이 둘만큼 서로 다른 영역의 인간들을 생각해내기는 어려울 듯하다) 또는 둘 사이에 놓일 만한 어떤 인물을 묘사할 때도 군더더기는 걷어내야 한다. 이야기를 전개하는 데 도움이 되는 특성과 모습, 행동 이외에 인물이나 인물의 중요성에 대해 강의하려 들어서는 절대 안 된다.

소설 속 인물의 토대가 되는 실존 인물에는 주변 인물과 유명인 말고 또 다른 유형이 있다. 바로 '작가 자신'이다. 어떤 작법서나 창작 수업에서는 작가 자신을 작품에 등장시키면 안 된다고 경고한다. 나는 이 생각에 전적으로 동의한다.

어니스트 헤밍웨이는 교과서적인 예로 여기에 잘 들어맞는다. 그의 주인공들은 언제나 철저히 작가 자신이다. 헤밍웨이는 어릴 때 내 할머니가 말하곤 했던 그런 종류의 사람이었음이 분명하다. 결혼식에서는 신랑이어야 하고 장례식에서는 죽은 사람이 되고 싶어 하는, 곧 어떤 상황에서도 사람들의 관심을 한 몸에 받으려는 사람 말이다. 정도의 차이는 있지만 우리는 모두 이런 경향을 갖고 있다.

우리는 대개 자신이 알고 있는 것에 대해 쓴다. 그리고 우리가 가장 잘 알고 있는 건 바로 우리 자신이다. 여기에서 내가 할 수 있는 유일한 충고는, 다른 실존 인물들을 다룰 때 한 충고와 똑같다. 소설에 꼭 필요한 묘사만을 하라는 것. 아무리 단속해도 자신에 대한 많은 부분이 소설 속으로 슬그머니 끼어들 것이다. 이 점을 예상하고 또 받아들여야 한다. 결국 자신의 이야기를 자신의 문체로 서술하는 과정에서 자신의 다른 부분도 따라 들어오기 마런이니 말이다. 만약 자신이 테니스 경기에서 서브하기 전에 테니스공을 언제나 여섯 번 튕긴다면 소설 속의 인물도 그렇게 할지 모른다. 이는 그 인물에게 미신이나 의식, 습관이 있다는 것을 보여주는 훌륭한 세부 사항이 될 수 있다. 그러나 작가에게 그런 습관이 있다는 걸 독자가 알 필요는 없다.

가끔은 인물 스스로 묘사하게 만들자

"어떤 일이 잘되길 바란다면 직접 하라"라는 옛 속담이 있다. 이 말은 소설 속 인물에게도 그대로 적용할 수 있다. 한두 인물은 스스로 자신을 묘사하게 만드는 게 좋다. 그렇게 할 수 있는 방법은 여러 가지가 있다.

『딥 블루 굿바이』에서 화자인 맥기는 자신에 대해 이렇게 말한다.

> 나는 적의 없이 보이고자 했다. 나는 그런 일에 능숙하다. 그럴 때 사용할 수 있는 표정을 나는 알고 있다. 햇볕에 그을린 미국인. 신뢰감을 주는 골격에 갈색 피부를 가진 얼굴, 그 위에 반짝이는 눈과 하얗고 윤이 나는 치아. 시민의 영웅에게 어울릴 것 같은 눈주름과 필요할 때마다 퍼지는 수줍고 매력적인 미소.

여기서 작가는 주인공 스스로 자신이 어떻게 생겼는지 또 어떤 사람인지 직접 말하게 한다. 이런 자화상은 1인칭 시점에서만 가능할까? 뒤에 나올 예에서 보듯 3인칭 시점에서도 가능하다. 가끔씩 인물이 잠시 자신의 소원을 생각해보게 하는 건 인물을 묘사하는 탁월한 방법이다. 그러면 독자는 인물의 실제 모습과 정반대의 이미지를 그린다. 버지니아 울프의 『댈러웨이 부인 Mrs. Dalloway』에서 주인공은 자신의 외모를 바꿀 수 있다면 어떻게 보이기를 원하는지 생각한다.

그녀는 첫째 벡스버러 부인처럼 머리가 검고, 주름진 가죽같이 보드라운 피부에, 아름다운 눈이라면 어떨지 생각했다. 벡스버러 부인처럼 느긋하고 당당하며, 체격이 큼직하고, 남자처럼 정치에도 관심을 가질 수 있고, 시골에 별장도 있고, 위엄 있고 진실한 사람이기를 바랐다. 그런데 그녀의 몸집은 콩대처럼 가느다랗고, 우스꽝스러운 조막만한 얼굴에, 새의 부리처럼 코가 뾰족했다.

자신에 대한 장황스러운 소원과 실제 모습의 대비를 통해 우리는 그녀의 외모를 분명하게 그려볼 수 있다.

앞의 예에서 인물은 자신의 모습을 생각하니 스스로가 별로 마음에 들지 않는다. 반면 어빙 월리스의 『제7의 비밀The Seventh Secret』에서는 인물이 자신의 모습을 바라보며 감탄한다.

에블린 호프만은 카페 울프 앞을 지나가다 잠시 멈춰 창문에 비친 자신의 모습을 들여다보았다. 자신의 모습은 실망스럽지 않았다. 일흔셋의 나이에는 누구라도 스물세 살 때의 모습을 기대할 수 없다. 젊었을 때 그녀는 대단한 미인이었고 누구나 그것을 인정했다. 그녀는 키가 큰 편이었고 잿빛이 도는 금발에 날씬하고 세련된 자태를 가졌으며 길고 맵시 있는 다리를 자랑했다.

위와 같은 문장은 소설에서 몇 가지 기능을 한다. 첫째, 인물이 일흔셋의 나이에도 여전히 매력적이라는 사실을 즉시 전달한다. 둘째, 인물이 스물셋이었을 때의 뒷이야기를 이끌어낼 수 있는 훌륭한 구실이 된다.

1인칭이든 3인칭이든 인물이 스스로를 묘사하는 일은 다른 인물이나 화자에게 묘사하게 하는 것보다 기술적으로 더 나은 방법이다. 좀 더 내밀한 묘사가 되면서 그 인물만이 알고 있는 자신의 불완전함과 세부 사항을 더욱 잘 묘사할 수 있기 때문이다. 그러나 이때 조심할 점이 있다. 인물의 자기묘사가 글 속에 자연스럽게 녹아들지 않으면(누군가를 묘사하기 위한 장치 이상이어야 한다) 작위적이고 억지스러워진다.

대화를 통한 인물 묘사법

대화는 인물들이 나누는 말을 알려주는 것 이상의 기능을 해야 한다. 인물들이 말하는 단어와 구절, 그들의 전달 방식은 소설에서 가장 강렬한 묘사가 될 수 있다.

윌라 캐더의 소설 『대주교에게 죽음이 오다Death Comes for the Archbishop』에서 두 문장을 살펴보자.

"그 이방인들이 앉게 으자를 치워. 그들이 만약 신부라믄 니를 잡아먹지는 않을 거야."

여기서 이 말을 한 인물에 대한 신체 묘사는 조금도 나오지 않는다. 그러나 우리는 그에 대한 몇 가지 사항을 알게 된다. 첫째, 그는 저속하며 의자를 '으자'로, 너를 '니'로, '-라면'을 '-라믄'으로 말할 정도로 사투리를 심하게 사용한다. 둘째, 신부와 아무 관계가 없는 사람에게 말하고 있다. 셋째, 그는 우호적이다. 넷째, 이 짧은 말로 지시를 내리고 상대를 안심시킬 정도로 존경받거나 상당히 중요한 직위에 있다. 이처럼 우리는 대화 두 문장으로 인물에 대해 꽤 많은 것을 알 수 있다.

인물이 하는 말은 이렇게 중요한 비중을 갖는다. 그러므로 신중히 선택해야 하며 화자의 성격이나 외모의 단서를 대화에 계속 집어넣어야 한다. 예를 들어 잡화점에서 어떤 손님이 이렇게 말했다고 하자. "아이고, 밀리, 내가 선반에서 물건을 또 떨어뜨렸어. 왜 사람이 움직일 수도 없을 정도로 비좁은 거야?" 이 대화로부터 독자는 화자가 이 가게에 처음 왔거나, 아니면 가게 실내에 전혀 익숙하지 않거나, 또는 엉덩이가 좀 크다고 짐작할 수 있다. 성격도 물론 보인다. 그는 자신의 잘못인데도 남 탓하기를 좋아하며, 참을성이 없고, 어쩌면 그냥 여기저기 잘 부딪치며 밀리와 아주 잘 아는 사람일 수도 있다.

앞의 『대주교에게 죽음이 오다』에서 의자를 치우라고 말하는 인물이나 가게에서 실수한 손님처럼, 인물이 사투리를 쓸 때는 지나치게 많이 써도 안 되고 독자가 전혀 이해할 수 없는 표현도 안 된다. 작가가 쌓는 퍼즐은 독자가 곰곰이 생각할 미스터리나 해결되지 않은 갈등의 형태로 등장해야 한다. 독자가 해독하는 데 어려운 대화의 형태로 나와서는 안 된다. '도디도dodedo'가 '집 집마다'의 뜻으로 사용되어서는 안 되며, '명목상 달걀nominal egg' 이 '팔과 다리'를 의미해서 안 된다. 그러나 '다우그dawugg'는 브루 클린에 사는 인물이 개를 말할 때 쓸 수 있다. 다우그는 도디도나 명목상 달걀보다 쉽고 빨리 이해되어 독서의 속도를 떨어뜨리지 않는다. 요점은 이렇다. 대화를 읽을 때 지루함이 느껴진다면 사투리를 지나치게 많이 쓴 것이다.

다른 지방이나 다른 나라에서 다른 의미로 쓰는 말을 대화에 집어넣을 때도 주의해야 한다. 예를 들어 한 영국 여자가 런던의 찻집에 앉아 비스킷을 주문했는데 쿠키 대신 작은 빵이 나왔을 때다. 영국에서 비스킷은 미국에서 쿠키라 부르는 것과 같고, 미국에서 비스킷은 발효시킨 작은 빵을 말한다. 영국에서 터틀 헐 (거북이 등딱지)이라고 하는 자동차 트렁크를 미국에서는 부트라 고 하며, 영국의 프렌치 프라이드 포테이토는 미국의 포테이토칩 이다. 미국에서 몇몇 단어는 메이슨딕슨선(미국의 메릴랜드와 펜 실베이니아 사이의 분계선. 정치적, 사회적으로 미국의 북부와 남 부를 가른다)을 넘어서면 의미를 새로 얻거나 잃는다. 예를 들어 'yet'는 남부와 달리 북부에서는 의미가 확장된다. 양쪽 지역에서 이 단어는 '아직'을 뜻한다. 그러나 북부에서는 남부와 달리 '여전 히'라는 뜻으로도 쓰인다. 예전에 한 라디오에서 이런 만담이 오갔다. "너희 엄마 여전히 살아계시니?" "응, 아직 살아 있어." 이 대화는 단어가 지닌 지역적 의미 차이 때문에 커다란 웃음을 자아낸다. 소설에서도 이렇게 인물이 한 낱말의 서로 다른 의미 가운데 하나를 사용하게 함으로써 그 인물의 출신지를 묘사할 수 있다.

앨런 드루리는 소설 『조언과 동의Advise and Consent』에서 킵 쿨리라는 남부의 원로 상원의원의 초상을 훌륭히 그려낸다. 이 인물은 오랫동안 미국 상원의 전설이던 에버렛 더크슨을 모델로 했을 가능성이 높다. 독자는 쿨리가 말하는 내용(대화), 발음하는 방법(사투리), 말하는 방식(억양)을 통해 이 인물에 대한 많은 것을 알게 된다. 늙은 상원의원 쿨리와 국무장관 후보가 상원위원회 청문회에 나서기 전에 주고받는 대화를 보자.

"감기는 좀 어떠신지 묻고 싶군요, 국장." 쿨리가 후보에게 몸을 기울이면서 마디가 굵은 갈색 손을 그의 어깨에 올려놓으며 말했다. "깨끗이 나으셨길 바랍니다, 정말로요."

"다 나았습니다. 감사합니다, 상원의원님." 밥 래핑웰이 좀 편안해진 듯 미소 지으며 말했다. "주말에 다 나았고 지금은 컨디션이 최고입니다."

"다행이군요." 쿨리 상원의원이 부드럽게 말했다. "정말 다행이에요, 국장. 왜냐하면 내 생각에는 ─지금 막 든 생각인데요"─소리 없는 웃음이 그의 얼굴을 천천히 스쳐갔고 그는 장난기가 가득한 눈으로 귀를 기울이고 있는 기자들을 쳐다보았다 ─"이 청문회를 다 마치려면 국장님의 기운이 좀 필요하실 거라는 생각이 들어서요. 네, 그럴 거라는 생각이 듭니다."

앞의 3장에서 우리는 소설에서 소리를 높여야 할 때와 낮추어야 할 때를 말했다. 이 장면에서 늙은 상원의원은 매우 부드럽게 말한다(작가가 그렇다고 말하고 있다). 그러나 더 중요한 건 그의 버릇과 자세, 조용하고 부드러운 태도다. 조용한 부드러움은 끝에 암시된 위협에 한층 힘을 싣는 역할을 한다. 그래서 독자는 국무장관 후보가 곧 열릴 청문회에서 지옥 같은 시간을 보내게 되리라 예상할 수 있다.

대화를 통해 인물들을 묘사할 때는 조용하게 또는 시끄럽게 말하게 해보자. 원고에서 진부한 대화를 찾아 그 말이나 그 말을 하는 방식을 바꿀 수 있는지 살펴보자. "에버네시 부인은 아이들에게 소리 지르는 여자다"라고 말하기보다는 다음과 같이 보여주는 게 좋다.

"내 진달래 꽃밭에서 당장 나가!"
에버네시 부인이 현관 앞에서 소리를 질렀다. 아이들은 그녀 쪽을 바라보고는 조심스레 뒤로 물러났다.

대화에서 인물의 억양을 강조하는 한 가지 방법은 그 단어 전체나 또는 철자 몇 개를 강조하는 것이다. "나는 너를 '벌레처럼' 눌러버릴 수 있어!"

존 오하라의 『우리가 알아야 할 것Ourselves to Know』에 나온 간단한 대화를 살펴보자. "글쎄요, 만약 내가 '밀'하우저 씨를 안다면……." 이렇게 이름의 첫 글자를 강조하면 화자가 밀하우저 씨를 알고 있다는 증거가 된다. 그리고 화자는 어떤 면에서 매우 독특한 사람이라는 것도 보여준다.

인물의 동기를 그리려면

인물이 처한 상황을 독자에게 잘 전달하기 위해서는 동기가 무엇인지 정확히 알리는 게 좋다. 회사에서 돈을 횡령할 계획을 세우는 인물이 있다고 가정하자. 그는 감쪽같이 돈을 빼돌릴 수 있다고 믿으며(범죄를 꿈꾸는 모든 사람이 그렇듯) 기꺼이 위험을 감수할 작정이다. 이제 이 인물에 대한 묘사는 왜 돈을 횡령하려는지 그 이유에 달려 있다. 만약 술과 노름으로 날려버릴 작정이라면 아픈 아내의 수술비를 마련하기 위해 횡령하는 것과는 상황이 완전히 다를 것이다.

도널드 웨스트레이크가 소설 『컴백Comeback』에서 도둑인 파커의 동기를 어떻게 보여주는지 살펴보자. 파커는 다른 도둑으로부터 모의 중인 계획에 가담하라는 간청을 받고 있다.

"아직 듣고 있냐?" 리스가 말했다.
"그래."
"어디 만나서 얘기 좀 하자고."

"글쎄."

"누가 또 가담하는지 알고 싶잖아." 그리고 리스는 파커가 뭔가 말하기를 기다렸지만, 그는 아무 말이 없었다. 마침내 리스가 말했다. "에드 매키."

그렇다면 얘기가 달라진다. 에드 매키는 파커도 알고 같이 일한 적도 있다. 에드 매키는 확실한 사람이었다. 파커가 말했다. "또 누가 있어?"

"셋이면 충분해."

더 잘됐다. 사람이 적을수록 성가신 문제도 적고 배당도 더 커진다. 파커가 말했다. "언제 어디서 볼까?"

파커는 처음에 이 계획에 관심이 없는 게 분명했고 리스가 별로 마음에 들지 않았다. 그런데 에드 매키가 가담한다는 것을 알게 되자 그 일에 솔깃해진다. 좀 더 정확히 말하면 작가는 여기에서 파커의 동기를 보여주고 있다. 이 동기는 파커가 범행을 저지르기 전에 '꼭' 확인해야 하는 중요한 사항이다. 바로 자신이 신뢰하고 안심할 수 있는 누군가와 함께 일한다는 것.

인물의 동기를 보여주는 방법은 대화 외에도 여러 가지가 있다. 뒷이야기와 회상도 아주 유용한 방법이다. 인물이 예전에 억울한 일을 당해 복수를 일생의 목표로 삼았다거나 어린 시절 누군가 자신에게 베푼 어떤 친절 때문에 박애주의자가 되었다는 이야기에서는 뒷이야기나 회상이 효과적으로 쓰일 수 있다. 인물의 동기를 결정하고 나면 인물의 행동, 생각, 대화, 묘사를 통해 소설

내내 이 동기를 독자에게 상기시킬 방법을 찾아야 한다.

인물에게 필요한 것, 인물이 원하는 것, 인물이 할 수 있는 것을(다시 말해 무엇이 인물을 행동으로 몰고 가는지를) 잘 알아야만 인물을 잘 살릴 수 있다. 반드시 모든 인물의 프로필을 만들고 동기를 적어야 한다.

> ### 인물 프로필 만드는 법
>
> 독자가 인물에 대해 뭔가 알기를 바란다면 작가가 먼저 인물에 대해 많은 걸 알고 있어야 한다. 인물 프로필은 소설에 등장시킬 인물을 설정하는 데 도움이 된다. 일종의 신상명세서라고 생각하자. 프로필을 완성하면 작가 일지에 넣어서 언제든지 참고할 수 있게 하자.
>
> 〈프로필〉
> 이름:
> 별명:
> 기혼 또는 미혼:
> 자녀:
> 나이:
> 직업:
> 머리·눈동자 색깔:
> 체격·몸무게·키:
> 종교:
> 두려워하는 것:

가장 강한 신념:

가장 큰 비밀:

가장 후회스러운 일:

지지하는 정당:

좋아하는 색:

좋아하는 영화 장르:

좋아하는 음식:

가장 친한 사람:

가장 사이가 안 좋은 사람:

독특한 버릇:

신뢰도:

특기:

지난 대통령 선거에서 투표한 후보:

인물의 기분을 그리려면

인물의 기분이란 어떤 장면에서 인물이 느끼는 지배적인 마음이다. 기분은 행복감과 만족감부터 분노와 낙담에 이르기까지 스펙트럼이 다양하다. 현실에서 사람들은 누구나 언제나 이런저런 주된 기분을 느낀다. 그러므로 소설 속에 살고 있는 인물들 또한 지배적인 기분을 느끼고 있어야 한다.

V. C. 앤드루스가 『정원 안으로Into the Garden』에서 인물의 공포를 어떻게 보여주는지 살펴보자.

내가 할 수 있는 일은 그 소리를 듣고 기다리는 것뿐이었다. 마룻바닥이 삐걱거렸다. 누군가가 문을 열고 내 침대 쪽으로 다가올 때 치마에 다리가 스치는 듯한 소리가 났다. 나는 숨을 크게 들이쉬고 눈을 감은 후 온 힘을 다해 일어나 앉았다.

"거기 누구야?" 나는 소리쳤다.

여기서 작가는 우리 모두가 책에서만이 아니라 실제로도 한번은 느껴봤을 '밤에 무언가가 부딪칠 때 일어나는 것들'이라는 장치를 여러 개 사용하고 있다. 여기에서 이 장치들(삐걱거리는 마룻바닥, 검은 그림자, 숨 크게 쉬기, 눈 감기)은 그저 인물이 무언가를 무서워한다고 말할 때보다 더 선명한 그림을 그려준다. 인물의 기분을 묘사할 때는 항상 말하는 대신 보여줄 수 있는 방법이 있는지 찾아보자.

데이비드 구터슨은 『산맥의 동쪽East of the Mountains』에서 외로운 주인공을 다음과 같이 묘사한다.

그는 불에 타버린 울타리 나무로 가득 찬 파이어 링(땅 위에 불을 피울 때 장작을 놓기 편하도록 놓는 쇠고리)을 발견했다. 녹슨 커피 깡통에는 말라버린 여과용 돌멩이들이 담겨 있었고, 총알에 맞아 옆이 너덜너덜 찢긴 양동이가 엎어져 있었다. 맥주병 2개가 나지막한 녹슨 철조망에 기대어 있었다. 더 이상 사람의 흔적은 없었다. 벤은 당연히 외로움을 느꼈다. 그가 바로 원하던 것이었다.

이 인물이 보고 있는 물건들을 보자. 이제는 더 이상 그곳에 살지 않는 사람들이 남기고 간 것들, 사용하다가 버려져 누구에게도 더 이상 쓸모가 없는 것들이다. 물건들은 이 시점에서 이 인물이 원하는 고독을 한층 강화한다. 이 짧은 묘사는 그가 혼자 있고 싶어 한다는 것을 단순히 말하지 않고 잘 보여주고 있다.

앞서 본 『정원 안으로』에서는 인물의 기분이 암시되고 있다. 끝으로 가면서 그의 기분은 외로움으로 드러난다. 이 같은 암시 말고 우리에게 다른 선택은 아쉽게도 없다. 다만 '그는 외로웠다'처럼 단정하는 문장으로 글을 시작해서는 안 된다. 소설에서는 말하는 것보다 보여주는 게 훨씬 더 효과적이기 때문이다.

물론 이 방법이 쉽다는 의미는 아니다. 한 인물이 어떤 기분인지 단순히 말하기는 대단히 쉽다. 그러나 작가에게 편한 방법은 결코 최선이 아니다. 이를 모른다면 좋은 작가가 되기 힘들다.

인물의 약점을 그리려면

오디세우스는 자만심이 대단했다. 그리스인들이 '오만hubris'이라고 부르는 자부심이 지나치게 많은 사람이었다. 아킬레우스는 발뒤꿈치가 약점이었다. 돈키호테는 몽상가였다(미치광이라고도 한다). 햄릿은 아무리 고민을 해봐도 결정을 내리지 못했다. 그리고 누군가의 삼촌은 술을 끊을 수가 없다. 사람은 누구나 약점이 있다.

소설 속 인물도 약점 하나씩은 있어야 한다. 완벽함이란 사람이 가질 수 없는 특성이며 이는 소설 속 인물도 마찬가지다.

팻 콘로이의 『위대한 산티니The Great Santini』에는 아이들이 가족 소풍을 준비하는 군인 아버지의 모습을 지켜보는 장면이 나온다.

> 그는 계기판 위에 물건들을 조심스럽게 늘어놓았다. 왼쪽 끝에는 도로 지도 3개를 쌓아놓았다. 지도 옆에는 뭉툭한 탐파 너깃 시가가 한 상자 있었다. 그는 시가 상자 위에 조종사용 선글라스를 올려놓았다. 그리고 파일럿 재킷 주머니에 손을 넣어 22구경 권총을 꺼낸 후 시가 상자 옆에 조심스레 놓았다.

이 인물의 행동에 대한 정확한 묘사는 우리에게 두 가지를 보여준다. 첫째, 그가 물건을 정리할 때는 철저한 완벽주의자다. 둘째, 그는 결코 평범한 사람이 아니다. 보통의 아버지라면 가족을 데리고 소풍을 갈 때 계기판 위에 권총을 올려놓지 않는다. 바로 이 부분에서 독재와 완고함이 인물의 결점으로 드러난다(어쨌건 그다지 훌륭한 사람은 아니라고 밝혀진다). 이 소설의 작가는 이 점을 정직하게 말하기보다는 소소한 장면 묘사를 통해 천천히 이미지를 쌓아올린다. 소설을 쓸 때는 장면을 되짚어 생각하자. 딱 맞는 자갈을 찾아 보도블록에 잘 까는 일처럼, 세부 사항을 서서히 신중하게 쌓아올리는 게 상황을 한꺼번에 말하기보다 훨씬 효과적이다.

결점을 지닌 부모가 등장하는 또 다른 소설을 미국 고전에서 찾아보자. 그런데 이번에는 아이가 아버지를 존경하며, 자신이 아버지를 존경하는 만큼 남들 눈에도 그렇게 보이기를 바란다. 베티 스미스의 『나를 있게 한 모든 것들A Tree Grows in Brooklyn』의 한 부분이다.

그래, 모두가 아버지를 좋아했다. 아버지는 달콤한 노래를 부르는 상냥한 가수였다. 모든 사람, 특히 아일랜드 사람들이 처음부터 아버지를 좋아하고 사랑했다. 형제 같은 웨이터들도 아버지를 좋아했고 아버지를 고용한 사람들도 좋아했다. 아내와 아이들도 아버지를 사랑했다. 아버지는 여전히 유쾌하고 젊고 잘생겼다. 그의 아내는 남편에게 불만을 말하지 않았으며 아이들도 아버지가 부끄러워할 만한 사람임을 알지 못했다.

작가는 아버지 조니를 좋아하는 사람들을 일일이 나열하면서 이야기를 시작해, 그 애정이 보증된 게 아닐 수 있고 가족들이 그를 부끄럽게 여길 수 있는 무언가가 있다는 말로 끝을 맺는다.

이렇듯 소설에서 인물을 묘사할 때 아이러니가 될 수 있는 부분을 찾아보자. 겉보기와 달리 행복하지 않거나, 부자가 아니거나, 똑똑하지 않거나, 착하지 않은 사람들은 좋은 아이러니 소재다. 이를 성공적으로 해내는 가장 좋은 방법은 이미지를 차곡차곡 쌓아올린 후에 그것을 순식간에 무너뜨리거나 뒤엎을 단서를 주는 것이다. 『나를 있게 한 모든 것들』의 앞 문단처럼 말이다.

사람들의 약점은 감정이나 행동으로만 나타나지 않는다. 소설 속 인물도 마찬가지다. 때로는 신체적 결함이 약점이기도 하다.

에이해브 선장의 잘린 다리, 후크 선장의 잘린 손은 그들이 망상을 하게 된 동기다. 그리고 오코너의 「착한 시골 사람들」에 등장하는 외다리 철학자 헐가는 자신의 불완전한 몸처럼 매정하고 불완전하다.

로버트 필립스가 단편소설 「밤에 피는 꽃들Night Flowers」에서 인물의 직업을 결정할 때 신체적 결함을 어떻게 이용하는지 보자.

> 테트포드 콜린스는 코가 없었으므로 퍼블릭 랜딩 기차역의 야간 역장을 직업으로 선택했다. 사람들이 그를 볼 수 없는 곳에서 일할 수 있는 유일한 직업이었다.

테트포드의 신체적 결함은 그에 대한 묘사를 선명하게 만들어준다. 단지 코가 없다는 데서 더 나아가(그것으로 충분히 생생하지만) 아무도 자신의 얼굴을 보지 못하는 직업을 택했다는 점에서 자신의 신체적 결함에 대한 태도까지 보여주는 것이다. 인물의 신체적 결함이 동기가 되거나 동기를 없앨 수 있는지 살펴보자. 신체적 결함이나 불완전함은 헬렌 켈러처럼 운명이 준 시련을 극복하고 좀 더 완전한 인물이 되도록 만들 수 있는 유용한 방법이다. 또한 신체적 결함은 테트포드처럼 무언가를 극복하지 못하게 가로막는 걸림돌이 될 수도 있다.

전형적인 인물은 대개 나쁘다

이런 이야기를 들어본 적 있는가? 어떤 텍사스 사람이 아내와 함께 캐딜락을 타고 뉴잉글랜드를 지나다가 가을 단풍을 보았고, 그들은 잔디를 고르고 있는 뉴햄프셔 사람을 보고 차를 멈추었다. 이 텍사스 사람은 거들먹대며 캐딜락에서 내렸고 엄지손가락을 카우보이 벨트에 끼웠다. "당신 땅이 몇 에이커나 되오?" 그가 궁금함에 물었다. 뉴잉글랜드 사람이 1.5에이커쯤 된다고 대답했다. 텍사스 사람은 활짝 웃으며 캐딜락을 턱 치더니 말했다. 고향에 가면 이 차에 올라타고 두 시간을 돌아도 자신의 땅을 벗어나지 못한다고. 뉴잉글랜드 사람은 그 말에 고개를 끄덕인 후 마침내 입을 열었다. "아, 나도 그런 차를 가진 적이 있었죠."

이 이야기에 웃음이 난다면 미국의 지역색을 알고 있는 것이다. 뉴잉글랜드 사람들은 냉정하고 실용적이며, 텍사스 사람들은 거들먹대고 허풍이 심하다고 알려져 있다. 이 이야기에서 두 사람은 모두 전형적인 인물이다. 그러나 소설에서라면 두 사람이 이렇게 전형적이어서는 곤란하다.

현실에서는 모든 뉴잉글랜드 사람이 이 전형적 이미지대로 행동하지 않는다. 또한 텍사스 사람이라고 해서 누구나 가장 큰 것 또는 제일 좋은 것을 두고 떠벌리지도 않는다(나는 텍사스 사람이고, 허풍을 자제하려고 한다). 모든 법칙에는 예외가 있고, 전형성에 관해서는 특히 그러하다. 그러니 인물을 독자가 예상하는 그대로 그리지 않도록 조심해야 한다.

그렇지만 선입견에 절대 기대서는 안 된다는 뜻은 아니다. 가끔은 그래도 된다. 독자의 선입견을 완전히 무시하는 건 때로 어리석을 수 있다. 뉴잉글랜드 사람과 텍사스 사람에 대한 선입견 때문에 앞의 이야기에서 웃을 수 있었던 것처럼, 독자의 선입견이 소설을 이해하는 데 도움이 될 수 있다면 그렇게 해야 한다.

F. 스콧 피츠제럴드가 「부잣집 아이The Rich Boy」에서 상류 사회 귀부인에 대한 독자들의 선입견을 어떻게 이용하는지 보자.

크리스마스 바로 직전에 헌터 부인은 고귀한 성공회의 천국으로 은퇴했고, 아론이 가족을 책임지는 수장이 되었다.

작가는 헌터 부인이 단순히 죽었다고 쓸 수도 있었다. 그러나 그는 이 문장에 그녀의 죽음을 알리는 것 이상의 의도를 담았다. 평범하게 죽음이라고 말해서는 자존심을 만족시킬 수 없었던 귀부인의 한 전형을 전달하고자 한 것이다. "고귀한 성공회의 천국으로 은퇴"는 그런 점에서 대단히 성공적인 표현이다.

전형적이고 예상 가능한 인물을 등장시키는 건 때로 효과적일 수 있지만(「부잣집 아이」가 그렇듯) 대개는 그렇지 않다. 전형적 인물이 특별한 이야기의 독특한 상황에 등장한다면 성공할 수 있다. 그러나 소설을 전형적 인물로만 채운다면 앞에서 말한 종이 인형, 즉 평면적인 인물만 보여주는 결과가 되고 만다. 그보다는 독자를 놀라게 할 인물, 독자가 품고 있는 전형적인 생각 즉 선입견을 깨뜨릴 수 있는 인물을 보여주는 게 훨씬 효과적이다.

마무리: 인물은 소설 속에 산다

좋은 소설이 되려면 인물이 생생하게 살아 숨 쉬어야 한다. 그래야 독자들은 인물 안에서 자신의 일부를 볼 수 있고, 작가의 문체를 통해 작가의 일부도 느낄 수 있다. 독자가 인물을 얼마나 잘 이해하느냐는 작가가 인물에게 얼마나 생명력을 불어넣느냐에 달려 있다. 이 장에서 우리는 바로 이를 위한 효과적인 방법들을 살펴보았다.

우선 모든 인물의 신체 묘사를 세심하게 해야 한다. 장담하건대, 작가가 받는 가장 신랄하고 혹독한 평가 중 하나는 인물이 '보이지' 않는다는 것이다. 독자가 인물을 '볼 수 있게' 해야 한다. 몸무게, 머리카락 색, 옷차림 같은 뻔한 특징을 넘어서 어떤 식으로 찻잔을 잡는지, 어떤 손짓으로 택시를 세우는지 같은 세밀한 세부 사항에 주목하자. 실존 인물을 묘사할 때는 현실에서 너무 멀리 벗어나거나 단순히 전형적 인물이 되지 않도록 균형을 맞추어야 한다. 몇몇 인물은 스스로를 묘사하도록 만들고, 묘사의 많은 부분이 대화를 통해 이루어지도록 하자.

인물을 그릴 때는 사소한 세부 사항까지 그려 넣을 수 있는 아주 세밀한 붓을 사용해야 한다. 캔버스도 인물의 모습 이상을 담을 수 있을 만큼 충분히 커야 한다. 인물 묘사에는 이외에도 동기, 기분, 약점 또한 드러나야 한다.

이 모든 시도가 글쓰기에 자연스레 녹아들어야 한다. 많은 경우에 인물의 기분을 보여주는 가장 좋은 방법은 대화를 이용하는 것이다. 아침에 눈을 떠 침대에서 일어날 가치조차 없다고 한탄하는 인물은 아침에 일어나자마자 전화기를 들어 애인에게 달콤한 말을 속삭이는 인물과는 무척이나 기분이 다르다. 한 인물은 슬프고, 다른 한 인물은 행복하다. 우리는 그 사실을 말로 듣지 않아도 알 수 있다. 인물의 동기를 보고 그 인물의 감정을 알 수 있고, 인물의 단점이나 전형성에 영향을 받듯이.

소설 속에서 행동과 말을 하는 인물은 크게 봐서 작가의 이야기를 독자에게 전달하는 존재다. 그러니 인물을 신중히 다루고 잘 묘사해야 한다.

거울 앞에서 자신을 오랫동안 꼼꼼히 들여다보자. 이제 본 것을 종이에 옮겨 쓰는데, 자신을 처음 보는 사람이라 여기고 묘사하자. 신체 묘사에 그치지 말고 성격, 결점, 영적인 인식 또는 아주 오래전 초등학교 선생님이 눈치 챘던 자신의 사악한 눈빛까지도 암시하는 묘사가 되게 하자.

자신의 쓴 원고에서 주요 인물이든 주변 인물이든 한 명을 골라 묘사할 방법을 찾는다. 생김새나 말투를 단순히 서술하는 것 이상이어야 한다. 인물을 복합적으로 설명하기 위해 복선, 선입견, 두려움, 중대하고 무서운 비밀 등을 활용할 수 있는지 살펴본다.

자신이 쓴 원고에서 전형적인 인물들을 찾는다. 이 인물들이 어떻게 하면 전형성에서 벗어날 수 있을지 생각해본다. 예를 들어 1958년 미시시피주의 시골 마을이 배경인 이야기에서 백인 보안관이 흑인 소작인에게 모멸감 가득한 말 대신 친절한 말을 건네는 것처럼 말이다. 이를 통해 약간의 아이러니가 일어나고 독자는 놀랄 것이다. 그러면 인물 중 적어도 한 사람은 종이 인형이 되지 않는다.

확신은 글쓰기라는 참호 안에서 일하는 작가에게
반드시 필요한 것이다.

앞서 4장에서 소설을 쓸 때는 보고서 쓰듯 하기보다 이야기를 들려주듯 해야 한다고 지적했다. 그 이유는 간단하다. 이야기가 보고서보다 더 재미있고 이해하기 쉽기 때문이다. 그 증거가 있냐고? 책장에서 「구약성서」를 꺼내 먼지를 털어내고 읽어보자. 영적인 계시를 찾기 위해 읽지 말고 이야기 자체를 생각하면서 읽어보자. 아담과 이브가 잘못을 저지르고 노아가 커다란 배를 만들라는 이상한 지시를 받고 아브라함이 시련을 겪는 「창세기」가 재미있을 수도 있다. 그렇다면 「탈출기」를 계속 읽어보라. 하나님은 모세에게 계속 묻는다. "백성들이 왜 이러는 것이냐? 나는 백성들에게 온갖 좋은 것을 약속하고 하늘에서 먹을 것을 내려주었다. 그런데 사람들은 불평만 하는구나." 이 글은 아주 뛰어나며 여느 베스트셀러와 비교해도 손색이 없다. 이제는 「레위기」를 넘겨 음식과 율법을 길게 늘어놓는 부분을 보자. 「레위기」는 처음부터 끝까지 성경에 푹 빠져 읽던 사람들을 갑자기 멈추게 만든다.

　「창세기」와 「탈출기」에는 드라마(극적 효과)가 있다. 살인과 배신 그리고 딜레마를 일으키는 다양한 동기를 가진 흥미로운 인물들이 등장한다. 간단히 말해 이야기가 있다. 그러나 「레위기」에는 끝날 것 같지 않은 율법 목록이 있을 뿐이다.

구약의 처음 두 기록인 「창세기」, 「탈출기」와 세 번째 기록인 「레위기」 사이에는 또 다른 차이점이 있는데, 아마도 가장 중요한 차이점일 것이다. 「창세기」와 「탈출기」는 시대와 장소가 적혀 있다. 다시 말해 구체적인 배경이 있다. 아브라함은 하나님으로부터 가로질러 가라고 명령을 받은 거대한 미지의 땅을 바라보고 있으며, 노아는 대홍수에 온 세상이 잠기는 것을 지켜보며 좁은 방주 안에서 온갖 동물과 부대끼며 지낸다. 그리고 모세는 하나님이 약속한 땅을 귀로만 듣는 게 아니라 실제로 눈으로 본다. 성경을 읽는 독자들 또한 모세와 함께 그곳에 가서 그 땅을 보게 한다. 그러나 「레위기」에는 특정한 장소가 나오지 않는다. 어떠한 배경도 없는 셈이다.

어떤 일이 언제, 어디에서 일어나는지 알게 하는 것만큼 독자의 마음속에 소설의 닻을 확고히 내리는 일은 없다. 배경은 소설 속에서 일어나는 모든 일의 활동 무대가 된다. 그리고 중요한 것은 배경이 그 안에서 살아가는 인물들과 더불어 이야기를 말하는 도구로 쓰인다는 점이다.

이 장에서는 이야기가 벌어지는 시대와 장소로 독자를 데려가기 위한 몇 가지 방법을 알아보겠다.

그럴듯한 배경은 어떻게 만들까?

어느 날 저녁 나는 집에서 한 학생의 원고를 검토하고 있었고 아내는 TV를 보고 있었다. 아내가 보고 있던 프로그램이 내가 읽고 있던 글과 뒤섞이기 시작했고, 머지않아 아내가 보는 영화에 귀를 쫑긋 세우고 있는 나를 깨달았다.

그 영화에는 중년의 주인공이 나오는데, 그녀는 자신보다 훨씬 젊은 세입자와 사랑에 빠지고 그 남자는 주인공의 십 대 딸과 데이트하기 시작한다. 이 난장판 같은 영화는 주인공과 딸의 비극적 결말로 끝나면서(결국 도끼까지 나오고) 바람둥이 세입자는 정신병원으로 가게 된다. 내가 터무니없는 이야기라고 하자 아내가 나를 쳐다보며 말했다. "실화를 바탕으로 한 영화예요." 그러고는 몸을 앞으로 숙이며 "정말로 있었던 이야기라고요"라며 확신에 찬 태도로 그 이야기의 신빙성을 강조했다.

아내가 한 이 말은 요술과도 같은 힘을 지닌다. 그렇지 않은가? 우리는 소설이 부정한다고 생각하는 현실성과 사실성을 현실에서 끊임없이 추구하고 있는 것 같다. '소설보다 더 소설 같은 이야기'라는 수식어가 강력한 힘을 발휘하는 이유가 바로 그 때문이다. 또한 '실화를 바탕'으로 한 영화나 책은 우리 이야기꾼이 만든 소설 속 사건이나 인물과는 차원이 달라진다.

중요한 점은 이것이다. 작가는 이야기 하나하나가 독자의 마음과 눈 그리고 귀에서 정말로 일어나게 해야 한다. 그 이야기가 실화라고 말할 정도로 소설 속에서 확실하고 사실적으로 일어나게 해야 한다.

여기에서 우리가 해야 할 일은 두 가지다. 첫째, 인물과 인물이 처한 상황 그리고 배경의 세부 사항을 완벽히 설정함으로써 그 이야기가 정말 일어날 수도 있게 한다(전체적인 신빙성). 둘째, 인물과 사건, 세부 사항을 효과적으로 전달해 이야기를 실화처럼 보이게 한다. 이 두 가지를 실현하는 가장 좋은 방법 중 하나가 배경을 더욱 세심하게 묘사하는 것이다.

어니스트 헤밍웨이의 소설에서 예를 하나 찾아보자. 그의 단편소설 「이국에서In Another Country」의 도입부는 우리를 태어나기 이전의 시간과 가보지 못한 장소로 데려간다. 헤밍웨이는 묘사와 소소한 세부 사항을 사용해 독자를 그곳으로 데려가고, 독자는 그곳에서 화자가 보는 것을 보며 살갗을 에는 듯한 추위를 함께 느낀다.

가을에 그곳은 언제나 전쟁 중이었지만, 우리는 더 이상 전쟁터로 가지 않았다. 밀라노의 가을은 추웠고 어둠이 아주 일찍 찾아왔다. 그때 가로등에 불이 켜졌다. 거리를 따라 줄 서 있는 가로등의 불 켜진 모습이 창문에 비치니 멋있어 보였다. 많은 박제 동물이 가게 밖에 매달려 있었고, 눈이 여우의 털에 내려앉았으며 바람이 여우의 꼬리를 흔들었다. 뻣뻣하고 무거운 사슴은 속이 빈 채 매달려 있었고 작은 새들은 바람 속에서 흔들렸고 새들의 깃털은 바람에 빙빙 돌았다. 아주 추운 가을이었고 바람은 산으로부터 불어왔다.

이 소설에서 일어난 사건은 내 아내가 '실화를 바탕으로' 했다던 그 영화만큼이나 독자에게 실제로 일어난 일처럼 느껴진다. 헤밍웨이가 이 글을 쓴 지 80여 년이 지났지만, 이 장면은 마치 독자가 그 추운 날 밤에 가게 밖에 걸려 있는 동물들을 쳐다보며 그 길 위에 서 있는 듯 분명하고 또렷하게 다가간다.

우리가 쓰는 소설은 이렇게 사실적으로 보여야 한다. 그러기 위해서는 장면에서 전달해야 할 세부 사항에 세심한 주의를 기울인 다음에 생각해낼 수 있는 최선의 단어를 선택해 묘사해야만 한다. 이때 이미지 목록을 미리 만들어두면 도움이 된다. 이 목록과 글에 사용한 이미지를 비교해볼 수도 있고, 지워버릴 수도 있으며, 나중에 다시 생각할 것들을 메모해서 붙여둘 수도 있다. 형용사, 은유 또는 직유 같은 다른 도구 목록 또한 도움이 된다.

이렇게 생각하고 써보는 모든 과정을 통해 독자를 소설 안으로 끌어들일 수 있고, 독자에게 사건들이 벌어지는 장소에 실제로 와 있다는 느낌을 줄 수가 있다.

플롯 표

소설의 각 장면마다 플롯 표를 만들어두면 배경 설정에 필요한 모든 세부 사항을 배치하고 되살리는 데 도움이 된다. 이 표를 나란히 늘어놓으면 전체 개요를 일목요연하게 볼 수 있다. 또한 어떤 주변 인물이 너무 자주 등장하는지 또는 너무 뜸하게 등장하는지도 바로 확인할 수 있다. 이 표를 자신이 글 쓰는 공간에 잘 보이게 붙여두자. 그러면 문제점을 바로 짚어내 수정할 수 있다.

또한 이 표를 통해 글 쓰는 작업에 진전이 있다는 확신도 생긴다. 확신은 글쓰기라는 참호 안에서 일하는 작가에게 반드시 필요한 것이다.

〈플롯 표〉
장면 번호:
시대(년, 월, 시간):
장소:
날씨:
지리:
건축(방 또는 장소의 배치)
음식:
장면 속 등장인물:
사건(행동) 요약:
묘사가 필요한 사물과 사건:

큰 그림과 작은 그림

시대와 공간을 묘사하기 위해서는 배경의 첫인상을 어떻게 그릴 지를 먼저 정해야 한다. 장소에 생명을 불어넣고 소설 전반에 걸 쳐 강렬한 느낌을 계속 유지하는 방법은 아주 많다. 그러나 그에 앞서 큰 틀에서 시작해 시야를 좁혀갈 것인지, 아니면 좁은 시야 에서 시작해 점차 이야기를 확대해갈 것인지를 정해야 한다.

대부분의 경우 아마 후자를 선택할 것이다. 하지만 때로 넓은 시야에서 시작해야만 하는 경우가 생긴다. 그러니 두 가지 방법을 다 살펴보자.

대우주, 큰 그림을 그릴 때

대우주는 실제의 우주를 소우주에 상대해 이르는 말이다. 그러나 여기서는 구체적인 배경에 대비되는 대략적인 배경을 가리킨다. 소설에서 대우주는 한두 인물 때문에 생기는 작은 사건들보다 더욱 크게 벌어지는 일련의 사건이라 할 수 있다. 예를 들어 전쟁이라는 거대한 소용돌이에서 살아남기 위해 애쓰는 병사 이야기나 「로미오와 줄리엣」처럼 원수 가문과 사랑에 빠진 두 젊은 남녀의 이야기처럼. 뒤에 10장에서 넓은 시야가 소설을 어떻게 전개하는지 살펴볼 것이다. 지금 여기에서는 대우주를 좀 더 구체적으로 생각해보자. 소설의 전체 그림을 잠시 보여주고 나서 작고 세밀한 장소로 독자들을 데려가는 방식 말이다.

조감 즉 위에서 아래를 내려다보는 시선을 이용하면 멀리서 간단하고 빠르게 배경을 그릴 수 있다. 존 스타인벡은 소설 『달이 지다The Moon Is Down』에서 이 방법을 사용한다.

광산 입구 근처에서 경비원들이 하늘을 살피고, 장비로 하늘을 샅샅이 둘러본 후에, 하늘을 등지고 음향탐지기를 돌려놓았다. 폭격하기에 좋은 맑은 날이기 때문이었다. 이런 밤에는 깃털 달린 철제 방추가 휘파람 소리를 내며 내려와 펑 소리를 내며 조각조각 부서질 것이다. 달빛은 그리 환하지 않았지만 오늘 밤 하늘에서는 육지가 보일 것이다.

아니면 내가 『천국의 창문』에서 갤버스턴섬을 묘사했을 때처럼, 아주 높은 곳에서 보는 시점으로 좀 더 세밀하게 세부 사항을 보여줄 수도 있다.

하늘에서 본 섬은 비상하려는 괴이한 생명체를 닮아 있었다. 머리는 다른 부분보다 넓고 무거웠는데, 몸 전체를 일으켜 날아가려고 애쓰는 모습이었고, 길고 가느다란 몸체가 뒤따랐다. 몸을 일으키려 힘을 주는 섬의 짧은 옆 날개는 오패츠 습지 위에 뾰족하게 솟은 육지였고, 나머지 몸은 모래와 소금기 가득한 풀로 덮여 있었고, 해변은 바람과 조수에서 태어난 이상한 형체의 모래언덕에 평지와 습지로부터 분리되어 있었다. 생명체의 머리 주변에만 문명이 자리 잡고 있었는데, 그 마을은 마치 섬의 뇌 속에서 자라나 바람을 타고 몸 쪽으로 쏠려 올라간 듯 보였다.

나는 독자가 이 섬을 좀 더 선명하게 볼 수 있도록 살아 있는 생명체로 바꿔버렸다. 지도에서 갤버스턴섬은 정말로 날아오르는 새처럼 보인다. 그래서 이 점을 최대로 이용했다. 만약 이 방법을 쓰고 싶다면 배경으로 정한 지역의 항공 사진이나 대형 지도를 들여다보면서 무엇과 비슷하게 생겼는지 궁리해보자(북아메리카 대륙은 언제나 커다란 소의 옆모습과 닮았다는 생각이 든다. 메인은 두툼한 목이고, 플로리다는 땅딸막한 앞다리이며, 멕시코 북부의 바하칼리포르니아는 꼬리를 닮았다).

잘 맞는 시각적 이미지를 생각해낸 다음에는 여러 가지 방법을 시도해 이를 묘사하자. 어쩌면 은유는 좋을 수 있다. "이탈리아를 과소평가하지 마라. 시칠리아로 필드골을 넣을 준비가 된 날렵한 부츠가 있으니." 아니면 직유가 가장 좋을 수도 있다. "케이프 코드는 근육으로 불룩거리는 팔처럼 대서양을 향해 몸을 쭉 펼쳤고 바다가 무엇을 데려오든지 결코 밀리지 않겠다는 듯이 주먹을 꽉 쥐었다."

스타인벡처럼 은밀하고 간략한 방식을 취할지 또는 나처럼 세밀하게 서술하는 방식을 취할지, 그 선택은 독자에게 어떤 말을 하고 싶은지에 달렸다. 단지 다른 관점이 필요하다면 간략한 방법이 효과적이다. 하지만 어떤 사건이 일어날 중요한 장소를 자세히 표현하려면 더 많은 세부 사항을 덧붙이며 길게 써야 한다.

큰 그림을 그리는 또 다른 방법은 독자의 눈을 높은 곳에서 배경 쪽으로 점점 내려가게 하는 게 아니라 수평으로 가로지르며 움직이게 하는 것이다. 와이드스크린 영화에서 카메라가 천천히 옆으로 움직이며 경치를 보여주는 것처럼 말이다.

스티븐 해리건이 소설 『알라모의 관문The Gates of the Alamo』에서 이 방법을 어떻게 사용하는지 보자.

그 빛은 언덕을 기어 내려가서 얕은 강의 골짜기를 지나 헤엄쳐 갔다. 그리고 드디어 알라모가 위치한 평원에 도착하고 나서 강과 그 너머의 마을로 계속 다가갔다. 둑을 따라가다 보면 사이프러스 나무에 매 한 마리가 앉아 깃털을 곤두세우고 밤새 뼛속까지 스민 찬 기운을 털어내며 자신을 꽉 붙잡고 있는 단잠으로부터 마음을 깨우고 있었다.

이러한 시각적 묘사는 단순히 '해가 떴다'라고 말하기보다 엄청나게 효과적이다. 이 작가는 의인화를 훌륭하게 구사한다. 앞의 예에서 갤버스턴섬을 묘사할 때처럼 생명체에 비유하지 않고 빛이 직접 기어가고 헤엄치게 한다. 작가가 빛을 점진적으로 이동시키는 방식에 주목해보자. 중요한 일이 막 일어나려는 장소를 비추려는 듯이 빛은 알라모를 지나 마을로 들어간다. 작가는 이렇게 넓은 무대를 환하게 밝힌 후에 가장 작은 것으로 시야를 좁혀간다. 나무 위에서 졸고 있는 한 마리 매. 이 매가 몇몇 사건(그리고 역사상 가장 유명한 알라모 전투에서 일어난 수많은 사건) 현장을 돌아다닐 때쯤이면 독자는 알라모라는 배경을 잘 알게 된다. 객석의 맨 앞줄에 앉게 되는 셈이다.

대화는 큰 배경 속에 작은 배경을 설정할 수 있는 또 다른 기회다. 손턴 와일더의 『우리 읍내Our Town』에 고전적인 예가 나오는데, 한 인물이 다른 인물에게 최근에 본 우편물에 대해 이야기하는 부분이다.

"제인 크로피트가 아플 때 목사님이 보낸 편지 얘기 안 했지? 봉투에 주소가 이렇게 씌어 있었어. 제인 크로피트, 크로피트 농장,

그로버스 코너, 서턴 카운티, 뉴햄프셔주, 미합중국…… 북아메리
카 대륙, 서반구, 지구, 태양계, 우주, 하나님의 뜻. 주소가 이랬다
니까."

큰 그림을 그릴 때 위의 글처럼 모든 것을 전부 아우를 필요는
없다. 하지만 아주 작은 장소와 상황에 초점을 맞추기 전에 가끔
은 파노라마나 조감도같이 큰 그림을 보여주자. 만약 배경이 맨
해튼의 센트럴파크 근처에 있는 브라운 스톤(갈색 사암으로 지은
상류층 대저택)이라면, 영화 「웨스트사이드 스토리West Side Story」
의 도입부처럼 맨해튼의 마천루를 위에서 아래로 훑어가다가 이
야기를 펼칠 장소로 서서히 좁히는 것도 좋다. 이러한 전체 조망
은 단편소설에서는 한 번밖에 사용할 기회가 없으며 장편소설에
서도 거의 그 이상은 사용하지 않는다. 그러나 이러한 표현은 특
정 배경이 소설이라는 커다란 퍼즐에서 한 조각일 뿐이라는 점을
독자에게 상기시켜준다.

대우주를 묘사하거나 언급하면 때로 효과적이다. 그러나 소설
속 이야기 대부분이 자리할 곳은 대우주가 아닌 소우주다.

소우주, 작은 그림을 그릴 때

소우주는 여기에서 작은 세상을 말한다. 우리가 자란 집, 이곳
에서 우리는 때로 큰 세상으로 나가지만 언제나 다시 집으로 돌
아온다. 이 중요한 세상이 우리에게 소우주다. 이곳은 안전과 안
정을 준다. 영양분과 휴식처 그리고 사랑과 지지를 안겨준다. 그

리고 좀 어리고 순진한 관점일 수 있겠지만, 아마도 모든 게 자족되는 독립적인 공간일 것이다. 로버트 프로스트의 시에서 한 구절 빌려 말한다면, 집은 '외딴 곳'이다.

집은(그리고 아마 고향 마을도) 넓은 바깥세상보다 분명하고 뚜렷하다. 이 선명함과 뚜렷함이 바로 우리가 소설 속에서 추구해야 할 점이다.

만약 소설에서 어떤 방이 중요하다면(또는 중요한 일이 이 방 안에서 벌어진다면) 그저 평범한 방이어서는, 수많은 다른 방과 똑같아서는 안 된다. 그 안에서 펼쳐질 어떤 일을 작가의 눈으로 직접 그릴 수 있는 방이어야 한다.

필립 로스의 『유령작가The Ghost Writer』에는 한 유명 작가가 자에게 방을 보여주는 장면이 나온다.

그가 나를 데리고 들어간 거실은 깔끔하고 편안하고 수수했다. 커다랗고 둥근 카펫, 덮개를 씌운 이지 체어 몇 개, 낡은 소파, 벽을 가득 채운 책들, 피아노, 전축, 신문과 잡지가 차곡차곡 쌓여 있는 떡갈나무 테이블…… 창가에 붙어 있는 푹신한 의자와 단정히 묶여 있는 무채색 커튼 너머로 커다란 단풍나무의 헐벗은 가지들과 눈 덮인 들판이 보였다. 순수. 평온. 단순. 은둔. 고통스럽고 고상하고 초월적인 소명을 섬기기 위한 한 사람의 모든 전념과 화려함 그리고 독창성. 나는 방을 둘러보며 생각했다. 나는 이렇게 살아갈 거야.

이 방은 화자에게 꽤나 깊은 인상을 주었다. 독자에게도 그만큼 깊은 인상을 줘야 한다. 작가가 이 방을 소설에 적확한 장소로 만들기 위해 사용한 세부 사항을 살펴보자. 편안하고 낡은 가구, 책과 신문이 쌓여 있는 테이블, 창문 너머로 보이는 멋진 풍경, 한 낱말로 표현된 작가의 간결한 평가, 그리고 끝에 있는 선언을 보자. 화자가 이 방을 쉽게 잊지 못하리라는 것을 의심의 여지없이 보여준다.

앞의 글은 1장에서 살펴본 『시핑 뉴스』에 나온 방의 선명하고 세심한 묘사와 크게 다르지 않다. 방과 거리, 공원 같은 장소에 생명을 불어넣기 위해서는 이렇게 세부 사항을 사용해야 한다. 소설 속 인물이 취직을 위해 면접을 보고 있다고 해보자. 이러한 장면은 대화 위주로 구성하는 방법이 적합하다. 그러나 배경이 그 이상의 역할을 하게 만드는 일도 소홀히 해서는 안 된다.

인물이 들어간 방은 어떤가? 아름다운 시내가 보이고 전망이 뛰어난 외진 곳에 있는 사무실인가? 그렇다면 면접관은 직위가 높을 것이다. 사무실 벽에 그의 가족사진이 걸려 있는가? 떡갈나무 벽널과 가죽의자가 놓인 어두운 방인가? 아니면 커다란 창문이 있고 천정에 전등이 잔뜩 달린 환한 방인가? 방 주인의 성격이나 인물이 찾는 직업의 성격을 좀 더 분명히 보여주는 게 있는가? 사무실 책상 위에 기밀 서류로 보이는 서류들이 흩어져 있다면 인물은 면접관이 무언가 부적절하거나 전문가답지 않게 풀어져 있다고 느낄 수 있다.

또는 누군가의 뒷마당을 배경으로 묘사할 수도 있다. 관목과 큰 나무들이 모두 예쁘게 다듬어져 있고, 고급 정원 의자가 가지런히 정렬되어 있으며, 잔디가 고루 깎여 있고, 낙엽은 치워져 있으며, 새의 먹이통은 뚜껑이 열려 있고, 테라스 탁자에 싱싱한 꽃이 꽂힌 화병이 놓여 있다면 어떨까? 독자는 어떤 사람이 그곳에 살고 있는지 쉽게 짐작할 수 있다. 잔디가 길게 자라 있고, 꽃밭에는 잡초가 무성하며, 싸구려 플라스틱 의자들이 지저분한 테라스에 나뒹굴고 있다면 어떨까? 독자는 앞의 뒷마당과는 전혀 다른 사람이 살고 있다고 추측할 것이다.

소설의 배경은 단순한 장소 이상이어야 한다. 배경은 이야기를 풀어가고 인물을 규정하는 수많은 세부 사항이 모인 저장고가 되어야 한다. 그러기 위해서는 배경과 장면 하나하나는 물론 소설 전체에서 작지만 완벽한 하나의 작은 세상, 즉 소우주를 찾아내야 한다. 그 소우주를 찾으면 배경과 그 배경 속 보물인 세부 사항을 전하는 데 성공할 수 있다.

날씨와 지형 묘사는 필수!

특정한 시대와 장소를 완벽하게 묘사하려면 두 가지가 필수다. 바로 날씨와 지형이다. 세부 사항을 쓸 때 이 두 가지에 소홀해서는 안 된다. 날씨와 지형에 대한 정보가 없으면 시대와 장소에 대한 총체적인 인식에 커다란 구멍이 뚫린다. 이 두 가지는 모든 사람의 일상생활에 필수이므로 배경을 묘사할 때 이를 무시하는 건 큰 실수다.

날씨

나는 앞에 소개한 플롯 표를 무척이나 신봉한다. 플롯 표는 어떤 일이 언제 벌어지는지 또 어디를 향하는지를 일목요연하게 보여준다. 여기에 각 장면에 중요한 세부 사항에 관한 것들을 빠짐없이 기록하자. 그중 하나가 날씨다. 어떤 장면이 창문 하나 없는 방 안에서만 벌어진다고 해도 작가는 여전히 바깥 날씨를 알아야 한다. 이런 장면은 대개 바깥에서 일어나는 다른 장면들 사이에 놓여 있기 때문이다. 더욱이 인물들은 날씨로부터 영향을 받기가 쉽다. 만약 전쟁소설의 장소가 장교들이 회의를 하는 지하벙커 안이라면 바깥 날씨를 묘사할 필요가 없을지도 모른다(벙커에는 창문이 없으니). 그러나 오늘밤 대규모 상륙 작전이 예정되어 있는데도 일주일째 비가 그칠 기미가 없어서 인물들의 심기가 매우 언짢다는 점은 알려줄 필요가 있다.

밝고 맑은 하늘, 쏟아지는 비, 울부짖는 바람, 애니메이션 「곰돌이 푸Winnie the Pooh」에 나오는 바람이 몰아치는 날. 자연의 감정과 상황은 작가에게 좋은 글쓰기 도구 중 하나다. 그러니 잊지 말고 쓰자.

벨바 플레인은 소설 『그녀 아버지의 집Her Father's House』에서 바깥 날씨가 끔찍하다는 것을 이렇게 표현한다.

여전히 기진맥진한 채 그는 기차에 올랐다. 얼굴이 벌게진 승객들, 젖은 코트를 입고 바람에 머리가 헝클어진 사람들이 발을 쾅쾅 털고 차가운 손을 비비며 들어왔고……

이 글은 말하기보다는 보여주기의 고전적인 예라고 할 수 있다. 우리 모두는 추위로 옷이 젖고 얼굴이 벌게진 사람들이 실내에 들어와 발을 쿵쿵 털고 손을 비비는 모습을 본 경험이 있다. 그러므로 구구절절 서술하지 않아도 날씨가 어떠한지 정확히 알 수 있다. 날씨가 춥고 축축하다는 말을 들었을 때보다 이런 묘사를 보았을 때 독자의 마음속에서 이미지는 더 강렬히 각인된다. 4장에서 다룬 것처럼 보여주기는 말하기보다 훨씬 더 효과적이다. 물론 말하기가 더 효과를 발휘하는 부분도 분명히 있다.

윌리엄 마틴의 『하버드 야드Harvard Yard』에 나온 이 문장처럼 말이다.

약간 길어진 해가 봄이 가까이 왔음을 알렸지만 공기는 2월처럼 차갑고 바람은 1월처럼 여전히 세차게 부는 3월의 어느 저녁이었다.

이 문장은 그저 바깥이 춥다고 말하는 것보다 훨씬 훌륭하다. 작가는 1월부터 3월까지의 날씨에 대한 독자들의 선입견을 이용한다. 그래서 길어진 해나 춥고 바람 부는 날씨를 장황하게 묘사하는 대신에 이미지를 한꺼번에 전달하는 방법을 택했다. 이 소설에서 플롯은 날씨에 좌우되지 않지만 이 짧은 묘사로 배경은 더 현실적으로 그려지고 있다. 이런 소소한 세부 사항은 총체적인 이미지 구축에 보탬이 되는데, 훌륭한 작가들은 이런 것들을 찾아내기 위해 끊임없이 노력한다.

날씨든 뭐든 분명한 사실을 직설적으로 서술하는 게 언제나 나쁜 건 아니다. 보여주기가 말하기보다 더 바람직하지만 그게 '언제나' 진리는 아니라는 것을 잊지 말자. 나는 처음 쓴 책의 첫 문장을 이렇게 썼다. "눈이 내리고 있다." 이것보다 더 직설적인 문장은 없을 것이다. 나는 독자들이 처음부터 이 사실을 인지하기를 원했다. 그래서 이를 최초의 이미지로 결정했다.

소설의 개요를 짤 때는 장면마다 날씨가 어떤지 정확하게 알고 있어야 한다. 그리고 독자들도 분명하게 알게 해야 한다.

지형

우리 대부분은 긍정적이든 부정적이든 아니면 둘 다든 우리가 살고 있는 물리적 지형의 영향을 받는다. 사실이 그렇다. 와이오밍의 드높은 하늘과 광활한 대지에 살고 있는 사람은 혼잡하고 시끄러운 대도시에 사는 사람과 다른 세계관을 갖기 마련이다. 그리고 그 세계관은 의심의 여지없이 그들의 삶 곳곳으로 파고든다.

여기에 사례가 있다. 영국의 시인 존 던이 주장한 대로 "그 누구도 섬이 아니다(사람은 누구나 혼자가 아니다)"라는 말은 사실일 수도 있다. 그러나 섬에 살았거나 살고 있는 사람들, 곧 섬사람들은 아무 망설임 없이 자신들이 쾌활하고 독립적이라고 말한다. 왜 그럴까? 섬사람들은 대체로 그러하기 때문이다. 그런 성향은 아마도 그들 스스로 각인했을 수도 있고 아니면 섬에 살다 보니 뭍사람들과는 떨어질 수밖에 없어 독립적인 성향이 되었을 수도 있다. 잘 모르겠다. 하지만 이건 알고 있다. 나는 갤버스턴섬에 관한 소설을 쓸 때 섬 주민을 아주 많이 만났다. 그곳에서 태어난 사람들은 항상 자신들을 섬 토박이라고 불렀는데, 이 호칭을 영예로운 훈장이라도 되는 양 자랑스러워했다. 내가 그 소설을 쓰면서 갤버스턴 주민들의 자부심과 기개, 용기를 묘사하지 않았다면 정말 어리석은 일이었을 것이다. 지형으로 생기는 이런 자질들은 그들의 과거와 현재를 이루는 필수 요소이기 때문이다.

소설을 쓸 때 지형 그 자체에서 이끌어낼 수 있는 인물의 자질과 재치, 독특한 버릇을 집어넣을 만한 부분을 찾아보자. 단, 클리셰Cliché(전형적인 설정이나 진부한 표현)로 끝맺지 않게 조심한다. 황량한 서부의 광야라는 지형에 충직한 말이 유일한 친구인 서부 떠돌이가 등장한다면 너무나 뻔한 이야기가 될 것이다. 인물에게 독립성, 냉담성을 심어주는 일은 그런대로 효과적일 수 있지만 전형적인 인물을 그대로 옮기는 건 분명히 실수다.

전형적 인물은 대체로 너무 쉽게 예측할 수 있는 일차원적 인물이라는 점을 잊지 말자. 배경도 마찬가지다. 영국이라고 해서 작은 관목만 있는 게 아닌 것처럼 텍사스에 온통 선인장만 있는 건 아니다.

지형 묘사는 장소를 묘사할 때 흔히 나온다. 대부분의 경우 지형은 날씨와 마찬가지로 플롯에서 핵심 요소가 아니다. 그러나 날씨와 마찬가지로 독자는 그곳의 지형이 어떤지 알아야 하며, 또 알기를 원한다.

코난 도일이 쓴 「얼룩무늬 끈The Adventure of the Speckled Band」에서 셜록 홈스와 왓슨이 기차를 타고 시골로 가는 장면을 살펴보자.

햇빛은 환하고 하늘에는 군데군데 양털 구름이 떠 있는 완벽한 날씨였다. 나무와 길가의 관목에서는 파릇파릇 새순이 돋기 시작했고 대기는 촉촉한 땅에서 올라오는 향긋한 냄새로 그득했다. 하지만 나는 다가오는 봄에 대한 달콤한 기대와 우리가 하고 있는 불길한 모험 사이에서 기묘한 대비를 느꼈다.

날씨와 지형을 묘사한 부분에서 신중하게 표현된 봄의 이미지를 느껴보자. "완벽한 날씨, 환한 햇빛, 양털 구름, 파릇파릇 돋아나는 새순, 촉촉한 땅에서 올라오는 향긋한 냄새." 그런 후에 이 모든 우아한 것은 좋지 않은 일, 즉 이 이야기의 나머지 부분이 될 불길한 모험에 자리를 내어준다.

이 글에서 작가는 모험을 소개하는 데 날씨와 경치의 도움을 받고 있다. 우리도 이렇게 해야 한다. 더욱 선명한 이미지를 보여주기 위해 인물의 행동과 주변에서 벌어지는 일은 무엇이든 다 이용해야 한다. 해변에서 어떤 일이 벌어지는 장면을 쓰고 있다면 그곳이 어떤 해변인지 꼭 묘사해야 한다. 메인의 해변은 바위 절벽에 키 큰 상록수들이 있어서 멕시코만의 바다처럼 평평한 해변과는 확연히 다르다. 모래와 물의 색깔도 다르다. 그러므로 정확하게 써야 한다.

그러려면 반드시 조사를 해야 한다. 지평선 위로 보이는 산과 언덕을 쓸 때는 산과 언덕이 실제로 있을 만한 곳인지 먼저 확인을 해야 한다. 콜로라도에서 한 인물이 칡뿌리에 걸려 넘어진다면 그건 어떤 인물이 미시시피에서 에델바이스를 꺾는 것만큼 비현실적인 일이다. 오하이오 북부를 배경으로 한 내 소설의 표지에는 앞마당에 배롱나무가 보이는 사진이 있다. 이 표지는 문제가 있다. 오하이오 북부 지역에는 배롱나무가 없다.

비현실적인 배경을 그릴 때의 핵심

마크 헬프린이 쓴 『겨울 이야기Winter's Tale』의 배경은 20세기 초의 뉴욕이다. 그런데 작가는 실제의 뉴욕에 약간의 수정을 했다. 예를 들어 뉴욕에 바다 안개가 매일 짙게 끼어서 때때로 안개 속을 헤치고 달려가는 기차 위를 가리거나 완전히 덮어버린다고 한 것이다. 그리고 이 소설은 어느 이른 아침에 브루클린 다리 위를 천천히 건너던 말이 마침내 하늘을 나는 이야기로 시작한다.

안개나 말 둘 다 있을 수 없는 이야기로 들리지 않은가? 물론 있을 수 없는 이야기다. 그러나 재능 있는 작가의 훌륭한 스토리텔링이 있다면 불가능하지 않다. 리처드 애덤스의 『워터십 다운의 열한 마리 토끼Watership Down』에 나오는 나치 같은 토끼들의 존재나 『반지의 제왕 The Load of the Rings』에서 중간계를 구하는 겸손한 호빗족의 완고함보다 더 믿기 어려울 정도는 아니다.

배경이 독자에게 받아들여지느냐 아니냐의 문제는 물리적으로 가능한 배경인지 아닌지에 달려 있지 않다. 맥락 속에서 배경을 얼마나 그럴듯하게 설정하고 묘사하느냐에 달려 있다. 우리는 무지개 너머 어딘가에 사악한 마녀와 투덜대는 사과나무와 난장이들이 사는 나라가 정말로 있다고 믿지 않는다. 그러나 바로 그 배경과 인물의 비현실성 때문에 영화 「오즈의 마법사 The Wizard of OZ」가 훌륭한 이야기라면 갖추어야 할 중요한 요소를 놓치고 있는 건 아니다. 사자는 사자라서 또는 겁쟁이라서 그럴듯한 인물로 보이는 게 아니다. 사자는 자신에게 없다고 여겼던 연민과 용기를 마침내 자신 안에서 발견한다. 우리는 그런 사자에게서 우리 자신의 모습을 볼 수 있다. 노란 벽돌 길을 따라가는 이들의 원정은 이상한 장소와 모험 때문이 아니라 독자인 우리 모두가 그들처럼 어려운 길을 지나왔기 때문에 뛰어난 이야기가 된다.

현실적으로 존재할 수 없는 곳을 배경으로 설정했다면 그 배경이 더 중요한 과제를 위한 무대에 불과하다는 점을 잊지 말자. 그 과제란 바로 배경 안에 등장하는 인물과 사건의 상호 작용이다. 만약 머나먼 은하계의 한 행성에 사람들이 살고 있다고 설정했다면(아직 개발되지 않은 어떤 기술로 그곳에 이송되어서) 이야기는 이 배경 안에서 인물들이 어떻게 행동하는지를 그려야 한다. 다시 말해 인물들은 지구인인 우리가 이해할 수 있는 상황에 처해 있어야 한다. 샐런트그리스 제3위성에서 하이로캐스피큘러 머타트론 한 통을 훔치는 건 미시건 그랜드래피즈 은행에 들어가 돈을 훔치는 것과 전혀 다른 일이 아니다. 양쪽 다 도둑질이므로 모든 절도의 기본이라 할 수 있는 모의와 불안감과 긴장감이 따른다.

가장 중요한 점은 작가가 어떤 이유로 그 배경을 선택했느냐다. 배경은 이야기에서 중요성이 크며 때로는 배경 자체가 하나의 인물이 되기도 한다. 불가능한 장소, 즉 '존재할 수 없는' 장소에 대해 글을 쓸 때는 그 세계를 위한 체계를 만들어내고 그것을 정확히 지키는 일이 아주 중요하다. 예를 들어 우주 여행자들이 헬멧을 쓰지 않고는 그 행성의 대기에서 숨을 쉴 수가 없다는 것처럼 비교적 단순한 법칙일 수도 있고, 조앤 K. 롤링이 해리 포터 시리즈에서 보여준 것처럼 자연의 물리적 법칙을 상당히 거스르는 다양한 수준의 법칙일 수도 있다. 일단 체계를 만들었다면 일관성 있게 적용해야 한다. 이 점을 무시한다면 독자에게 외면을 받는다.

배경이 아닌 인물과 그들의 동기 그리고 행동이 이야기를 이끌어가야 한다는 점을 꼭 기억하자. 그렇다면 비현실적인 시간과 공간을 소설에 마음껏 설정해도 된다. 전개가 탄탄하다면 비현실적인 배경은 맥락 속에서 완벽하게 현실적인 배경으로 바뀌기 때문이다.

안식처 같은 배경

나는 존 D. 맥도널드의 트레비스 맥기 시리즈 한 권을 집어 들고 그물 침대에 누우면 마치 집에 온 듯 편안한 기분이 든다. 소설 속에서 트레비스는 또다시 세인트피터스버그의 선착장에서 버스티드 플러시(관용적으로 '소용없는 것'을 의미한다)라고 이름 붙인 하우스보트를 서투른 솜씨로 수선하느라 분주하다. 그리고 친구이자 조수인 메이어가 곁에서 돕는다. 메이어는 경제학자인데 바로 옆에 정박한 또 다른 하우스보트가 그의 집이다. 책장을 넘길

수록 플로리다의 햇살이 주위에 내려앉으며 서서히 1960년대 초반이라는 시간 속으로 들어가고 모든 게 완벽해진다. 배경과 인물이 더할 나위 없이 만족스럽기 때문에 작가인 맥도널드가 이 세상을 떠나서 이제 그의 새로운 소설을 읽을 수 없다는 사실에 아직도 화가 날 정도다.

이 편안한 기분, 새로운 소설에 몰입할 때의 느긋하고 좋은 느낌은 아주 바람직하다. 모든 작가는 독자가 이런 느낌을 받길 바랄 것이다. 작가로서 독자들을 만족시켰고 그들이 앞으로도 자신의 소설을 읽어줄 거라는 것을 뜻하기 때문이다. 그러나 이 기분에 관해 한 가지 경고할 점이 있다. 독자가 아닌 작가가 이 기분에 빠져들어서는 안 된다.

트레비스 맥기 시리즈를 쓴 작가 자신은 소설의 배경과 인물을 써나갈 때 그리 느긋하지 않았을 것이다. 책장마다 플로리다의 햇살이 비추고 인물들은 보트 수리를 하면서 스카치를 마시고 수다를 떨어도, 작가는 마냥 느긋하게 있을 수 없다. 좋은 소설에 있는, 결코 깨져서는 안 되는 법칙 중 하나는 쉼 없이 이야기가 전개되어야 한다는 것이다. 이 점은 순수소설보다 대중소설에서 특히 그렇다. 주인공 맥기와 햇볕에 그을린 피부, 느긋하게 사는 모습에서 독자가 편안함을 느끼도록 하기 위해 작가는 필요한 모든 요소를 담았다. 그러나 때로는 이런 편안함을 포기하고 플롯을 빨리 전개하는 것도 잊지 않았다.

도시에서 자랐고 시골에 작지만 멋진 집을 한 채 사게 된 인물이 있다고 해보자. 작가인 우리는 이렇게 쓸 수 있다. 시골로 온

이 여자가 집을 고치고, 페튜니아 꽃을 심고, 우편함을 새로 칠하고, 새로운 이웃을 만나고, 마을 교회에 나가기 시작하는 등 많은 일을 하는 것이다. 독자의 주목을 끄는 사건은 벌어지지 않고 그 대신 여자는 마냥 이런 일들만 한다. 그런데 이때 인물의 모든 행동은 메인플롯을 돕는 서브플롯이어야 한다. 지하실에서 발견한 오래된 연애편지가 담긴 상자, 꽃밭에서 나온 시체, 그녀가 얼룩진 과거(범죄)로부터 도망쳐 시골로 이사 온 것을 알고 있는 옆집의 이상한 남자 등등 인물의 행동 하나하나는 더 큰 플롯과 긴밀히 엮어야 한다.

셜록 홈스와 왓슨이 안개 낀 런던 베이커가의 자신들의 방에서 밤마다 난롯불을 쬐며 그저 느긋하게 앉아만 있지 않는다는 점을 기억하자. 애거서 크리스티의 탐정 미스 마플도 세인트 메리 미드 마을의 오두막집 정원에서 빈둥대지만 않는다. 그녀는 누가 목사를 독살했는지 알아내기 위해 여기저기 기웃거리며 많은 시간을 보낸다.

독자에게 편안한 기분을 느끼는 하는 건 잘못이 아니다. 단지 그 기분을 아주 짧게 즐기게 해야 한다. 편안한 느낌에 깊이 빠져서 중요한 목표, 즉 흥미진진하고 활기차게 사건을 쫓아가지 못하게 해서는 안 된다.

액자식 구성의 효과

액자식 구성 즉 여러 사건을 더 큰 맥락이나 틀 안으로 모아들이는 방법은 세상에서 가장 오래된 문학 장치 중 하나다. 오디세우스의 모험은 트로이 전쟁이 끝난 후 고향인 이타카로 돌아오는 더 큰 이야기 안에서 펼쳐진다. 가장 유명한 액자식 구성 소설인 『캔터베리 이야기The Canterbury Tales』는 토머스 베켓 사원으로 가는 순례자들이 들려주는 이야기들로 이루어져 있다. 키클롭스(애꾸눈 거인), 사람을 죽이는 회오리바람, 말하는 수탉, 바스의 여장부 같은 이들의 개인적인 이야기는 더욱 큰 이야기의 조각이 된다. 트로이에서 이타카로, 런던에서 캔터베리로 갔다 오는 두 번의 여행 안에서.

인물의 행동이나 사건이 아닌 소설의 물리적 배경도 장소 그 자체로 액자식 구성을 이룰 수 있다. 예를 들어 제임스 미치너의 역사소설 『더 소스The Source』은 수천 년에 걸친 시간을 아우르는데, 내내 작은 한 장소에서 이야기가 펼쳐진다. 여기서 작가가 선택한 액자식 구성은 고고학 발굴이며 발굴 현장에서 깊이 땅을 파 들어갈수록 유물이 계속 나온다. 땅에서 파낸 항아리와 창끝, 쇔쇠는 각각 이야기를 담고 있으며 이 이야기들이 소설의 각 장에서 전개된다.

이처럼 장대한 시간의 흐름이 아니더라도 약간의 액자식 구성을 배경에 담아보면 소설이 좀 더 흥미로워진다. 어떤 늙은 형제가 자신들이 자란 집에서 오랜만에 재회했다고 해보자. 무너져가는 집은 회상이나 뒷이야기에서 새로 지은 멋진 집이 되어 나타난다. 이런 식으로 집 자체의 변모는 늙은 두 형제에게 일어난 비슷한 변화를 강조하는 역할을 한다. 또 다른 예로 프랑스로 신혼여행을 간 어떤 부부가 작은 호텔에 들어갔는데, 알고 보니 그곳은 부부 중 한 사람의 조부모가 수십 년 전에 신혼여행을 와서 묵은 곳일 수 있다. 아니면 어떤 인물이 낡고 오래된 어떤 건물에 우연히 가게 되었는데, 그 건물이 메인플롯이 될 뒷이야기의 공간적 배경일 수도 있다. 패니 플래그가 『프라이드 그린 토마토Fried Green Tomatoes at the Whistle Stop Cafe』에서 한 것처럼 말이다.

액자식 구성은 이야기를 전개하기 위한 매우 효과적이고 창의적인 방법이다. 만약 이 방법을 쓴다면 중심이 액자가 아니라 이야기에 있다는 것을 분명히 해야 한다. 순례자들이 들려주는 이야기가 중요한 것이지 그들이 순례길에 나선 사실이 중요한 게 아니다.

마무리: 현장감과 몰입

레이 브래드버리의 『화성 연대기』에는 두 인물이 어느 멋진 밤에 화성의 평원에서 만나는 장면이 나온다. 한 인물은 화성인이고 다른 인물은 지구인이라서 처음에는 의사소통을 할 수가 없다. 그러자 화성인이 기술적인 조정을 통해 영어로 말하기 시작한다. 얼마 안 있어 둘은 상대방이 그곳에 정말로 있는 게 아님을 깨닫기 시작한다. 사실 각자의 눈에 멀리 보이는 것들(한 사람에게는 폐허가, 다른 사람에게는 활기 찬 마을이 보인다) 또한 실제로 있지 않다. 마침내 무슨 일이 일어나고 있는지 밝혀진다. 두 인물은 같은 장소에 있지만 수만 년 떨어진 다른 시대에 존재하고 있다. 잠시 후 그들은 이 이상한 일이 어떻게 일어났는지 알아내는데, 그 것을 바로잡기보다는 자신들이 있는 배경을 그대로 받아들이고 즐긴다.

좋은 소설은 바로 이래야 한다. 좋은 소설은 독자를 특정한 시대와 장소에 한동안 몰입하게 만들어야 한다. 작가로서 우리의 일은 이러한 배경을 독자에게 만들어주는 것이다.

다음 장에서는 특정한 장르의 소설에서 배경을 설정하는 방법을 살펴볼 것이다. 이 장에서는 배경을 설정하기 위한 일반적인 방법들을 다루었다. 소설 속의 시대와 장소는 독자가 정말 '존재할 수 있다'고 믿을 만큼 신빙성이 있어야 하며(비록 비현실적일지라도), 이를 위해 플롯에서 맥락에 따라 충분히 잘 표현되어야 한다. 날씨와 지형을 조감이나 액자식 구성 같은 더 큰 관점과 잘 결합해보자.

좋은 배경은 숱한 세부 사항으로 이루어지며, 좋은 소설은 잘 다듬어진 배경으로 이루어진다.

자신이 쓴 원고에서 날씨와 지형에 관한 세부 사항을 좀 더 넣을 만한 부분을 찾아보자. 이런 세부 사항이 많을수록 소설의 배경이 얼마나 더 선명해지는지 알면 놀랄 것이다.

지도책을 꺼내놓고 여기저기 넘겨보자. 특히 나라, 대륙의 형태를 들여다본다. 그런 다음 묘사해볼 곳을 고른다. 어떤 사물에 비유하는 건 좋은 방법이다. 두 장소를 골라 분명한 이미지가 떠오르도록 한두 문단 길이로 써보자.

자신이 쓴 원고에서 배경 설정에 도움이 되도록 대화를 넣을 만한 곳을 찾아보자. 특정 억양이나 사투리를 활용해도 좋고, 인물이 직접 도시나 지역에 대해 서술해도 된다.

8장

장르별 묘사:
역사소설부터
스릴러소설까지

하늘 아래 새로운 이야기는 없다.
이야기를 꾸미는 그 독특한 전개가 새로울 뿐이다.

지금까지 소설의 배경을 설정하고 묘사를 잘하기 위한 몇 가지 방법을 살펴보았다. 이제부터는 일반적인 소설 또는 주류 소설로 여겨지지 않는 몇몇 특정 장르의 소설에서 묘사와 배경을 어떻게 하면 좋을지 살펴보자.

많은 재능 있는 작가가 한 가지 장르 이상의 소설을 쓴다. 댄 파킨슨의 소설 몇 권을 봐도 그렇다. 그는 서부소설(『황무지의 총들The Guns of No Man's Land』), 해적소설(『여우와 깃발 The Fox and the Flag』), 판타지소설(『드래곤랜스 소인국Drangonlance Dwarven Nations』), SF소설(『타임 캅Time Cop』)을 썼다.

그가 이렇게 여러 장르에서 모두 성공할 수 있었던 이유는 우리가 앞에서 줄곧 이야기한 것을 결코 잊지 않았기 때문이다. 바로 좋은 소설은 시대와 장소가 아닌 이야기 자체에 의존한다는 점 말이다.

여행 모티프는 소설에서 자주 사용되는 장치다. 여행 모티프는 인물 한 명 또는 여러 명이 항상 어딘가에 도달하려고 하는 것이다. 이 모티프는 문학 자체만큼이나 역사가 오래된 도구며,『오디세이아Odyssey』같은 고대 서사시는 물론『콜드 마운틴의 사랑』같은 현대소설에서도 효과적이다. 여행은 물리적인 여행과 내면적인 여행으로 나뉜다. 전자의 예는『허클베리 핀의 모험The Adventures of Huckleberry Finn』으로, 자유로운 소년 허클베리 핀과 우직한 흑인 노예 짐이 뗏목을 타고 미시시피강을 따라 내려가면서 모험을 한다. 후자의 예는 영화「미러클 워커The Miracle Worker」로, 헬렌 켈러는 손을 더듬어 안 보이고 안 들리는 세상에서 빠져나올 길을 찾는다. 상황이 무엇이든 간에 여행은 언제나 주요 인물의 내면에서 변화를 이끌어내며 종종 다른 인물들의 내면적 변화도 함께 일으킨다. 여행 모티프가 모든 장르에서 효과를 발휘하는 이유는 바로 이러한 변화와 여정 그리고 결과에 대한 인물의 반응 때문이다.

『콜드 마운틴의 사랑』,『오디세이아』,『허클베리 핀의 모험』,「미러클 워커」의 배경은 세상과 동떨어진 곳이며『반지의 제왕』과「오즈의 마법사」만큼 색다르다. 그러나 이 작품들의 공통점은 독특한 공간도, 시대도 아니다. 인물들이 꼭 완수해야 하는 여행에 나선다는 것이다.

또한 파킨슨이 쓴 다양한 장르의 소설들을 하나로 묶는 것 역시 공간이나 시대가 아니다. 어떤 소설은 아주 먼 미래에 수백 수천 광년 떨어진 행성에서 벌어지고, 또 어떤 소설은 2세기 전 해적으로 들끓던 먼바다에서 벌어지며, 또 다른 소설들은 1800년대 후반 미국 서부의 평원에서 벌어진다. 이 소설들이 쉽고 재미있는 건 각각의 장소나 시대적 배경 때문이 아니다. 인물들에게 닥친 고난과 투쟁, 그들이 부딪치고 때로 이겨내는 장벽을 다루고 있기 때문이다. 다시 말해 '이야기'가 있다.

장담하건대 하늘 아래 새로운 이야기는 없다. 작가가 선택한 장르, 작가가 만든 배경, 작가가 쓴 묘사와 세심한 문장이 꾸미는 그 독특한 전개가 새로울 뿐이다.

소설 한 편에 여러 장르를 섞을 수도 있고, 한 가지 장르의 소설을 여러 편 쓸 수도 있다. 어떤 작가들은 한 가지 장르의 소설만 수백 편씩 쓰고 결코 새로운 장르를 시도하지 않는다. 이는 죄가 아니다. 솔직히 말해 나는 특정 장르의 소설만 쓰는 작가들을 좋아한다. 그들이 그 장르의 이야기를 만들어내는 매우 뛰어난 솜씨를 지니고 있기 때문이다.

한 가지 장르를 고집하든 여러 장르를 두루 섭렵하든 다음의 두 가지 사항을 기억하자. 첫째, 쓰고자 하는 이야기가 다른 장르와도 잘 어울릴 수 있다. 둘째, 그렇기 때문에 평소 다양한 장르의 소설을 읽어두어 장르에 대해 편견 없이 열린 마음을 가져야 한다. 우리가 그리려 하는 삼각관계에 놓인 세 인물은 1874년의 스포캔이나 도지 시티의 교외에서 수상한 연애 사업을 벌일 수도 있고, 제노투사의 제8행성에서 또는 나치의 폭탄이 빗발치는 런던에서 사랑을 나눌 수도 있다. 어떤 장소가 인물들의 행동과 상황을 가장 돋보이게 할지를 결정해야 한다.

뒤에서 여러 장르를 하나하나 다룰 것이다. 흥미가 없는 장르라 해도 건너뛰어서는 안 된다. 우리는 모든 가능성을 열어두어야 한다. 생각지도 않았던 멋진 판타지 이야기를 통해 우리의 상상력 속에 있는 것을 발견할 수도 있기 때문이다.

작가의 관점으로 읽고 또 읽자

출판사로부터 거절을 여러 번 받아보았다면(솔직히 말해 우리는 모두 기획안과 샘플원고를 출판사에 보낸 경험이 있다) 분명히 이와 비슷한 문구를 보았을 것이다. "저희 출판사에서 출간된 소설을 몇 권 읽어보시기 바랍니다." 이 말은 정말로 훌륭한 충고다.

출판사가 찾는 원고는 특정한 장르의 소설이다. 그리고 특정한 방식으로 쓰여 있기를 원한다. 왜냐하면 독자들이 그것을 기대하기 때문이다. 서부소설을 읽는 독자들은 총싸움, 가죽 채찍으로 말 옆구리 때리기, 협곡과 가축우리에서 피어나는 먼지구름을 기대한다. 이들은 '협곡의 총잡이' 같은 제목에, 붉은 하늘 아래 말을 타고 달리는 카우보이 그림이 있는 표지의 소설에서, 세무사와 더 늙기 전에 삶의 의미를 찾으려는 주부의 로맨스가 나온다면 그 즉시 책을 덮어버릴 것이다.

독자들은 자신이 무엇을 원하는지 잘 알고 있다. 그러므로 특정 장르의 소설을 쓰겠다고 결정했다면 그들이 원하는 것을 알아야 한다. 이때 가장 먼저 할 일은 장르를 대표하는 소설을 여러 권 읽어보는 것이다. 이미 몇 권 읽어봤다고 해서 글쓰기 과정에서 필수인 이 단계를 그냥 건너뛰려 해서는 절대 안 된다. 스파이스릴러에 도전한다고 해보자. 오래전에 출간된 윌리엄 F. 버클리의

『여왕 구출하기Saving the Queen』를 이미 읽었다 해도 다시 읽자. 그리고 그 시리즈의 소설을 하나 더 읽든지 아니면 다른 스파이소설을 읽자. 중요한 건 독자가 아닌 작가의 관점에서 읽는 것이다. 이 소설들의 플롯이 어떠한지 유심히 살펴보자. 다른 장르의 소설에서라면 쓰지 않았을 독특한 단어에도 주의를 기울이자. 자신이 쓰고자 하는 장르에서 성공한 작가들이 어떻게 소설을 썼는지 파악하는 데 충분히 시간을 쏟아야 한다.

　이제 각 장르에 따라 묘사와 배경이 어떻게 다른지 특별히 주목해야 할 부분을 살펴보도록 하자.

역사소설, 사실을 뺀 허구가 핵심

역사소설은 역사와 소설 두 가지를 혼합한 장르다. 그렇기 때문에 이 장르의 소설을 쓰기 위해서는 꼭 알아야 할 몇 가지가 있다. 먼저 역사(실제로 일어난 일)는 본질적으로 정확하고 증명할 수 있어야 한다. 역사적 사실과 수치, 연도를 약간 바꿀 수 있지만 그럴 경우에도 언제나 신중해야 한다. 문학 작품이라 하더라도 딱 거기까지만 허용되기 때문이다. 그랜트 장군이 미시시피에서 남부 요새인 빅스버그를 함락한 시간에 뉴욕의 술집에서 버번을 마시고 있었다고 써서는 절대로 안 된다. 만약 그렇게 하면 장담하건대 여기저기에서 주목받게 될 것이다. 편집자에게 주목을 받는 건 그나마 나은 경우로 출판 가능성은 있다. 비평가에게 주목을 받는 건 최악의 경우로 혹평일 수밖에 없다. 아니면 관련 단체나

협회 또는 날카로운 독자들에게서 비난이 쏟아질 수도 있다. 역사적 인물이 소설 속에서 직접 말하는 방식은 자주 쓰는 방법이지만, 그렇다고 해도 그 인물이 절대 있을 수 없는 곳에 있게 한다든지 배경이나 인물에 대해 명백히 그릇된 묘사를 한다면 작가는 신뢰성에 작은 손상이 아니라 엄청난 타격을 입는다.

역사적 사실을 허술하게 다루면 안 되는 것처럼 독자들이 이미 잘 아는 결말에 대해 너무 많이 써서도 안 된다. 역사 소설가는 사건의 결말을 알고 소설을 쓰는 특권을 누린다. 그렇다고 해도 배경과 플롯의 맥락 안에서 모든 미래를 다 아는 듯 써서는 안 된다. 소설이라고 해서 1941년 12월 6일 진주만의 장교 클럽에서 크리스마스 파티를 즐기던 장교들과 그 아내들이 다음 날 아침 그곳이 지옥으로 변한다는 사실을 알 수는 없다. 그러니 작가 역시 이에 대한 단서나 복선을 아주 조금이라도 언급해서는 안 된다. 그날의 저녁 장면에서는 칵테일 잔에 부딪히는 얼음 소리가 계속 들려야 하며 열대 태양에 검게 그을린 피부 때문에 더 하얗게 보이는 해군 제복이 보여야 한다. 또한 베니 굿먼의 스윙 재즈를 연주하는 밴드가 필요하며, 인물 모두가 럭키 스트라이크나 체스터필드 담배를 피우고 있어야 한다. 이 소설에서 절대로 나와서는 안 되는 장면은 이들을 향해 출격을 시작한 일본군 폭격기에 대한 사전 경고다(초능력자가 등장하거나 파티를 즐기는 사람들과 다른 관점에서 보는 인물이 있지 않다면).

대부분의 역사소설에서 작가와 독자가 사건의 결말을 이미 알고 있다는 점을 잊지 말자. 배가 빙하와 충돌하고, 주식 시장이 붕

괴하고, 비행선이 뉴저지에 착륙하기 직전에 폭발한다는 것을 알고 있다. 그러나 소설 속 인물은 결말을 결코 몰라야 한다. 그러므로 작가가 할 일은 인물과 배경을 '그 순간' 완벽히 사실적으로 묘사하는 것이며, 묘사를 통해 나중에 일어날 일의 전조를 알리지 않는 것이다. 그리고 다른 부분(역사적 사실 속에 교묘하게 넣는 허구적 이야기)은 인물은 물론 독자도 예상할 수 없는 것들로 채워야 한다. 바로 이 부분이 소설의 핵심이기 때문이다.

역사소설을 쓸 때는 화자의 어조에 특히 주의해야 한다. 역사소설에서 화자의 목소리는 작가가 전달하는 가장 변함없고, 때로는 가장 강렬한 묘사이기 때문이다. 만약 진주만에서 벌어진 파티로 시작하는 역사소설을 쓰고 있는데 플롯이 그 이후 수년에 걸친 전쟁을 배경으로 계속 전개된다면 연합군의 승리를 확신하지 못하는 분위기를 끝까지 유지해야 한다. 당시에는 누구라도 연합군의 승리를 확신하기 어려웠기 때문이다. 나는 제2차 세계대전을 배경으로 하는 영미 소설 중에서 전쟁이 끝나기 전에 출간된 작품을 꽤 많이 읽어봤다. 이 소설들의 문체와 분위기는 자신감과 애국심이 넘치지만 그 행간에 다른 무언가가 숨어 있었다. 바로 전쟁의 결말에 대한 불확실성이다.

시대와 장소에 대한 묘사가 사실적으로 보이려면 이러한 불확실성이 (마치 전쟁 중에 쓴 작품처럼) 분명히 드러나야 한다. 즉 두 인물이 전쟁의 결말에 대해 이야기를 나누는 장면이라면 그들이 잘난 척하며 잘 아는 듯 보여서는 안 된다. 다른 인물들의 사기를 진작하기 위해 허풍을 떠는 게 아니라면 말이다. 그리고 전쟁이

승리로 끝난 뒤 바뀌게 될 배경을 묘사할 때도 인물들은 전쟁의 결말을 모르고 있으므로 이를 언급하지 않도록 주의해야 한다.

지금까지 역사소설 쓰기에 관한 두 가지 법칙을 이야기했다 (정확성과 인물의 미래를 몰라야 한다는 것). 이제부터는 역사소설에서 배경을 어떻게 묘사하는지 살펴보자.

장소를 묘사하는 법 중 하나는 그 장소에 대한 세부 사항을 제시하는 것이다. 어빙 스톤이 『고통과 환희』에서 르네상스 시대의 피렌체를 어떻게 되살려내는지 살펴보자.

그들은 어울리지 않는 큰 걸음으로 좁은 길을 따라 걸었다. 돌로 지은 성이 있고 돌로 깎아 만든 외부 계단이 돌출형 펜트하우스로 이어지는 올드 아이언가를 지났다. 그들은 비아 델 코르소까지 걸어가서 비아 데이 테달디니에 있는 작은 구멍을 통해 오른쪽에 있는, 붉은 벽돌로 지은 두오모 성당의 일부분을 보았다. 한 블록 더 걸어가면 왼쪽으로, 시뇨리아 팔라초의 아치와 창문이 보였고, 모래 빛 돌로 된 탑의 꼭대기가 일출로 인해 연한 파란색이 된 피렌체의 하늘을 뚫고 솟아 있었다.

모든 길과 성당이 실제 위치에 제대로 자리 잡고 있는 점을 통해 우리는 작가가 현장 조사를 철저히 했다는 것을 알 수 있다. 작가는 석재의 색깔에서도 세심한 세부 사항을 보여준다. 이렇게 묘사에 구체적인 사항을 집어넣는 건 그 시대와 지역을 알리는 아주 좋은 방법이다. 만약 소설이 1906년 샌프란시스코를 배경으로 한다면 주인공인 연인들이 지나가는 거리 이름과 상점 이름을 말하면서 그들이 샌프란시스코의 언덕길을 산책하게 만들 수도 있다. 그러나 지난 세기에 있었던 어떤 상점들은 더 이상 그곳에 있지 않을 수도 있고 거리 이름이 바뀌었을 수 있으므로 약간의 사전 조사를 해야 한다. 샌프란시스코만의 골든게이트 다리는 1906년에는 없었으므로 이 다리를 언급하면 안 된다. 그리고 이 행복한 연인들은 자신들의 작은 세상을 말 그대로 또 비유적으로 끝장내 버릴 엄청난 지진이 바로 다음 날 일어난다는 사실을 조금도 눈치 채지 못해야 한다.

시대와 장소를 암시하는 작은 행동과 사건을 묘사하는 방법도 배경을 명확히 하는 데 좋다. 콜린 매컬로는 소설 『시저Caesar』에서 다음과 같이 그 방법을 사용한다. 고대 로마 시대에 벌어진 획기적이고 거대한 사건들을 묘사하는 대신(물론 소설 전반에 걸쳐 그 사건들을 묘사하고 있지만) 한 가지 사건, 즉 한 남자가 연설을 위해 서 있는 장면에 집중한다.

키케로가 종이 두루마리를 들고 연설을 위해 앞으로 걸어 나오자 배심원들은 접이의자 위에서 몸을 앞으로 기울였다. 그러나 두루마리는 단지 보기 좋으라고 들고 나온 것이었고 한 번도 펼치지 않았다. 그의 연설은 마치 즉석에서 하는 것처럼 보였고, 막힘이 없고, 분명하고, 마치 마술과도 같았다. 그 누가 가이아스 베레스에 반대하는 그의 연설과 아메리아의 카엘리우스, 클루엔티우스 그리고 로스키우스를 변호한 그의 연설을 잊을 수 있겠는가?

마지막 문장에 나오는 화자의 질문에 나라면 '잊을 수 있다'라고 답하겠다. 키케로의 연설을 들어본 적이 있다면 말이다. 그러나 사실 그 연설문의 내용을 아는 건 여기서 조금도 중요하지 않다. 문단의 맥락으로 보아 그 연설이 정말로 뛰어나고 훌륭하다는 건 분명히 알 수 있다. 이와 같이 『시저』에서는 여러 사소한 장면이 장소, 인물에 대한 공들인 묘사와 마침내 하나로 모아지면서 예수가 태어나기 전의 로마를 매우 선명하게 그려낸다.

자, 이제 앞서 말한 샌프란시스코 배경의 이야기에 이 방법을 어떻게 적용할 수 있을까? 젊은 연인 중 하나가 우연히 신문에서 그날 밤 엔리코 카루소가 오페라하우스에서 「카르멘」을 공연한다는 것을 발견할 수도 있고(카루소가 진이 있기 하루 전날 그곳에서 정말로 공연했다는 것을 확인했다), 아니면 루스벨트 대통령(그는 1906년에 대통령이었으니 확인할 필요도 없다)에 대해 슬쩍 언급할 수도 있다.

이 방법 즉 장소에 물리적 묘사를 한 뒤 한 가지 사건과 상황에 집중하는 묘사는 역사소설에 잘 맞을 뿐 아니라 모든 장르의 소설에 맞는다.

앞서 소설 한 편에 여러 장르를 섞을 수도 있다고 한 말을 기억하는가? 이는 어떤 장르보다도 역사소설 장르에서 가장 많이 일어난다. 역사소설을 더 세분하면 역사로맨스소설, 역사추리소설이 있으며 시간여행소설도 있다. 또한 탐정이 등장하는 역사미스터리소설도 있다.

미스터리소설, 중요한 건 범죄가 아닌 인물

묘사와 배경은 미스터리소설에서 그 역할이 조금 더 커진다. 이 장르의 소설에서는 묘사와 배경을 통해 복선이 나와야 하며 또한 긴장감을 불러일으켜야 한다.

얀빌렘 반 드 비터링이 소설 『메인의 대학살The Maine Massacre』 에서 감정을 살리기 위해 배경을 어떻게 사용하는지 살펴보자.

> 그들은 섬의 해안에 남겨진 보트를 볼 수 있었다. 드 기어가 헛 간으로 들어가서 총신 대신 벌어진 튜브가 붙어 있는 짧은 권총을 한 자루 찾아들고 돌아올 동안 경찰국장은 밖에서 기다렸다. 그 만에 가득 차 있는 고요함은 너무나 거대해 보트의 노가 무한히 커다란 하얀 종이 위에 있는 작고 검은 얼룩으로 된 선 같아 보일 정도였다. 한 마리 커다란 검은 새가 섬으로부터 휙 날아왔고 새가 깍 깍 우는 소리에 놀란 두 남자는 부두의 난간에 휘청하고 몸을 기대었다.

두 인물은 살인 사건이 일어난 장소를 조사하고 있으며, 작가는 이들을 둘러싸고 있는 주변 환경을 이 장면의 배경막으로 만들었다. 작가는 황량한 이미지를 한꺼번에 많이 보여주고 있다. 버려진 보트, 총신이 없이 불길해 보이는 권총, 넓고 고요한 만, 에드거 앨런 포의 소설에나 나올 법한 깍깍 우는 크고 검은 새.

살인 현장을 둘러싸고 있는 이 감정은 사건 조사에서 최종 해결에 이르기까지 여러 번 다시 등장한다. 바로 이렇게 써야 한다. 커다란 만에 있는 작은 보트부터 울어대는 새까지 모든 게 소설의 전체적인 분위기를 강조해야 한다.

미스터리소설은 기본적으로 두 가지 형태가 있다. 범죄자의 행동과 경찰의 조사 과정을 특히 사실적으로 그리는 소설, 그리고 탐정(셜록 홈스나 미스 마플처럼 경찰이 아닌)의 성격, 생활 모습, 사건 조사 과정에 좀 더 집중하는 소설이다. 전자의 경우 묘사는 좀 더 딱딱하고 핵심을 찌르는 경향이 있고 실제로 일어난 충격적인 사건(대개 살인 사건)과 법의학 보고서, 경찰청 내의 알력 같은 것을 중요시한다. 후자의 경우 초반에 누군가의 시체가 발견되는 중요한 장면이 등장한다. 그러나 어떻게 죽었는지는 자세히 묘사하지 않는다. 대체로 맨 마지막이 되어서야 비로소 화자인 탐정이 자신이 알아낸 것을 설명하고 살인자의 정체를 밝힌다.

어느 형태의 미스터리소설이든 범죄 자체보다는 그 범죄를 해결하려 노력하는 사람들을 훨씬 더 강조해야 한다. 이를 가장 잘 보여주는 게 알프레드 히치콕의 영화다. 그의 영화에서는 실제 범죄가 행해지는 모습은 보기 힘들다. 기껏 영화 「사이코Psycho」의 샤워 장면 정도다. 우리가 보는 건 거의 언제나 범죄에 대한 인물들의 반응인데, 이들은 영화 「이창Rear Window」에서 다리를 다친 신문기자 제프리처럼 실제 목격자도 아니다. 제프리는 망원경으로 다른 아파트를 훔쳐보다가 우연히 살인 현장을 목격하고 사람들에게 알리려고 애쓴다. 그는 범죄가 일어나는 것을 실제로 보지 못하고 관객도 마찬가지다. 관객이 보는 건 그가 천천히 그리고 신중하게 퍼즐 조각을 맞춰가며 사건을 해결하는 모습이다. 이게 바로 미스터리소설의 독자들이 봐야 하는 것이다.

SF·판타지소설, 기발하지만 공감되게

대개의 장르소설이 현재나 특정한 시점에 존재하는 장소를 배경으로 하는 반면 SF소설과 판타지소설은 작가가 장소를 온전히 만들어내야 한다. 그러나 언제나 그렇지는 않으며 실제와 약간 다른 현실적인 장소일 때도 있다.

아이작 아시모프의 『파운데이션Foundation』은 대은하계의 제국 수도인 트렌터 행성에 한 인물이 도착하는 것으로 시작한다. 그는 가장 높은 건물 꼭대기로 올라가 광활한 전경을 내려다본다.

그는 땅을 볼 수가 없었다. 땅은 나날이 늘어가는 인공 구조물 속에 묻혀버렸다. 회색빛 하늘 위로 획일적인 높이로 솟아오른 금속 구조물들의 경계선 말고는 지평선도 보이지 않았다. 그는 행성의 모든 땅이 다 이런 모습이라는 것을 알고 있었다. 눈에 보이는 움직임은 거의 없었지만(하늘에 떠다니는 유람선 몇 대 말고는) 이 세계를 덮고 있는 금속 껍데기 밑에는 수십억 명이 탄 차량이 분주히 다니고 있다는 것을 알고 있었다.

이 짧은 문단은 한 장소에 대해 엄청나게 많은 세부 사항을 담고 있다. 우리는 이곳을 처음 보는 젊은 남자의 눈을 통해 이 행성이 인공 구조물로 완전히 뒤덮여 있고 수십억 명의 주민은 행성의 금속 껍데기 밑에 숨어 있다는 것을 즉시 알게 된다.

소설에 나오는 미래적이고 환상적인 장소에 대한 묘사는 기발해야 한다. 하지만 그전에 무엇보다도 먼저 이 장소는 지구에 발 딛고 사는 평범한 독자들도 공감할 수 있는 행동이 벌어지는 무대가 되어야 한다. 앞의 예를 다시 한번 생각해보자. 어떤 독자가 굉장히 멋진 어떤 곳을 내려다보거나 올려다보며 아드레날린이 마구 샘솟는 경험을 한 적이 없겠는가? 그 어떤 곳은 그랜드캐니언일 수도 있고 에펠탑일 수도 있다. 내 경우에는 십 대였을 때 막 완공된 아스트로 돔의 거대한 천장을 올려다보면서 아드레날린이 솟구쳤다. 독자들은『파운데이션』에서 트렌터 행성을 바라보고 있는 인물이 어떤 기분일지 정확하게 알고 있다. 트렌터에 가보았기 때문이 아니라 그런 곳에 가보았기 때문이다.

앞서 7장에서 이야기했듯 장소는 그곳에 부합하는 일정한 체계나 화성의 대기처럼 이미 존재하는 법칙에 따라 항상 일관성 있게 묘사되어야 한다. 미래의 공간을 상상으로 만들 때는 평소보다 더 많은 묘사를 해야 할 수도 있다. 그러나 그 경우에도 독자들이 알 수 있는 용어를 사용해야 한다.

한 가지 덧붙일 점이 있다. SF소설 또는 미래소설을 쓸 때 사실이 아니라는 점 때문에 논란에 휘말릴 걱정은 전혀 할 필요가 없다. 누구도 작가가 예언자기를 바라지 않는다. 단지 뛰어난 이야기꾼이길 기대할 뿐이다. 조지 오웰의 소설『1984Nineteen Eighty-Four』도 결국 사실이 되지 않았으며, 클라이브 커슬러의『타이태닉호를 인양하라Raise the Titanic』도 사실이 아니다. 그래서 어쨌다는 말인가? 이들은 예언서를 쓰려 한 적이 없다. 소설을 쓰고자 했다. 그리고 이는 언제나 우리의 유일한 목표가 되어야 한다.

서부소설, 거칠고 자유로운 정신

서부소설을 읽는 독자들은 장르에 대한 충성도가 대단히 높으며 기대하는 바도 분명하다. 첫째, 총 싸움이나 주먹 싸움, 가축들이 놀라서 우르르 도망치는 소동 같은 다양한 사건을 기대한다. 둘째, 이러한 일이 대부분 '야외'에서 일어나기를 기대한다. 술집이나 보안관 사무실 안, 대장간이나 먼 평원에 있는 오두막집 같은 실내가 묘사되는 경우도 있다. 그러나 대부분은 평원에서 일이 일어나야 한다. 광활한 서부의 전경과 그곳의 날씨를 최대한 활용하자. 오래된 서부민요 중에 「언덕 위의 집Home on the Range」이라는 노래가 있다. 서부소설 독자는 목장에 관심이 많다. 그러니 목장을 보여주자.

서부소설의 작가는 밝은 태양 아래에 펼쳐진 광활한 초원을 묘사할 수도 있고, 바람에 일렁이는 초원의 황금빛 바다를 묘사할 수도 있다. 아니면 가파른 바위 절벽에 둘러싸인 깊은 협곡과 그 밑을 구불구불 흘러가는 작은 강을 묘사할 수도 있다. 또 한 세기도 훨씬 전부터 서부의 대지 위에 여기저기 흩어져 있어온 마을들을 보여줄 수도 있다. 옛 광산의 한 막사를 그릴 수도 있다. 로키 산맥의 고지대에 갓 생겨난 마을, 비만 내리면 진흙탕으로 변하는 거리, 안개 낀 추운 날 아침에는 소나무와 포플러나무 위로 모닥불 연기가 모락모락 피어나는 곳, 소를 수송하기 위해 세운 철도역이 있는 탁 트인 평원 마을을 묘사할 수도 있다. 아니면 덜컹거리는 역마차의 비좁은 내부와 창문으로 스쳐 지나는 시골 풍경을 담아낼 수도 있다.

서부소설의 작가는 인물 묘사를 통해 서부의 거칠고 자유로운 정신을 되살려야 한다. 서부 사투리를 섞어 더욱 강렬한 이미지를 주면서 말이다. 엘머 켈턴은 소설 『조 페퍼Joe Pepper』에서 늙은 카우보이인 화자가 한때 알던 소녀를 기억하는 대목에서 이 방법을 사용한다.

내가 알리의 여동생에 대해 얘기한 적이 없지. 그 애의 이름은 밀리였는데. 알리는 사실 보잘것없었어. 키가 비쩍 크고 마르고 등은 살짝 굽었고 한쪽 뺨에 양키의 총알이 그를 한 수 봐주면서 지나갈 때 생긴 상처가 있었지. 그러나 밀리는 가족 중 엄마를 빼닮은 게 분명한데…… 난쟁이를 간신히 면할 정도로 작았고, 연한 갈색 빛 머리는 옥수수염을 떠오르게 했어. 그리고 눈은? 구두쇠의 심장도 녹일 만큼 정말로 푸른 눈이었지.

"총알이 한 수 봐주면서", "난쟁이를 간신히 면할 정도"라는 표현은 다른 장르에서라면 좋은 묘사라고 보기 어렵다. 그러나 이 소설처럼 인물이 장소와 긴밀히 이어지는 이야기에서 이런 표현은 마치 손에 맞춘 장갑처럼 꼭 들어맞는다.

서부소설에서는 황야나 마을 중 어떤 배경을 선택하든 세부
사항을 통해 그 배경을 드러내야 한다. 서부는 아주 광활하다(적
어도 우리가 알고 있기로는). 그러니 소설에서도 드넓은 서부를 그
려야 한다. 많은 서부영화가 와이드스크린으로 제작되는 건 결코
우연이 아니다. 존 포드나 하워드 호크스 같은 거장 감독들은 관
객이 원하는 것을 정확히 알고 있었다. 소설가도 그래야 한다. 시
네마스코프나 비스타비전 같은 와이드스크린 방식을 쓸 수는 없
지만, 소설가의 도구 상자에는 상상력과 세심한 글쓰기라는 도구
들이 들어 있다. 그러니 서부의 웅장하고 영광스러운 광경을 글
에 담아 보여주자.

로맨스소설, 신체 묘사에 공들일 것

로맨스소설의 핵심은 로맨스 즉 '사랑'이다. 그러나 러브스토리
가 독자의 관심을 끌기 위해서는 다른 것들도 강조해야 한다. 로
맨스소설을 읽는 독자들은 인물의 의상과 실내 장식, 보석과 리
무진 차, 우아한 저택과 펜트하우스에 대한 공들인 묘사에 특히
흥미를 보인다. 다시 말해 다른 장르의 소설에서는 흔히 보기 어
려운 묘사를 기대한다. 많은 로맨스소설이 이렇게 번쩍이는 무대
와 화려한 물건들 사이에서 펼쳐지지만, 물론 모든 로맨스소설이
다 그런 건 아니다. 상황과 주변 환경이 어떻든 간에 결국 로맨스
소설을 끌고 가는 건 연인의 달콤한 속삭임, 누군가의 계략과 음
모, 첫눈에 반하는 일 등등이다. 이러한 것들을 제대로 묘사하지

못하면 로맨스소설은 결국 아무것도 아닌 게 되어버린다.

어맨다 퀵은 빅토리아 시대의 런던을 배경으로 한 역사로맨스소설 『러브 어페어Affair』에서 최초의 가로등을 이야기함으로써 소설 속 시대를 명시하고, 안개를 슬쩍 언급함으로써 런던이라는 장소를 확정하며, 한 인물이 다른 인물의 '위험한 행동'에 대해 궁금해하게 만듦으로써 미스터리한 상황을 만든다.

최근 이 지역에 설치된 희미한 가스등은 안개 속에서는 멀리까지 비추지 못했다. 그와 샬럿이 가스등이 비추는 짧은 구역을 벗어나 있으면 그들이 거기에 있는지 알아보기 어려웠다. 그럼에도 백스터는 사장이 위험한 행동을 하지 않도록 다시 한번 설득해보는 게 좋겠다고 생각했다.

이 소설의 다른 부분에서는 한 인물이 입고 있는 드레스에 대한 묘사가 나온다.

노란색 모슬린 천으로 만든 드레스는 허리선이 높고 긴 소매와 하얀 주름 깃으로 꾸며져 있다. 가장자리를 장식하는 촘촘한 주름 밑으로 노란색 새끼 염소 가죽 슬리퍼가 삐져나와 있었다.

인물이 어떤 옷을 입고 있는지 이렇게 자세히 묘사하는 부분은 다른 장르에서는 거의 보기 힘들다. 패션에 대한 지대한 관심은 로맨스소설의 특징 중 하나다. 이는 단지 예쁜 것을 보여주기 위해서만이 아니다. 패션은 역사로맨스소설에서는 그 시대에 대한 전반적인 묘사에 큰 역할을 하고, 현대로맨스소설에서는 인물이 속한 사회 계층을 알려준다.

로맨스소설에서는 또한 인물의 신체 묘사에 무척 집중하며 인물들을 좀 더 매력적으로 만드는 상냥한 성격과 자질을 강조하는데, 이 또한 패션과 마찬가지 기능을 한다.

앞서 이야기했든 장르마다 일정한 양식이 있으며 독자가 기대하는 바가 다르다. 로맨스소설 독자들은 건물의 실내 장식, 의상 그리고 인물의 신체적 특징에 대한 세세한 묘사를 기대한다. 그러므로 그러한 묘사를 충분히 해야 한다.

공포·스릴러소설, 복선과 단순함

공포소설, 스릴러소설에서는 인물들이 입고 있는 옷이나 살고 있는 화려한 집과 가구들보다 그들이 무슨 일을 하려 하고 또 무엇을 두려워하는지에 집중해야 한다.

스티븐 킹의 『살렘스 롯Salem's Lot』에 나오는 문장을 읽어보자.

매트는 자동차 소리가 완전히 사라진 후에도 두 손을 재킷 주머니에 넣은 채 1분 가까이 문 앞에 서 있었다. 그는 언덕 위에 있는 그 집에서 눈을 뗄 수가 없었다.

언덕 위에 있는 그 집이 왜 중요한지는 언젠가 분명히 밝혀질 것이다. 그리고 그전에 다른 인물도 그 집을 주시하거나 또는 계속 의식하고 있으리라는 것을 장담할 수 있다. 왜냐하면 '공포의 제왕'이라 불리는 스티븐 킹은 복선을 사용하는 재능이 탁월한 작가이기 때문이다.

이렇게 써야 한다. 한 인물이 다른 인물에게 어떤 일이 있어도 다락방에 절대로 올라가지 말라고 말했다고 치자. 그러면 작가는 그 후 다락방을 자주 언급하거나 아니면 그 다락방에서 도대체 무슨 일이 벌어지는지 독자가 궁금해하게 만들어야 한다. 독자들은 소설의 후반부에 이를 때까지, 어쩌면 마지막까지도 그곳에 무엇이 있는지 '알지 못할' 가능성이 높다. 그럼에도 다락방은 독자의 마음속에서 떠나지 않아야 한다. 그리고 이렇게 독자가 마음속으로 다락방을 계속 생각하게 만들 수 있는 사람은 오직 작가뿐이다. 한밤중 다락방에서 이상한 소리가 들려오게 하는 것도 괜찮은 방법이다.

만약 이상한 다락방이 소설의 주요 부분이라면 다락방이 계속 등장하는 게 소설에서 가장 중요한 배경이 된다. 주인공이 한동안 다락방을 보지 못하더라도 말이다.

단어라는 도구 하나로 무서움의 대상을 만들어내는 일은 분명히 어려운 과제다. 그러나 이는 공포소설이나 스릴러소설을 쓰기로 한 이상 피할 수 없다. 가장 좋은 방법은 강력한 복선을 만들거나, 아니면 무서운 대상에 대한 인물의 반응을 그릴 때 때때로 "적을수록 좋다(단순한 것이 아름답다)"라는 격언을 따르는 것이다. 그 외에는 사물 자체를 시각적으로 묘사하는 게 가장 효과적이다. 독자에게 보여주고 싶은 게 무엇인지, 느끼게 해주고 싶은 게 무엇인지 정확하게 파악한 뒤에 모든 선택의 기준으로 삼자.

마무리: 다양한 장르 섭렵

이 장에서는 여러 장르의 소설을 쓸 때 배경을 묘사하는 구체적인 방법들을 살펴보았다. 소설의 장르에는 이외에도 유머(명랑)소설, 풍자소설, 액션소설, 전쟁소설 등이 있다. 우리가 여기에서 알아본 기술들은 이러한 장르의 소설을 쓸 때도 효과적이다. 앞에 나온 다양한 도구는 특정한 장르에만 효과가 있는 게 아니므로 장르에 따라 선택할 수 있다. 예를 들어 긴장감은 미스터리소설에서만 중요한 게 아니다. 서부소설과 로맨스소설에서도 긴장감이 필요한 경우가 많고, 역사적 사실도 때로는 모든 장르에서 필요하다.

서점이나 도서관에서 다양한 분야의 책들을 읽으며 시간을 보내면 매우 좋다. 앞서 1장에서 우리는 글쓰기에는 세 가지가 함께 어우러져야 한다고 배웠다. 첫째 다양한 기법을 잘 배우고 활용할 것, 둘째 노련한 작가들로부터 다양하게 배울 것, 셋째 신중하게 쓸 것. 여기서 둘째 항목을 보자. 우리는 그저 자신이 즐겨 읽는 특정한 한두 장르만 읽어서는 안 된다. 훌륭한 작가들은 여러 장르에서 뛰어난 본보기를 보여준다. 그러므로 우리는 독서의 폭을 넓혀야 한다.

나는 SF소설을 오랫동안 읽지 않았다. 내가 좋아하는 역사소설, 추리소설과 달리 SF소설은 허황된 이야기라는 생각이 있었기 때문이다. 그러던 중 한 친구가 아서 C. 클라크의 『유년기의 끝 Childhood's End』을 읽어보라고 강력히 권했다. 그 작품의 강렬한 이미지는 정말 충격적이었고 책을 덮은 후에도 오랫동안 떠나지 않았다. 다음에 레이 브래드버리의 『화성 연대기』를 읽었는데, 이 작품에서 감동과 재미를 느꼈을 뿐 아니라 글쓰기에도 다른 작품 못지않게 많은 영향을 받았다. 그 후에 나는 여러 장르로 관심을 넓혀 책을 읽었으며 서부소설, 판타지소설, 로맨스소설 등 전혀 생각하지 않았던 장르소설도 많이 읽었다. 이렇게 다양한 소설을 읽은 덕분에 나는 더 좋은 작가가 되었다고 생각한다. 폭넓은 분야의 소설을 읽어 즐거웠다는 것으로는 표현이 부족하다. 나는 책에 관해서 엄청난 대식가가 되었고 앞으로도 계속 그럴 것이다. 이 책을 읽는 당신도 독서의 과식에 빠지길 바란다.

장르를 넘어 독서의 지평을 넓히고자 하는 사람들을 위한 짧은(그리고 불완전한) 추천 도서 목록

주의사항: 이 도서 목록은 그저 내 개인적인 취향일 뿐이다. 장르를 고르기 전에 여기 있는 작품보다 훨씬 더 많은 책의 표지 문구를 읽어보길 권한다.

- 미스터리소설

『장미나무 아래의 죽음』, 엘리스 피터스, 북하우스, 2000
『살인을 예고합니다』, 애거서 크리스티, 황금가지, 2013

• SF소설

『유년기의 끝』, 아서 C. 클라크, 시공사, 2016

『화성 연대기』, 레이 브래드버리, 샘터사, 2010

『파운데이션』, 아이작 아시모프, 황금가지, 2013

• 로맨스소설

『러브 어페어』, 어맨다 퀵, 큰나무, 1999

• 공포소설

『살렘스 롯』, 스티븐 킹, 황금가지, 2005

『고스트 스토리』, 피터 스트라우브, 황금가지, 2004

『뱀파이어와의 인터뷰』, 앤 라이스, 황매, 2009

작가 일지나 공책에 적어놓은 아이디어 또는 완성한 원고를 다시 읽어 보자. 그리고 다른 장르라면 어떻게 쓸 수 있을지 생각해보자.

서부소설이라면 플롯이 어떻게 전개될까? SF소설, 판타지소설, 로맨스소설에서라면 또 어떨까? 미스터리소설에서는 어떻게 쓸 수 있을까?

이미 선택한 장르가 가장 잘 어울린다고 생각할 수 있지만 다른 장르가 더 맞겠다고 마음이 바뀔 수도 있다. 그렇다면 새로운 장르에 맞춰 당연히 배경도, 배경 묘사도 함께 바꿔야 한다.

흥미로운 역사적 사건을 몇 가지 떠올려 보고 그중 한두 가지를 역사소설에 사용할 방법을 생각해보자.

예를 들어 1968년 시카고 민주당 전당 대회에서 발생한 폭동은 한 진보주의자와 한 보수주의자의 러브스토리를 위한 훌륭한 배경막이 될 수 있다. 진정한 사랑은 언제나 이루어진다. 그렇지 않은가? 소설을 통해 그 사실을 시험해볼 수 있다.

도서관에 가서 장편소설을 세 권 이상(읽을 시간이 충분하다면) 또는 단편소설을 세 편 이상(시간이 없다면)을 고른다. 단, 평소 전혀 읽지 않는 장르에서 대표작을 하나씩 골라야 한다.

읽으면서 특히 작가가 묘사와 배경에 어떤 기법을 사용하고 어떤 단어를 쓰는지 살펴보자. 공책에 정리하자. 열심히 익히자. 그러고 나서 새로운 지식을 자신의 소설에 적용하자.

9장

전개:
묘사와 배경을
통한 진전

장소를 넘어설 장소, 시대를 넘어설 시대를 선택하는 것.
배경은 신중한 단어 선택 그 이상이다.

아주 무더운 여름날 오후, 나는 미시시피주 잭슨시의 어느 집 앞에 차를 세우고 차 안에서 별 이유 없이 그 집을 물끄러미 바라보고 있었다. 길 양쪽에 늘어선 다른 집들과 크게 다를 바 없는 집이었다. 오래된 대학의 길 건너편에, 오래된 나무들 사이에 멋지게 놓인 낡은 집이었다. 내가 그 집을 쳐다보았던 이유는 그곳에 사는 한 나이 많은 여성 때문이었다. 그곳이 작가 유도라 웰티의 집이었던 것이다.

미시시피에 간 건 창작 세미나 때문이었는데, 나를 여기저기 데려다주기로 한 운 나쁜 한 남자도 함께 차 안에 있었다. 우리 둘은 마치 대단한 일이라도 벌어질 것처럼 그 집과 잘 다듬어진 잔디를 뚫어져라 보고 있었다. 아무 일도 없었고 무슨 일을 기대한 것도 아니었다. 그러나 위대한 작가에게 경의를 표할 기회를 그냥 지나치면 안 된다고 생각했다.

그렇게 나의 경호를 받은 얼마 후 세상을 떠난 웰티는 플래너리 오코너, 윌리엄 포크너와 함께 빛나는 남부 문학의 최고봉에 오른 작가다. 이들 모두는 소설 쓰기의 기술과 기법에서 탁월한 경지에 이른 달인이다. 이들을 세계가 인정하는 최고의 반열에 올려놓은 기술 중 하나가 묘사와 배경을 사용해 소설 속 모든 사건을 앞으로 나아가게 한 것이다. 웰티의 기술은 특히 뛰어났다. 그 여름날 오후 우거진 나무들 가운데서 아주 편안한 느낌을 주는 그녀의 집을 쳐다보다가 문득 떠올랐다. 그녀의 집이 남부를 소재로 한 소설에 들어맞는 완벽한 배경이 될 것이라는 생각이었다. 나는 블랑쉬 드보아 또는 스노프 대령이 손에 민트 줄립(민트와 버번을 섞은 음료)을 들고 널찍한 현관 베란다에 서 있는 모습을 상상했다. 그리고 모든 것을 확신에 차고 여유 있는 문체로, 목련꽃 향기가 감도는 부드러움과 향기로움이 가득한, 투지와 정신력이 살아 있는 문체로 묘사한다면 완벽했다. 훌륭한 작가라면 배경을 묘사하여 소설의 다른 면도 돋보이게 한다. 단지 어떤 일이 벌어지는 장소가 아닌 그 이상으로 활용한다.

그러면 이를 위해 소설에서 장소와 시대를 어떻게 묘사하면 좋을까? 웰티가 늙은 흑인 여자를 묘사한 문장에서 배경을 보자. 논쟁의 여지가 있지만 웰티의 걸작으로 꼽히는 단편소설 「구불구불한 오솔길A Worn Path」에서 주인공은 아픈 손자를 위해 약을 받으러 수없이 오가던 오솔길을 지나 마을로 걸어가면서 이렇게 혼잣말을 한다.

"걷기에 적당하군." 그녀가 말했다. "여기는 쉬운 곳이야. 쉽게 갈 수가 있지."

그녀는 조용히 서 있는 헐벗은 나무들 사이를 이리저리 비켜가며 길을 따라갔다. 죽은 나뭇잎을 매단 채 열 지어 서 있는 은빛 나무들 사이를 지나 햇빛에 바랜 은빛 오두막들을 지났다. 오두막의 문과 창문은 널빤지로 막아두었고 모두 마법에 걸린 늙은 여자가 앉아 있는 듯 보였다. "난 그들의 잠을 가로질러 걸어가지." 머리를 세게 흔들며 그녀가 말했다.

여기서 장소는 주인공인 늙은 여자만큼이나 매우 현실적이다. 적나라한 현실은 형용사(쉬운, 조용한, 헐벗은, 죽은)와 의외의 색깔(은빛 나무와 은빛 오두막. 둘 다 특이한 색으로 너무 오래 그곳에 있었음을 나타낸다)로 강조되고 있다. 작가는 '은빛'을 한 번이 아니라 두 번이나 썼다. 독자가 이 색을 보길 원했기 때문이다. 기운이 쇠한 땅과 낡은 집 그리고 늙고 지친 여자 사이의 유사성을 놓치지 않길 바란 것이다. 그리고 이미지에 설득력을 더하기 위해 의인화를 사용한다. 오두막은 "마법에 걸린 늙은 여자"이며 그 늙은 여자는 자신이 "그들(오두막집)의 잠을 가로질러 걸어"간다고 느낀다. 또한 작가는 마치 음절 하나하나가 힘이 드는 것처럼 단어를 가능한 한 적게 썼다. 나이 든 사람이 먼 길을 걸어갈 때는 정말로 그렇게 힘들 것이다. 이 모든 요소(섬세한 단어 선택에서 탈진하기 직전의 감정까지)가 인물의 여정을 완벽히 살아 있는 것처럼 그린다.

소설을 쓸 때 이와 같이 묘사와 배경을 할 수 있는 방법을 찾자. 장소와 시대를 어떻게 정하든 이야기 전체를 확장하고 상세하게 만들 세부 사항을 많이 수집하자. 가장 좋은 방법은 세 가지다. 첫째, 묘사와 배경으로 주제 부각하기. 둘째, 전반적인 분위기 드러내기. 셋째, 한두 가지 갈등 심화하기.

주제를 부각하는 법

소설에서 주제를 다룰 때는 이 점을 명심하자. 전달하고자 하는 사회적, 종교적, 정치적 메시지가 무엇이든 간에 독자에게 끊임없이 설교해서는 안 된다. 사실 어떠한 메시지를 전달하려 들지도, 큰 소리로 말하지도 말라고 충고하고 싶다. 물론 업턴 싱클레어는 『정글Jungles』을 쓸 때 미국 도살장의 실태를 폭로하려고 마음먹었을지도 모르고, 해리엇 비처 스토는 『톰 아저씨의 오두막 Uncle Tom's Cabin』을 쓰면서 노예제 폐지에 도움이 되기를 바랐을 수도 있다. 그러나 현대의 독자들은 소설을 읽으면서 훈계를 원하지 않는다. 재미를 바랄 뿐이다. 그러므로 우리가 쓰는 소설은 이교도를 개종시키려는 십자군이 아니라 흥미 있는 이야기여야 한다. 더구나 소설이 책으로 출판되고 많은 독자가 읽어주길 바란다면 무엇보다 좋은 이야기가 되어야 한다.

　좋은 이야기를 만드는 한 가지 방법은 묘사와 배경을 통해 주제를 강조하는 것이다. 그전에 우선 주제라는 용어의 의미를 살펴보자. 많은 사람이 학교 수업을 통해 문학의 주제란 진실, 평등, 자존감같이 돌에 깊이 새겨둘 만큼 진중하고 숭고한 이상이라고 생각한다. 이러한 생각을 주입한 교사들은 학생들에게는 물론 문학 그 자체에도 대단히 나쁜 일을 한 것이다. 왜냐하면 현실에서나 소설에서나 무엇도 그렇게 한 단어로 꼬집을 수 없기 때문이다. 내가 생각하는 주제는 작가가 어느 특정한 장면에서 전달하고자 하는 것이다. 즉 '영원한 사랑'이 소설의 주제인 게 아니고, 여섯 번째 장면의 주제가 '데이트 상대를 구하려고 노력하기'일 뿐이다. 소설은 한 가지 숭고한 주제가 아니라 여러 가지, 어쩌면 아주 많은 주제를 다루어야 한다.

그레그 토빈의 소설『콘클라베Conclave』의 강력한 주제 중 하나는 권력 속에서 벌어지는 권모술수와 음모로 교황 선출을 둘러싸고 이야기가 펼쳐진다. 작가가 주제를 전달하기 위해 묘사를 얼마나 섬세하게 하며, 험악한 주변 환경(추기경단과 고위 성직자들)을 어떻게 그리는지 살펴보자.

교황의 시종이자 재무관이 멀레난을 돌아보았다. "회중에게 말해도 좋습니다."

다시 벤홈이 항의하려 했으나, 포틸로가 분명하게 고개를 흔들며 자리에 앉으라고 지시했다. 벤홈은 그 자리에 서서 한동안 수사들의 얼굴을 바라보다가 자리에 앉았다.

티모시 멀레난은 방 앞쪽으로 천천히 걸어가 운명, 또는 신의 뜻으로 판결을 내린 원로 성직자들을 향해 얼굴을 돌렸다.

이렇게 감정이 고조되는 장면에서 작가의 노련한 묘사는 긴장감을 생생히 보여줄 뿐만 아니라 주제까지 부각한다. 앨런 드루리는 『조언과 동의』에서 이와 비슷한 주제를 다루고 있다. 이 소설의 배경은 상원 의회의 인사청문회다. 속임수와 음모라는 주제는 바티칸 교황청이나 상원 의회만큼 위엄 있는 권력 공간이 아니더라도 쓸 수 있다. 사실 속임수와 음모는 모든 곳에서 일어난다. 노동자 수천 명을 파업으로 내몰 노동조합 선거 이야기가 어떤 인물이 무력하게 만들려는 공장의 휴게실을 배경으로 펼쳐질 수도 있다. 음울함과 긴장감을 강조하기 위해 배경인 방을 느리게 가는 시곗바늘 소리, 커피메이커의 거친 진동 소리, 철저히 실용적인 느낌의 무채색 카펫과 벽지를 이용해 묘사해보자. 아침 식탁에도 작은 음모가 등장할 수 있다. 부모를 속이려는 교활한 십 대 소년이 진실을 알고 있는 아버지에게 응분의 벌을 받게 되는 이야기는 어떨까? 이 경우라면 아마도 소년이 뭔가 잘못되어 가고 있다는 걸 깨닫는 바로 그 순간 토스터에서 식빵 두 장이 요란한 소리를 내며 튀어 올라와야 할 것이다. 아니면 소년을 고양이처럼 묘사할 수도 있다. 소년이 스스로 은밀히 행동한다고 여기는 만큼 고양이도 은밀히 움직이기 때문이다.

이제는 고전 논픽션으로 방향을 돌려 훌륭한 작가가 물질적이지도 구체적이지도 않은 주제를 묘사와 물리적 배경을 사용해 어떻게 부각하는지 알아보자. C. S. 루이스는 자전적 수필 『예기치 못한 기쁨Surprised by Joy』에서 자신을 강고한 무신론자에서 기독교인으로 마음을 돌리게 한 책을 구입한 어느 날 오후의 풍경을 꼼꼼하게 묘사한다. 그 순간은 루이스의 삶에서 엄청나게 중요한 때였다. 그는 독자들이 그 장소를 보고 듣고 느끼길 원했다. 그리하여 변화의 미래 즉 자신의 내면의 변화만이 아니라 자신을 둘러싼 일상 세계에서 매일매일 증명되는 새로운 가능성을 진실하게 느끼길 바랐다.

아래 단락에서 루이스는 오래전 10월의 어느 오후를 보여주고 있다. 그는 헌책방에서 조지 맥도널드의 『판타스테스Phan-tastes』를 집어 들었고, 그 책은 말 그대로 그의 인생을 바꿔놓았다.

레더헤드 역의 플랫폼에는 나와 역무원 한 명만이 있었다. 주변은 이미 어두워져서 엔진 연기가 용광로를 반사해 기차 아래쪽이 발갛게 보였다. 도킹 계곡 너머의 언덕은 짙푸르다 못해 보라색으로 보였고 하늘은 서리가 낀 듯 초록색으로 보였다. 추위 때문에 귀가 간지러웠다. 책과 함께 보낼 멋진 주말이 나를 기다리고 있었다.

플랫폼에 서 있는 젊은 청년은 그 사실을 전혀 모르지만 지금 커다란 변화를 겪고 있다. 여기서 배경 또한 함께 변하고 있다는 점에 주목하자. 어둠이 내리고 먼 언덕과 하늘의 빛이 변하고 있다. 그는 그곳에 있는 사물들, 기차역과 저물어가는 햇빛, 차가운 공기와 언덕을 이용해 그곳에 있지 않은 어떤 것, 바로 자신의 내면에서 벌어지려고 하는 위대한 변화로 주의를 집중시키고 있다. 그리고 미래에 대한 희망, 즉 그가 기차에서 읽기 시작할 작은 책에서 비롯될 희망을 깨닫지 못한 채 그저 독서하며 보낼 즐거운 주말에 대한 기대로 마무리를 짓고 있다.

위 글의 기차역처럼 소설 속 공간은 세부 사항이 풍부해야 한다. 전달하고자 하는 주제가 무엇이든 배경 묘사를 통해 독자의 관심을 집중시켜야 한다. 만약 소설 속 주인공이 낮은 자의식 또는 보잘것없는 자아 이미지에 시달리고 있다면, 주인공이 아이스크림 가게에 주저앉아서 초콜릿 아이스크림을 마구 퍼먹고 있는데 뚱뚱한 사람들이 가게의 작은 의자 안에 몸을 구겨 넣는 모습을 묘사할 수 있다. 그들이 자신의 문제를 해결하기 위해 아무 노력도 하지 않는다면 독자들은 주인공 또한 그럴 거라고 짐작하게 된다. 즉 인물이 처한 상황을 더욱 분명히 보여주고, 성공 또는 실패라는 결론을 향해 주제를 부각하는 데 배경과 배경 묘사를 이용하는 것이다. 이때 주인공은 문제를 해결하기 위해 행동하든지 아니면 아이스크림을 더 주문해 먹을 것이다.

분위기를 드러내는 법

우리의 하루는 어떤 기분으로 보내느냐에 따라 크게 좌우된다. 소설 속에서는 인물의 감정에 따라 인물의 하루가 정해짐은 물론 이야기의 흐름도 결정된다.

　호메로스의 『일리아스Ilias』에서 아킬레우스는 트로이의 넓은 평원에 세운 막사에서 뿌루퉁해하면서 여러 해를 보낸다. 그리스를 위해 계속 싸울 것인지 아니면 군사를 이끌고 고향으로 돌아갈지를 고민하면서 말이다. 『일리아스』는 거대한 목마로 막 내린 오랜 전쟁 이야기이자 날씨와의 싸움을 다룬다. 아킬레우스는 그리스군의 주요 인물이므로 그의 감정이 이 모험담의 분위기를 음

침하고 불길하게 이끌어간다.

마침내 아킬레우스가 막사를 떨치고 나와 행동으로 뛰어들 때 감히 자신과 맞서는 실수를 저지른 헥토르 왕자와 트로이 군사들을 순식간에 해치우면서 모든 이야기는 활기를 띤다. 전체적인 분위기는 이전까지의 조용한 관조, 구상, 그리고 끝없는 기다림에서 시끄럽고 칼이 부딪치고 나팔이 울려 퍼지는 움직임으로 바뀐다. 소설의 분위기가 한 인물의 감정에 따라 급격히 변한 것이다.

이런 변화는 우리가 쓰는 소설에서도 일어날 것이다. 아니, 일어나야 한다. 아킬레우스의 기분이 『일리아스』의 전개에 속도를 실어준 것처럼 장소와 인물의 감정은 우리가 쓸 이야기를 진전시켜야 한다.

때때로 지배적인 분위기는 인물이 아니라 배경에서 나온다. 그리고 배경 묘사가 분위기를 확실히 자리 잡게 한다. "캄캄하고 폭풍우가 치는 밤이었다" 같은 문장도 그런 역할을 한다. 그러나 이는 유일한 선택이 아니며 또 언제나 최선의 선택도 아니다.

분위기를 드러내는 데 묘사와 배경은 모두 유용하게 쓰인다. 니콜라스 메이어의 『셜록 홈스의 7퍼센트 용액The Seven-Per-Cent Solution』에서 한 단락을 살펴보자.

앞이 보이지 않았다. 아무리 둘러봐도 눈을 찌르고 폐에 해로운 유황 연기의 벽뿐이었다. 런던은 몇 시간 사이에 소리가 빛을 대신하는 소름끼치는 환상의 세계로 변해버렸다.

여기저기서 자갈길을 달려가는 말발굽 소리, 보이지 않는 건물 앞에서 그릇을 사라는 노점상의 외침이 내 귀에 달려들었다. 어둠 속 어딘가에서 맹인 거리 악사가 오르간을 삑삑대며 연주하고 있었다. 「가엾고 작은 미나리아재비」이라는 불길한 노래를……

앞의 두 문단에서 전반적인 분위기는 장소 묘사에 따라 결정된다. 이 글에서 안개('안개'란 낱말은 한 번도 직접 나오지 않는다)는 동시에 여러 가지 일을 한다. 앞이 안 보이게 하고, 연기의 벽을 만들며, 눈을 찌르고, 폐에 해롭다. 독자들은 배경을 보고 느끼고 난 후에 감각의 기어를 바꿔 귀로 듣기 시작한다. 자갈길을 달려가는 말발굽 소리와 노점상의 외침이 들려오고, 마침내 거리의 맹인 악사가 연주하는 소리도 들린다. 작가는 우울하고 불길한 감정을 확실히 보여주기 위해 '삑걱대며', '불길한' 같은 강한 느낌의 낱말을 사용한다. 감각적 묘사에 관해 5장에서 말한 내용들을 다시 한번 상기해보자. 감정이나 분위기를 묘사할 때는 독자가 직접 물리적 주변 환경을 보고, 듣고, 느끼고, 맛보고, 냄새 맡게 하는 것이 가장 좋은 방법이다.

이제 독자들은 안개와 침울한 감정에 완전히 젖어드는데, 이로써 어떻게 이야기를 앞으로 진전시킬 수 있을까? 방법은 이렇다. 앞의 단락과 같은 묘사를 읽고서 마냥 행복하기만 한 러브스토리나 소년과 충성스러운 개가 나오는 감상적이고 흐뭇한 이야기를 기대할 독자는 아마 한 명도 없을 것이다. 독자들은 어쩌면 살인 사건을 기대할 것이다. 악랄하고 교활한 범죄자와 영리한 탐정이 나오고 긴장감이 넘치는 이야기 말이다. 일단 주요 분위기를 설정했다면 이미 소설의 전개 방향을 대부분 결정한 것이나 다름없다. 그러므로 분위기 설정은 소설 쓰기를 할 때 공들여야 할 중요한 일 중 하나다.

이야기를 전개하는 방법은 여러 가지다. 그중 하나가 사소한 행동을 묘사하는 것이다. 대실 해밋은 『몰타의 매The Maltese Falcon』에서 이 방법을 사용한다.

스페이드는 담배꽁초를 접시에 눌러 *끄고* 컵에 담긴 커피와 브랜디를 꿀꺽 마셨다. 그의 찌푸린 얼굴은 사라지고 없었다. 그는 냅킨으로 입술을 닦고 구겨서 테이블 위에 던졌다. 그리고 아무렇지도 않게 말했다. "당신은 거짓말쟁이야."

그녀는 테이블 건너편 자리에서 일어나 발그레한 얼굴에 뻔뻔스러운 까만 눈으로 그를 내려다보았다. "나는 거짓말쟁이에요." 그녀가 말했다. "언제나 거짓말쟁이였어요."

우리는 여기에 자신만만한 인물이 둘 나온다는 설명을 들을 필요가 없다. 두 인물을 벌써 보았기 때문이다. 인물뿐만 아니라 강렬하고 날카로운 분위기가 분명하게 느껴진다. 독자에게 이런 이미지를 생생하게 전달하는 단어들을 보자. 담배꽁초를 천천히 눌러 *끄고*, 커피와 브랜디를 한 번에 꿀꺽 마시고, 냅킨으로 입을 쓱 닦고는 구겨서 테이블 위로 던져버린다. 이 모든 사소한 행동(아직은 매우 평범하고 단순한 행동)이 거짓말쟁이라는 중요한 단어에 앞서 나온다. 그런 후에 여자의 사소한 행동(일어나서 뻔뻔

스러운 까만 눈으로 내려다보는)이 뒤따른다. 끝으로 여기서 작가
는 여자가 대화를 어떤 식으로 말하는지 아무 지시문도 넣지 않
는다. 그 남자가 어떻게 말하는지는 알려주지만 여자의 말에는
아무런 묘사가 없다. 이는 아주 좋은 기법이다. 독자가 저마다의
방식으로 여자의 짧은 말을 상상하며 들을 수 있기 때문이다. 그
러나 그녀의 말 하나하나에는 반항적인 태도가 강하게 배어 있
다. 그녀가 냉정하고 침착한 여자라는 게 의심의 여지없이 드러
난다. 또한 이는 소설의 분위기와도 완벽하게 어울린다. 아주 좋
은 기법이다.

  내가 짧은 두 문단을 놓고 너무 많은 것을 말하고 있다고 생
각하는가? 예시보다 분석과 설명이 더 길다고 말이다. 그렇다. 이
것으로 내가 전하려는 요점은 충분히 증명된 것이다. 즉 소설에
서 모든 단어와 구절은 효과가 있어야 한다. 그렇지 않은 것들은
모두 군더더기다. 원하는 것을 독자의 눈앞에 던져놓기 위해서는
군더더기를 빼는 게 필수다.

  소설에서 즐겁고 평화로운 분위기를 드러내고 싶다면 축제나
화창한 날의 공원을 배경으로 할 수 있다. 아니면 인물의 행동이
나 습관 묘사에 의지할 수도 있다. 평소에는 조용한 인물이 갑자
기 현기증을 느끼고 같이 점심을 먹고 있는 동료에게 컵에 든 물
을 뿌릴 수도 있다. "그날의 감정은 즐거웠고 아무 근심이 없었
다"라고 말해버리는 것처럼 쉽고 뻔한 방법에 결코 의존하면 안
된다. 주변 상황이나 인물의 행동, 또는 그 두 가지를 조합해 분위
기를 보여줘야 한다.

윌리엄 셰익스피어가 울부짖는 리어왕을 폭풍이 몰아치는 언덕 위에 세워놓았을 때, 그곳에서 리어왕이 자신이 딸들을 무척이나 사랑한다는 따위의 말을 외치게 할 수는 없었을 것이다. 인물의 감정과 그날의 분위기는 일치해야만 효과가 높아진다. 리어왕의 내면에서 일어나는 폭풍(딸들에게 당한 배신과 그에 따른 분노)은 그를 둘러싸고 있는 외부의 번개, 천둥, 바람과 같은 것이어야 한다.

소설에서 분위기가 이야기를 이끌게 만들자.

갈등을 심화하는 법

소설 쓰기에서 절대적인 법칙은 그리 많지 않다. 그러나 한 가지는 분명하다. 만약 갈등이 전혀 없다면 그건 소설이 아니다. 갈등을 드러내는 좋은 방법은 묘사와 배경을 통해 갈등을 증폭하는 것이다.

이디스 워튼은 『이선 프롬Ethan Frome』에서 주인공 이선 프롬과 부인 지나를 도와 집안일을 하는 젊은 아가씨 매티 사이에 오가는 감정의 교류를 보여준다. 지나가 일이 있어 다른 마을에 간 사이에 이선과 매티는 서로에게 끌리고 있음을 깨닫기 시작하고, 작은 농가를 둘러싸고 미세한 갈등이 벌어진다(20세기의 첫 해 뉴잉글랜드의 작은 마을에 엄격하게 자리 잡은 사회적·종교적 규범을 고려했을 때). 다음은 이선이 지나가 날씨가 나빠지기 전에 목적지에 도착했으면 좋겠다고 말한 뒤의 장면이다.

그 이름이 나오자 그들 사이에 냉기가 돌았고 서로 눈길을 피해 잠시 서 있었다. 이윽고 매티가 수줍게 웃으며 말했다.

"저녁 먹을 시간이에요."

두 사람이 테이블에 바짝 다가앉자 고양이가 시키지도 않았는데 그들 사이에 놓인 지나의 빈 의자로 뛰어올랐다. "오, 나비야." 매티가 말하자 이선도 또다시 웃음을 터뜨렸다.

이선은 조금 전만 해도 아무 말이라도 막 하고 싶은 충동을 느꼈지만, 지나의 이름이 나온 뒤로는 얼어붙었다. 매티 또한 그의 당혹감에 전염된 듯 눈을 내리깔고 차를 홀짝 마셨다. 이선은 말없이 도넛과 피클을 마구 먹어댔다. 마침내 망설인 끝에 그가 차를 한 모금 마시고 나서 목을 가다듬고 말했다.

"눈이 더 올 것 같은데."

매티 역시 과장된 관심을 보이며 말했다.

"정말요? 눈 때문에 지나가 돌아오기 어렵지 않을까요?"

그 말을 입 밖으로 내뱉는 순간 그녀는 얼굴이 빨개졌고 찻잔을 얼른 내려놓았다.

이 어색하고 곤란한 상황을 작가가 얼마나 교묘하게 전개하고 있는지 보자. 서투른 작가라면 아마도 두 인물이 상대방의 존재에 예민해졌다고 말한 후에 다른 이야기로 넘어갔을지도 모른다. 그러나 여기서 작가가 의도한 건 절대 그런 게 아니다. 이 장면에는 은근한 수작과 불안감 사이의 그 무엇이 있다. 두 인물은 모두 자신이 원하는 것을 알고 또한 그것을 가질 수 없다는 것도 알기에 곤경에 빠지지 않으려고 무척 조심하고 있다. 여기에는 작가가 다룰 가치가 있는 갈등이 존재한다.

이 작가는 둘 사이에 감도는 냉랭한 기운을 말하고 나서 이를 증명하기 시작한다. 고양이나 소박한 저녁 식사같이 중요하지 않은 것에 대해 인물들은 과장된 행동을 보인다. 그런 후에 눈이 더 올지도 모른다는 말을 하는 순간 활기가 도는 것을 눈여겨보라. 지나가 오늘 밤 집에 돌아오지 못할 수도 있으며, 또한 꿈에도 생각지 않았던 일이 일어날 수도 있기 때문이다. 작가는 이 점을 말하는 대신 완벽한 마지막 문장을 통해 '보여준다'. 매티의 행동과 태도는 앞서 본『몰타의 매』의 두 문단이 그 장면의 분위기를 고조하고 있는 것처럼 가장 중요한 갈등을 심화하는 역할을 한다.

묘사와 배경을 이용해 갈등을 심화하려면 이를 도와줄 사물이나 행동을 생각해봐야 한다. 아들과 25년간 말을 안 한 어떤 여인에 대해 쓰고 있다고 해보자. 그리고 이제는 아들과 말을 해야만 하는 상황이 되었다고 하자. 이때 갈등으로 일으키는 가장 좋은 방법은 그녀가 아들을 키웠던 집, 아들이 오랜 세월 동안 보지 못했던 예전 물건들이 있는 공간을 재회의 배경으로 선택하는 것이다. 낡은 소파나 벽에 걸린 사진, 벽난로에 얽힌 뒷이야기를 간단히 넣을 수도 있다. 아니면 그들이 문 앞에서 인사할 때 서로를 대하는 태도를 묘사함으로써 갈등을 부각할 수도 있다. 이 중 어느 하나를 쓰든 또는 두 가지를 다 쓰든, 이 둘이 카터 대통령 재임 시절 이후로 처음 만나는 것이라고 말하고 끝내는 것보다는 훨씬 효과적이다.

잘 아는 곳을 배경으로 삼을 때

배경을 선택할 때 자신이 알고 있는 곳만을 쓰려고 하면 안 된다. 많은 습작생이 자신이 가본 곳에 대해서만 쓸 수 있고, 자신이 직접 보고 만지고 맛보고 냄새 맡고 들어본 장소만 적절히 묘사할 수 있다고 여긴다. 자신이 잘 아는 곳에 대해 쓴다면 분명히 유리한 점이 있다. 하지만 SF소설과 역사소설 작가는 모두 자신의 쓴 배경에 대한 아무런 직접적인 경험이 없다는 점을 기억하자. 또한 덴마크와 이탈리아를 배경으로 훌륭한 작품을 쓴 셰익스피어도 영국이라는 섬나라를 떠나본 적이 없다. 그러나 그들은 소설을 썼고, 우리도 물론 그럴 수 있다.

다른 한편으로, 수많은 뛰어난 작가가 자신이 자라나고 어른이 되어서도 살고 있는 곳을 소설의 무대로 삼았다. 포크너는 잭슨을 배경으로 첫 소설을 썼고, 그 후의 소설도 모두 잭슨을 멀리 벗어나지 않았다. 깁스빌을 무대로 소설을 쓴 존 오하라도 마찬가지다. 앤 타일러는 자신의 소설에서 볼티모어를 벗어나지 않았다. 마크 트웨인은 아서왕 시대의 영국까지도 작품에 담아냈지만 알다시피 그의 최고작은 미시시피강에서 펼쳐지는 이야기다.

이 작가들은 이른바 자신의 앞마당 안에만 머물러 있었다. 하지만 이보다 훨씬 더 중요한 건 이들이 소설 속의 시대와 장소로 인물의 행동이 펼쳐지는 무대를 넘어섰다는 점이다. 즉 시대와 장소를 통해 이야기를 이끌어나갔다.

마무리: 묘사와 배경 그리고 작가의 문체

이 장에서는 묘사와 배경을 통해 소설을 전개하는 세 가지 방법을 알아보았다. 주제와 분위기 그리고 갈등을 강조해 독자가 공감할 수 있는 소설을 쓰자.

묘사는 가장 정확하고 적절한 단어를 선택해서 이미지를 구축하는 언어 세공술이다. 모든 묘사는 중요한 의미를 담고 있어야 한다. 모든 형용사와 구절이 이미지를 좀 더 선명하게 만들게 하자.

배경에는 신중한 단어 선택 그 이상이 필요하다. 배경은 소설 속 시대와 지형 안에 안정적으로 닻을 내려야 한다. 소설이 1860년대 시애틀에서 일어나는 이야기든 아니든 그래야만 한다. 작가의 가장 중요한 일 중 하나는 장소를 넘어설 장소, 시대를 넘어설 시대를 선택하는 것이다. 시대와 장소는 소설에서 주제와 분위기, 갈등처럼 더욱 큰 기능을 해야 한다.

『이선 프롬』에서 이선과 매티가 당황한 듯 차만 홀짝거리는 장면을 기억하는가? 자신이 쓴 원고에서 구체적인 세부 사항을 이용해 갈등, 주제, 분위기를 더욱 부각할 수 있는 부분을 찾아보자.

다음과 같은 폭넓고 평범한 주제를 나타낼 수 있는 물건, 상황 등을 한 가지 이상 떠올려 보자(예를 들어 '도발'이 주제라면 '잘 안 열리는 약병'을 떠올릴 수 있다).

- 심취
- 화
- 기만
- 환희
- 희망
- 망설임
- 조작, 속임수
- 천박함
- 진실성
- 진실성 없음
- 변덕
- 취약함(상처받기 쉬움)

자신이 쓴 원고에서 주제를 부각하거나, 분위기를 드러내거나, 갈등을 심화하기 위해 배경을 그리거나 묘사한 부분이 있는지 찾아보자. 그런 뒤에 이 묘사와 배경이 주제는 부각하지만 분위기는 드러내지 않거나, 갈등은 심화하지만 주제는 드러내지 않는지 생각해보자. 만약 그렇다면 수정을 해서 묘사가 두 가지 이상의 역할을 할 수 있게 하자. 이미지가 선명할수록 소설은 더 좋아진다.

10장

효과:
마술 같은 비법

현실의 토막들을 수집해 소설 속으로
멋지게 안착시키려면
남들과 다른 식으로 조정하고, 확장하고, 좁히고,
수정해야 한다.

나는 소설의 기본 구성 요소(흥미로운 인물, 잘 짜인 배경, 갈등과 해소)를 학생들에게 가르칠 때 「오즈의 마법사」를 자주 예로 든다. 이 영화를 자주 인용하는 이유 중 하나는 대부분의 사람이 그 내용을 알고 있고, 만약 보지 않은 사람이 있다고 해도 현대 문화라는 틀에 완벽하게 맞아떨어지는 작품이라서 많은 사람이 플롯에 대해 공통적인 의견을 갖기 때문이다. 그러나 내가 이 영화를 예로 드는 더 큰 이유는 이 영화가 이야기에 있어야 할 모든 것을 갖추고 있기 때문이다.

그래서인지 꽤 많은 학생이 몇 년간 내게 그레고리 매과이어의 소설 『위키드Wicked』를 꼭 읽어보라고 권했다. 조심스레 말하자면, 나는 사실 그 책을 덥석 집어 들지 않았다. 유명한 인물을 바탕으로 한 다른 작가들의 소설을 몇 권 읽어본 적이 있는데, 존 가드너의 『그렌델』과 셜록 홈스를 새롭게 부활시킨 몇몇을 제외하고는 그리 감동을 받지 못했었기 때문이다.

그러나 『위키드』는 전혀 달랐다. 최근에 읽은 소설 중에서 가장 잘 썼고 가장 재미있었다. 작가가 모든 쪽에서, 아니 모든 행에서 탁월한 묘사로 이야기를 채웠기 때문이다. 또한 이미 충분히 환상적인 장소와 시간을 더욱 환상적으로 만들어가면서 내내 긴장감과 극적인 분위기를 유지했다. 더욱이 마녀를 비롯한 인물들도 무척 인상적이었다. 나는 여섯 살 때 텍사스주 팰러스틴시의 오래된 영화관에서 마녀를 처음 보고 벌벌 떨며 좌석 밑으로 숨었던 이후로 한 번도 관심을 가져본 일이 없었다. 『위키드』의 작가는 인물들에게 보통 사람들이 느끼는 것과 크게 다르지 않은 의심과 성향, 동기를 부여했고 문맥 안에서 완벽히 그럴듯한 배경(난쟁이와 노란 벽돌길로 완성된)을 창조했다. 간단히 말해 그는 대단히 멋진 마술을 부린 것이다.

이렇게 마술을 부릴 수 있는 방법은 여러 가지가 있는데, 이 장에서는 그중 몇 가지를 살펴볼 것이다. 먼저 『위키드』의 첫 문단을 보고 작가가 어떻게 소설을 시작하는지 알아보자.

마녀는 오즈 위로 2킬로미터 정도 상공에서 바람 앞머리에 올라 균형을 잡았다. 그녀는 마치 땅의 초록색 점인 듯 몰아치는 바람을 타고 솟구쳐 올라 둥글게 원을 그리며 날았다. 자줏빛이 섞인 흰색 소나기구름이 마녀 주위에 피어올랐다. 발밑으로 노란 벽돌길이 올가미 밧줄을 풀어놓은 듯 구불구불 이어져 있었다. 한겨울의 세찬 폭풍우와 선동자들의 쇠지레에 찢겨나가기는 했어도 노란 벽돌길은 꿋꿋하게 에메랄드시로 향하고 있었다.

첫 문장에서 우리에게 주어진 시점에 주목하자. 우리는 배경 안에 있지 않고 그 '위'에서 내려다보고 있다. 배경은 구불구불한 길이다. 7장에서 다룬 대우주를 떠올려 보자. 새의 눈, 아니 마녀의 눈으로 보는 이 전망은 우리에게 이 이야기가 어디에서 펼쳐질지 그곳으로 내려가기 전에 살짝 보여준다. 그곳은 오즈이며, 이 소설은 바로 오즈에 관한 이야기다. 그리고 대개의 경우와는 달리 마녀가 처음부터 바로 등장한다. 사나운 날씨와 소나기구름이라는 아주 흔한 것들과 함께. 다음으로 노란 벽돌길이 보이는데, 이는 우리가 「오즈의 마법사」를 통해 이미 알고 있는 것이다. 그러나 이 길은 전혀 명랑한 기미를 보이지 않는 데다 폭풍우와 쇠지레를 휘두른 선동자들 때문에 아주 엉망이 되어 있다. 이 길을 올가미 밧줄에 비유한 건 우연의 일치가 아니다. 다시 말해 이 첫 문단에는 독자인 내가 예상한 것과 예상하지 못한 것이 섞여 있다. 이 점은 소설을 계속 읽게 하는 완벽한 공식이다.

첫인상은 무척 중요하다. 그리고 『위키드』 첫 문단은 분명히 멋진 첫인상을 독자에게 선사한다. 그럭저럭 괜찮은 작가들과 달리 탁월한 작가들은 이처럼 소설의 처음부터 끝까지 문장력을 일관성 있게 유지한다.

그러려면 어떻게 해야 할까?

이 질문에 완벽하게 답하려면 몇 권에 걸쳐 설명해도 모자라다. 여기서는 묘사와 배경에 집중해서 다섯 가지 방법을 살펴볼 것이다. 즉 현실 바꾸기, 완벽한 제목 짓기, 독자를 사로잡는 첫 문장 쓰기, 큰 배경 안에 작은 배경 만들기, 자신만의 문체와 여운 남기기다. 어렵지만 소설을 잘 쓰기 위해서는 반드시 해내야 할 일이다.

현실 바꾸기

현실처럼 생생한 소설을 쓰기 위해서는 때로 사실을 뜯어고치기도 해야 한다. 멀리서 예를 찾을 필요 없이 여느 때의 아침에 자신의 부엌을 들여다보면 된다. 남편과 아내가 출근하기 전에 커피를 마시는 장면을 쓰려 한다고 가정해보자. 그래서 어느 날 이른 아침, 자신과 남편(또는 아내)의 대화를 녹음하기로 한다. 말 하나하나를 소설 속에 옮겨서 진실성을 높이려고 말이다. 녹음기를 재생했을 때 우리는 아마 이러한 내용을 얻을 것이다.

"커피가 다 떨어졌네."

"이번에는 다크 로스트를 사봐. 이건 너무 순해."

"물을 그렇게 많이 넣지 마. 자기는 물을 너무 많이 넣어."

(신문을 뒤적이는 소리)

(잠시 정적)

"다크 로스트를 사라고."

"우유도 필요해. 저지방 우유."

"오늘은 못 가. 회의가 있어."

"내가 갈게."

(신문 뒤적이는 소리)

(잠시 정적)

"신문이 볼 게 하나도 없어. 잊지 말고 다크 로스트를 사."

자, 이 장의 주제는 소설에서 마술 부리기다. 여기서 전할 뉴스가 있다. 만약 앞의 짧은 대화를 소설에 사용한다면, 다음에 우리는 독자의 손에서 우리가 쓴 책이 순식간에 사라지는 마술을 보게 될 것이다.

앞서 2장에서 모든 곳에서 세부 사항을 수집해야 한다고 했다. 그러나 수집한 세부 사항을 모두 다 사용해야 한다는 뜻은 절대 아니고, 이를 소설에 맞게 만들기 위해 조작해서는 안 된다는 뜻도 아니다. 물론 타이태닉호가 침몰한 날짜나 장소를 바꾸어서는 안 된다. 하지만 앞에 예로 본 부부의 대화는 바꿀 수 있으며 바꾸는 편이 더 좋다.

어쩌면 누군가는 부엌이라는 공간을 보여주기 위해 세부 사항들을 더 넣을지도 모른다. 인물들이 커피 마시기를 끝내고 더 진하게 볶은 커피콩을 사자고 말하는 것을 넣을지도 모른다. 그런데 아무런 목적 없이 튀어나오는 세부 사항이나 대화는 군더더기일 뿐이다. 현실에서는 물론 이런 것들이 아무 이유 없이 종일 튀어나오지만, 소설에서는 모든 단어에 반드시 목적이 있어야 한다. 예를 들어 소설 속 인물이 삶에 큰 변화가 생기길 원한다고 하자. 그러면 이러한 사소한 것(다른 커피를 원하는 일)으로 독자의 주의를 끌 수도 있다. 때로는 사소해 보이는 세부 사항이 주제, 분위기, 갈등을 더욱 자세히 보여주는 최선의 방법이라는 것을 잊지 말자.

아서 밀러의 『세일즈맨의 죽음Death of a Salesman』의 1막을 보자. 윌리 로만은 출장을 갔다가 늦게 집으로 돌아온다. 그는 피곤하고 신경이 날카로워져 있고 출장 영업 일에 지칠 대로 지쳐버렸다는 사실을 걱정한다. 그의 기분을 살려주려 아내가 먹을 것을 권한다. 아내는 새로운 종류의 치즈를 샀다고 말한다. "휘저어서 만든 거예요." 윌리는 최근의 곤경에 대해 열변을 늘어놓다가 말을 멈추고 잠시 생각한 후 묻는다. "어떻게 치즈를 휘젓지?" 정말 뛰어난 대화다. 작가가 어디선가 듣고 그냥 쓴 단어가 아니라 윌리의 심경을 강조해 보여주는 말이기 때문이다. 그를 둘러싼 세상은 너무나 빠르게 변화해 그는 점점 낙오자가 되어가고, 휘저어 만든 치즈처럼 중요하지 않은 뭔가가 독자의 주의를 끌고 있다.

아침에 부엌에서 오가는 대화로 돌아가자. 단어가 많이 빠져 있고, 문장은 불완전하고, 무엇보다 이야기의 연결고리가 되는 주제가 없다. 엉망이다. 그러면 이를 어떻게 이용할 수 있을까? 답은 바꾸는 것이다. 필요한 것만 뽑아내서(인물이 변화를 원한다는 것을 강조하기 위해 더 진한 커피를 요구하는 부분) 다시 써보자.

테드는 신문 헤드라인을 힐끗 보고는 다저스가 이겼는지 보기 위해 스포츠 섹션을 펼쳤다. 그는 커피를 한 모금 마셨다.

"이 커피는 정말 너무해." 그가 말했다. 그는 커피 머그를 조리대에 내려놓았다. 그러고는 머그를 멀리 밀어버렸다. "꼭 물감 탄 맛이야."

앨리스는 수도권 섹션을 뒤적였다. 그녀가 안경 너머로 그를 쳐다보며 말했다.

"우리가 몇 년째 마시는 브랜드인데요. 매일 똑같은 방법으로 커피를 타고요." 그녀가 신문을 내려놓고 안경을 벗었다. 그리고 생각했다. "당신은 한 번도 불평한 적이 없었잖아요."

이렇게 고치고 나니 소설에 훨씬 더 가까워졌다. 대화는 더욱 매끄러우며 이해하기 쉽다. 이 사소한 갈등에는 분명 이유가 존재하며, 마지막 부분에서 아내가 그 이유를 깨달았을 수도 있다.

소설을 쓸 때는 이와 같은 마술을 부리기 위해 현실을 끊임없이 수정해야 한다. 만약 매일 아침 출근길에 지나치는 기묘한 인테리어의 전당포가 있다면 소설 속 다른 장소에서는 훨씬 더 어울려야 한다. 이웃집 마당에 있는 잡종 개는 그레이트데인이 될 수도 있다. 또 채널 11번에 나오는 귀여운 외모의 뉴스 진행자는 소설 속 주인공이 홀딱 반해버린 일기 예보관이 될 수도 있다.

현실의 토막들을 수집해 소설 속으로 멋지게 안착시키려면 남들과 다른 식으로 조정하고, 확장하고, 좁히고, 수정해야 한다.

완벽한 제목 짓기

소설의 가장 중요한 첫인상은 제목에서 생긴다(표지 디자인이나 삽화를 결정한 권리는 작가에게 거의 없다). 그러므로 완벽한 제목을 생각해내기 위해 충분히 시간을 들여야 한다.

때때로 제목은『호밀밭의 파수꾼The Catcher in the Rye』처럼 소설의 본문 안에서 튀어나오기도 한다. 어떤 작가들은 중요한 주제를 부각하는 제목을 쓰기도 한다. 로버트 할링은 미국 남부 루이지애나 시골 마을에 사는 여인 여섯이 주인공인 희곡에「철목련Steel Magnolias」이라는 제목을 붙였다. 나의 경우는 공공연하게 제목을 훔쳐 쓰는 작가 중 하나다. 성경에서 딴『천국의 창문The Windows of Heaven』(창세기 7장 11절), 시에서 가져온『인투 댓 굿 나잇Into That Good Night』(딜런 토머스)와『외딴 곳』(로버트 프로스트)이 그렇다. 작가들이 가장 많이 인용하는 윌리엄 셰익스피어의 작품에서는 아직 갖다 쓴 적이 없는데, 기회는 앞으로 얼마든지 있다.

묘사와 배경을 활용해 제목을 지을 수도 있다. 사실 소설의 주요 배경을 미리 알려주는 제목은 아주 많다.『산 루이스 레이의 다리The Bridge of San Luis Rey』,『더블린 사람들Dubliners』,『와인즈버그, 오하이오Winesburg, Ohio』는 노골적으로 배경을 알린다.『삼나무에 내리는 눈』,『사이더 하우스The Cider House Rules』처럼 지리적 정보만 슬쩍 던져주는 제목들도 있다. 또한 인물, 갈등, 상황을 부각하기 위해 제목을 이용하는 경우도 많다.『어글리 아메리칸The Ugly American』,『야망의 계절Rich Man Poor Man』,『진주 귀고리 소녀』 등이 이러한 제목이라고 할 수 있다.

제목 정하기는 소설 쓰기에서 가장 나중에 할 수도 있는 일이다. 사실 제목은 마지막에 정하는 게 좋다. 플롯과 인물은 작가의 머릿속에서 끊임없이 변하므로 나중에 더 완벽한 제목이 생각날 수 있기 때문이다. 나는 한 소년이 할아버지의 농장에서 겨울의 첫 추위를 기다리는 장면에서 시작해 소년이 노인이 되는 시점으로 끝나는 소설을 쓸 때 여러 자료에서 뽑은 제목 목록을 미리 만들어두었다. 결국 이 소설의 제목은 『터칭 윈터Touching Winter』라 정했는데, 이는 처음에 만든 목록에 없었던 것이고 다른 작품에서 가져다 쓴 것도 아니었다. 소년이 계절이 변하기를 기다리고 있으며 노인이 인생의 계절 중 겨울을 살고 있다는 이중적 의미의 이 제목은 소설을 쓰는 도중에 떠올랐다.

소설에서 제목은 매우 중요한 부분이다. 제목은 작가가 오랫동안 땀 흘려 쓴 소설을 모든 사람이 부르게 될 이름이다. 또한 제목은 사람들이 그 소설을 읽고 이야기 나눌 때 그 위에서 휘날릴 깃발이다. 그러니 지혜롭게 정하자.

제목에 대해 마지막으로 살펴볼 게 있다. 사람들의 마음속에 단단히 뿌리내려 누구나 아는 소설 제목은 꽤 많다. 그런 것들은 되도록 건드리지 않는 게 좋다. 법적 또는 도의적 문제를 떠나서, 댈러스와 포트워스를 배경으로 하는 소설에 '두 도시 이야기'라는 제목을 붙여 출판사에 보내는 건 바보 같은 짓일 뿐이다(찰스 디킨스의 『두 도시 이야기A Tale of Two Cities』가 떠오를 수밖에).

독자를 사로잡는 첫 문장 쓰기

뉴욕에 살고 있는 어떤 편집자에 대한 이야기를 들은 적이 있다. 그는 매일 아침 검토할 원고 세 편을 갖고 지하철을 타는데, 그 이유가 집에서 직장까지 거리가 지하철 세 정거장이기 때문이라고 한다. 그가 원고 하나를 검토하는 데 드는 시간이 정확히 지하철 한 구간을 달리는 시간이고, 그 짧은 시간 동안 그의 관심을 끌지 못하는 원고는 휴지통으로 들어간다는 것이다. 이 이야기는 사실일 수도, 누군가가 지어낸 것일 수도 있다. 그러나 사실이든 아니든 소설을 출판하고 싶고 또 독자에게 최고의 첫 문장과 첫 문단 그리고 첫 장을 선사하고 싶은 작가라면 꼭 귀담아들어야 할 이야기다.

첫 문장의 주요 기능은 다음 문장을 읽고 싶게 만드는 것이다. 그러므로 정말로 흥미진진해야 한다. "옛날 옛날에"도 안 되고 "그들은 한때 파리라는 도시에 살았고……"도 좋지 않다. 첫 문장은 독자의 관심을 바짝 끌어당겨야 하므로 약간 기발할 필요가 있다. 미스터리나 복선을 살짝 보여주는 것도 나쁘지 않다.

내가 소설 쓰기 수업과 워크숍에서 만나는 작가 지망생들은 평가를 받기 위해 작품을 제출하는데, 우리는 때때로 군더더기를 한참이나 헤치고 난 뒤에야 비로소 첫 문장다운 문장을 읽곤 한다. 첫 문장은 발굴을 기다리는 금덩어리처럼 두 번째 문단 또는 두 번째, 세 번째 쪽에 묻혀 있는 경우가 많다. 사람들에게는 대개 오래 뜸을 들였다가 요점을 말하는 습관이 있기 때문이다. 아니면 작가들이 논문 쓰기 훈련을 너무나 철저히 받은 탓에 "에리카 베닝턴 살인 사건은 그녀에게 버림받은 연인 윌리스 웍스가 저지른 일이다"와 같은 첫 문장을 쓰기 때문이기도 하다. 만약 추리소설을 쓴다면 앞의 첫 문장은 절대로 최선이 아니다.

이것만은 꼭 기억하자. 소설의 맨 처음에 배열하는 단어들은 맛보기다. 자신의 소설과 문체를 독자에게 살짝 보여주는 것이다. 그러므로 최고로 멋진 마술을 부려야 한다. 또한 첫 문장은 소설의 묘사와 배경으로 독자를 이끄는 절호의 기회기도 하다.

이제 몇몇 첫 문장을 읽어보고 왜 효과적인지 생각해보자. 너무나 유명한 첫 문장 "최고의 시간이었고, 최악의 시간이었다"(『두 도시 이야기』)와 "내 이름은 이슈마엘"(『모비딕』)은 생략하기로 하자. 이 문장들만큼 효과적이지만 비교적 덜 알려진 문장들을 살펴보자.

J. R. R. 톨킨의 반지의 제왕 시리즈 1편 『반지원정대The Fellowship of the Ring』의 첫 문장은 이렇다.

> 백엔드의 빌보 배긴스가 곧 다가오는 자신의 111번째 생일에 특별히 성대한 잔치를 열겠다고 하자 호비턴 주민들은 흥분과 기대로 술렁였다.

먼저 장소와 인물의 이름에서 재미있는 두운이 나오고, 111번째라는 놀라운 숫자가 그 뒤를 바짝 붙어 나오며, 마지막으로 무언가 신나는 일이 곧 일어나리라는 예고가 이어진다. 이렇게 첫 문장을 던져준 뒤 작가는 소설의 배경을 독자에게 소개하는데, 여러 지명 중 먼저 백엔드와 호비턴이 처음으로 등장한다. 여기서 작가는 몇 안 되는 단어로 많은 것을 얻어낸다. 이 첫 문장은 다음의 수천 쪽에 걸쳐 이어지는 황홀하고 때로는 무서운 모험담으로 독자를 조용히 이끌어간다. 이는 독자의 관심을 집중시키는 짧지만 멋진 문장이다.

이디스 워튼은 소설 『여름Summer』에서 첫 문장을 아래와 같이 썼다.

한 젊은 여자가 노스도머에서 하나뿐인 도로의 끄트머리에 자리한 로열 변호사의 집에서 나와 문가 계단에 서 있었다.

언뜻 보면 무척 간단한 문장이다. 마치 출발 소리가 나자마자 내달려 써 내려간 것처럼 보인다. 그러나 이 작가는 평생 단 한 줄도 줄달음치듯 쓴 적이 없었을 것이다. 이 첫 문장은 좀 더 면밀히 분석해야 작가의 생각과 기술을 알 수 있다. 이 짧은 첫 문장에는 이름도 나이도 모르는 한 여자가 등장한다. 여기서 작가는 '가장 좋은 묘사는 때로 아무 묘사도 하지 않는 것'임을 잘 알고 있었다. 인물이 있는 곳은 어느 변호사의 집 앞이라고 밝혀져 있는데, 이는 여러 가능성을 보여준다. 여자는 그의 딸이거나 의뢰인일 수 있다. 그리고 노스도머라는 도시의 이름도 나오는데, 몇몇 독자는 그런 이름을 가진 도시가 실재하는지 궁금할 수도 있다. 하지만 도로가 하나밖에 없다고 했기 때문에 틀림없이 아주 작은 마을이라고 여길 것이다. 많지 않은 단어로 이루어진 이 첫 문장은 유용한 정보를 제공하는 동시에 중요한 질문을 던진다. 이 여자는 누구이며 과연 무엇을 하려는가?

다음은 제프리 아처의 소설 『다우닝가 10번지First Among Equals』

의 첫 문장이다.

찰스 거니 세이모어가 9분만 더 일찍 태어났더라면 백작이 되었을 것이고, 스코틀랜드의 성 하나와 서머싯의 땅 2만 2,000에이커 그리고 런던의 성업 중인 상업은행을 물려받았을 것이다.

이 문장은 한 인물이 조금만 더 빨리 태어났다면 그의 운명이 어떻게 달라질 수 있었는지를 말하면서 그의 현실에 대한 복선을 던져준다. 이 문장은 아이러니를 보여준다. 대부분의 독자가 어느 정도 비슷한 경험을 했으며, 운명이 우리에게 가끔 심하게 장난을 치는 그 아이러니다. 그렇게 했을 일, 그랬어야 할 일, 그랬을 수도 있었던 일들 말이다. 독자가 동일시할 수 있는 무언가로 소설을 시작하는 방법은 매우 좋다. 자신의 글에서 독자가 공감할 만한 상황을 찾아보자. 만약 있다면 소설의 시작으로 삼기에 아주 적당한 거점을 찾은 셈이다.

인물들의 관계로 첫 문장을 쓰는 것도 좋은 방법인데, 갈등이 내재된 관계라면 더욱 좋다. 프레더릭 부시는 소설 『스파이를 위한 안내서A Handbook for Spies』를 이렇게 시작한다.

월리는 부모님이 함께 살아온 생을 뒤집힌 피라미드, 즉 하나의 커다란 깔때기, 움직이지 않고 서 있는 회오리바람이라고 생각했다.

작가는 여기에서 이야기를 여러 가지 방향으로 풀어갈 수 있다. 하지만 윌리의 부모(그리고 그들의 이상한 관계)가 이야기의 중심이 되는 게 안전하다. 그래서 작가는 처음부터 부모에 대한 인식을 독자들에게 심어놓는다. 때로는 이와 같은 강렬한 이미지를 맨 처음에 던져주는 게 가장 좋은 방법이다.

첫 문장은 시작이 어떻든 독자가 계속 소설을 읽도록 흥미로워야 한다. 그러기 위해서는 독자가 이야기 전개에 궁금증을 품을 만큼만 알려주고, 이를 알기 위해서라도 계속 읽고 싶게 만들어야 한다.

큰 배경 안에 작은 배경 만들기

소설 쓰기 수업에서 나는 큰 배경 안에 작은 배경을 만들라고 말한다. '작은 배경'은 소설의 구체적인 줄거리를 뜻하며 때로는 각장면을 말한다. '큰 배경'은 장면 속의 몇몇 인물만이 아닌 더 많은 인물에게 영향을 주는 무언가를 뜻한다. 예를 들어 허클베리핀과 도망친 노예 짐을 생각해보자. 넓은 미시시피강 위를 뗏목을 타고 흘러가는 둘의 머리 위로 셀 수 없이 많은 별이 반짝이는 장면이 있다. 이 장면이 바로 작은 배경이며, 이 소소한 상황은 노예단속법이나 그 시대의 편견으로 가득한 사회적 기준 같은 큰 배경 안에서 펼쳐진다.

큰 배경과 작은 배경(장소만이 아니라 사상, 관습 등을 아우르는) 사이의 균열은 소설이 펼쳐지는 시간과 공간을 명확하게 만든다.

1장에서 살펴본『지하 세계』의 몇 문단을 살펴보자. 구체적인 배경은 1951년 브루클린의 폴로그라운드에서 열리는 야구 시합이다. 그러나 여기서 배경은 그보다 엄청 더 크게 확장할 수 있다. 몇 개만 꼽아보자. 사람들이 라디오를 통해 경기를 청취하는 뉴욕의 다른 지역이 있으며, 우리가 아는 유명인 네 명도 있고, 한 도시와 국가의 야구를 향한 사랑도 있다. 또한 핵무기 시대의 도래도 큰 배경이라 할 수 있다.

　자, 그러면 풍부한 묘사와 배경을 위해 이렇게 확대되고 넓어진 대우주를 어떻게 사용할 수 있을까?

　앞서 아침에 커피를 마시던 부부에게로 돌아가 보자. 캘리포니아주 옥스나드에 가로수가 늘어서 있고 집집마다 나무 울타리가 있는 어떤 동네의 부엌에서 부부가 커피를 마시는 중이라고 해보자. 여기서는 동네(삶의 변화를 원하는 남편과 그를 쳐다보는 아내를 비롯해)가 이 소설 또는 적어도 이 장면에서의 작은 배경이다. 큰 배경은 캘리포니아주 전체가 될 수도, 인물들 또는 그들의 상황에 영향을 끼치는 다른 많은 주가 될 수도 있다. 아니면 캘리포니아주의 이혼법이 다른 주보다 더 엄격하다(확실히는 모르지만)는 점이 될 수도 있다. 정확한 사실은 직접 찾아보자. 아니면 지구 반대편에서 벌어지는 어떤 일이 이 부부와 남편이 원하는 변화에 영향을 미칠 수도 있다. 그들의 아들이 전쟁에 참전 중인 병사일 수도 있다.

　요점은 이렇다. 소설을 쓸 때 작가는 소설 속에 그린 배경과 상황을 뛰어넘어 넓게 봐야 한다. 그렇게 해야 하는 한 가지 이유는 편집자와의 마찰을 피하기 위해서다. 만약 1903년에 열린 어떤 재판에서 변호사가 배심원석 앞줄에 앉아 있는 예쁜 여자에게 치근덕거리는 장면을 구상했다면 이 장면은 다시 생각해보는 게 좋다. 왜냐하면 당시에는 재판을 할 때 여성을 배심원으로 뽑는 경우가 없었기 때문이다. 넓고 높은 시야를 가져야 하는 더 중요한 이유는 사회적·역사적·지리적 암시를 다양하게 적극적으로 활용하면 더 강렬하고 뛰어난 소설을 쓸 수 있기 때문이다.

자신만의 문체와 여운 남기기

소설 쓰기의 가장 강력한 마술 가운데 결말에 이르러 펼쳐야 하는 게 있다. 바로 작가 자신만의 문체와 여운을 남기는 것이다.

어떻게 남길 수 있을까?

방법은 하나다. '꾸준하게' 점검할 것. 문체를 만들고 여운을 남기는 일은 집필을 끝낸 후 다시 처음으로 돌아가서 고칠 수 있는 게 아니다. 한 줄 한 줄 멋진 이야기(스토리라인)를 쓰거나 쓰지 못하거나 둘 중 하나다. 그리고 역시 믿을 만하고 일관성 있으며 독특한 문체로 쓰거나 쓰지 못하거나 둘 중 하나다. 이를 해내지 못한다면 작가로서 심각한 문제가 있는 것이다.

이야기와 문체 사이의 균형이 잘 잡혀 있는지 점검해보는 좋은 방법은 장이나 장면을 끝마쳤을 때마다 출력해서 다시 주의 깊게 읽어보는 것이다. 누구에게나 효과적일지 모르겠으나 나는 다음 두 가지 방법을 사용하고 있다.

첫째는 다 쓴 원고를 출력해 연필을 들고 다시 읽어보는 것이다. 원고를 종이로 읽을 때와 화면으로 읽을 때는 마음가짐이 달라진다. 전자책으로만 책을 출간할 게 아니라면 우리의 독자는 화면으로도, 종이로도 글을 읽게 된다. 그러므로 이야기가 잘 전개되는 한편 문체가 잘 드러나는지 알려면 동일한 매체 즉 종이에 적힌 자신의 원고를 읽어보는 게 좋다.

둘째는 출력한 원고를 하루나 이틀이 지난 후에 읽어보는 것이다. 원고를 출력하고 곧바로 읽지 말고 다음 장을 쓰기 시작한 후 나중에 읽자. 그때쯤이면 원고의 내용이 머릿속에서 어느 정도 지워져 있을 것이다. 비록 하루라도 그만큼 신선해진 관점이 작품에 커다란 차이를 가져올 수 있다. 소설 쓰기를 끝내자마자 읽었을 때 놓치기 쉬운 글의 장단점을 이때는 선명하게 볼 수 있다.

이와 같은 점검은 단지 한두 문단만이 아니라 소설의 전반에 걸쳐 해야 한다. 자주 읽었고 오래 기억에 남는 소설을 다시 읽어보고 왜 그렇게 마음에 들었는지 이유를 찾아보자. 그러면 작가가 독자에게 만족감을 안기기 위해 해놓은 소소한 것을 아주 많이 찾을 것이다. 그러나 그 소설을 읽으면서 감동받고 재미를 느낀 가장 큰 이유는 분명 이야기와 문체의 조화 덕이라고 장담한다.

마지막 체크리스트

완성한 원고를 출판사에 보내기 전에 잘 썼는지 확인해볼 수 있는 체크리스트가 있다.

- 제목이 이야기를 잘 나타내고 있는가? 제목이 독자의 관심을 불러일으킬 만한가?
- 첫 문장이 독자의 주의를 끌어당기고 있는가?
- 화자의 목소리가 일관성 있고 독자가 읽기에 편한가?
- 전반적인 감정이나 분위기가 뚜렷한가?
- 특정한 배경이나 상황보다 더 큰 배경과 상황이 있다는 점이 분명히 드러나 있는가?
- 모든 미해결 상태의 일을 매듭지을 수 있는 충분한 해결책이 있는가?
- 모든 단어를 철저히 다듬었는가? 최선의 단어와 최선의 구절을 선택했는가?
- 문장과 문단의 길이와 구조를 다양하게 변화시켰는가?
- 말하는 것보다 더 많이 보여주었는가?
- 묘사를 충분히 했는가?
- 묘사가 지나치게 많지는 않은가?
- 완성된 작품이 스스로 자랑스러울 정도인가?

마무리: 커튼 뒤에 숨어 있는 작은 사람

이 장에서는 소설을 효과적으로 쓰기 위해 부릴 수 있는 마술을 여러 개 살펴보았다. 소설에 쓰기 위해서는 반드시 실제의 사물과 사건을 수정해야 한다. 좋은 제목과 탁월한 첫 문장을 선택하는 일 또한 마찬가지다. 좀 더 포괄적이고 큰 맥락 안에서 특정한 배경을 설정할 수도 있다. 그리고 이야기와 이를 전하는 문체를 꾸준히 조화시키는 작업은 분명 중요하다.

영화 「오즈의 마법사」로 이 장을 시작했으니 같은 작품으로 마무리하는 게 좋겠다. 무서운 얼굴에 입으로는 불을 내뿜으리라 생각했던 마법사를 찾으러 달려간 토토. 그런데 커튼을 젖히자 보잘것없는 얼굴의 작은 남자가 기계 손잡이를 잡아당기고 있던 장면을 기억하는가? 그 작은 남자가 바로 우리, 작가다. 그의 솜씨가 뛰어나다면 어디를 꿰맸는지, 그 안에서 무슨 작업을 했는지 다른 이들이 전혀 모를 정도로 끊임없이 마술을 부리며 조작, 수선, 선택을 할 것이다. 독자가 보는 건 커튼 뒤의 모습이 아니다. 단숨에 읽을 만한 좋은 글과 매끄러운 문체뿐이다.

우리 모두는 잘 알고 있다. 조용하고 외로운 방에 앉아서 고통을 기꺼이 감당하며 작품을 완성했을 때 커다란 자부심과 만족감을 느끼지만, 그럼에도 글쓰기는 휘청거릴 만큼 힘들고 어려운 일임을. 그러나 그것마저도 우리끼리의 작은 비밀이다.

다른 작가의 작품을 인용하거나 참고해서 지금 쓰고 있는 소설의 제목을 생각해보자.

아래 목록을 보고 적어도 하나씩은 떠올려 보자.

- 성경('에덴의 동쪽'은 벌써 사용되었으니 다른 것을 고르자)
- 셰익스피어의 소설('붉은 망아지 불만의 겨울'도 마찬가지다. 스타인벡이 한 걸음 빨랐다)
- 좋아하는 시('누구를 위하여 종은 울리나'를 또 쓸 수는 없다)
- 구전 동요(미안하지만 '모두가 왕의 부하들'은 이미 사용되었다)
- 전체 주제와 감정을 요약하는 한 단어('미저리'도 잊는 게 좋다)
- 소설 속 인물의 대화나 상황(이 분야에는 쓸 만한 작품이 많으니 잘 찾아보자)

지금 쓰는 소설의 처음 몇 쪽에서 소설 전체나 각 장의 첫 문장으로 쓰일 만한 문장을 찾아 동그라미를 쳐보자.

현재 첫 문장이라는 명예로운 자리를 차지하고 있는 문장보다 더 좋은 문장들을 분명히 찾아낼 수 있을 것이다.

자신만의 독특한 문체와 창의적인 스타일을 표현할 수 있는 형용사 5개를 적어보자. 예를 들어 친근한, 느긋한, 심각한, 재미있는, 불길한, 역동적인, 아이러니한, 정중한, 편안한 등등.

이제 자신의 글에서 이 다섯 가지 형용사의 예가 될 수 있는 부분을 찾아보자. 아마 자신을 정확하게 평가하고 있다고 생각하겠지만, 누가 알겠는가? 실제 자신의 문체가 자신의 생각과 다르다는 것을 발견하게 될지도 모른다.

11장

정도:
모자라지도 않고
지나치지도 않게

소설 속의 모든 것은 저마다 거기에 있는 목적이 있다.
1막에서 총이 벽에 걸려 있다면 3막이 될 때까지
총을 쏘아야 한다.

앞에서 묘사와 배경을 강렬하고 사실적으로 만드는 방법을 알아보았다. 이제는 결코 해서는 안 되는 몇 가지를 생각해보자.

모자라지도 지나치지도 않게. 이 말을 원래는 '미니멀리즘' 대 '과잉'으로 설명하려고 했다. 그러나 이 표현은 너무 기술적으로 들리기도 하고, 윌리엄 포크너의 문장같이 한 쪽 넘게 이어지는 문장과 이에 반대되는 어니스트 헤밍웨이식 문장에 대해서만 다루는 것으로 여겨질 수 있다. 즉 앞의 두 단어는 오해를 살 수 있다. 짧은 문장이든 긴 문장이든 제대로 잘 쓰면 아무런 문제가 없다. 이 장에서는 잘못 썼거나 고쳐야 하는 표현을 다룰 것이다.

'모자라다'는 건 독자를 이야기 속으로 끌어들이고 이야기를 이해시킬 만큼 충분히 말하지 않는 경우를 뜻한다. 반대로 '지나치다'는 건 독자들이 알 필요가 있거나 원하는 것보다 훨씬 더 많이 알려주는 경우를 가리킨다. 작가로서 우리가 할 일은 모자람과 지나침 이 둘의 중간에 머무르는 것이고, 때때로 이 일에는 섬세한 조정이 필요하다.

무엇이 군더더기일까?

스티븐 킹은 『유혹하는 글쓰기On Writing』에서 고등학생 시절에 찾아온 깨달음의 순간에 관해 말한다. 그는 그를 고용한 한 늙은 신문사 편집자에게 원고를 보냈다가 되돌려 받은 적이 있다. 살펴보니 원고의 많은 부분, 거의 절반이 지워져 있었고 그가 처음에 넣으려고 했던 내용만 남아 있었다. 당시 편집자는 주옥같은 지혜를 그에게 알려주었다.

> "어떤 이야기를 쓸 때는 스스로에게 그 이야기를 들려준다고 생각해보게." 그가 말했다. "일단 쓴 원고를 고칠 때는 하고자 하는 이야기가 아닌 것을 찾아 모두 없애는 게 중요하네."

이러한 인식이 글을 쓰고자 하는 모든 사람의 머릿속에 뿌리내린다면, 우리 모두는 더 좋은 글을 쓰게 될 것이며 글쓰기 교사는 두통이 없어지고 편집자는 일이 엄청나게 줄어들거나 아니면 일자리를 잃게 될 것이다.

이제 "하고자 하는 이야기가 '아닌' 것들"을 글 속에서 마구 자라나게 만드는 원인과 군더더기가 소설 속으로 들어오는 것을 막을 방법을 묘사와 배경에서 찾아보자.

대화 지시문

"메리가 말했다", "그가 대답했다", "그녀가 대답했다" 같은 간단한 지시문은 때때로 필요하지만 생각만큼 자주 필요하지는 않다. 오히려 군더더기가 될 가능성이 더 많다.

나는 소설 쓰기 수업에서 대화 지시문에 대해 다음 두 규칙을 강조하곤 한다. 첫째, 지시문을 쓰지 않을 방법이 있다면 쓰지 말자. 둘째, 부사를 넣지 말자.

먼저 지시문을 생각해보자. 한 장면에 두 인물이 등장하면 (대화로 장면을 이끌어가더라도) 합해서 대화 지시문이 2개 이상 필요하지 않다. 대화를 시작할 때 누가 먼저 말하는지 밝히면 독자가 어려움 없이 이해할 수 있기 때문이다. 세 명 이상의 인물이 나오면 대화 장면은 더 까다로워지고 더 많은 대화 지시문이 필요해진다. 하지만 여러 인물이 말하더라도 그들을 잘 묘사하고 각자에게 독특한 성격과 목소리를 부여한다면 독자는 대화 내용을 보고 누가 말하는지 알 수 있어 대화 지시문이 많이 필요하지 않다.

이제 부사에 대해 생각해보자. 대화 지시문에 사물이나 인물을 묘사하기 위해 자주 등장하는 부사만큼 독서를 방해하는 건 없다. 다음 문장을 보자.

"세상에." 엘로이즈가 희망적으로 말했다. "그것 참 좋은 소식이네요. 그렇게 생각하지 않나요?"

"별로 그렇지 않은데요." 존이 슬프게 대답했다. "아무것도 아닌게 될 수도 있어요."

이 대화는 정말 빠르게 아무것도 아닌 게 되어가고 있다. 만약 작가가 엘로이즈는 희망적이고 존은 슬프기를 원한다면 그들이 희망적인 일을 하고 슬픈 일을 하게 해야 한다. 아니면 그들을 희망적으로 또는 슬프게 묘사해야 한다. 그러나 더 좋은 건 인물이 말로 스스로를 나타내는 것이다. 엘로이즈의 말은 희망에 차 있고 그에 대한 존의 대답은 슬프다. 독자는 두 인물의 기분이 어떠하다고 굳이 듣지 않아도 두 감정을 구별해낼 수 있다.

글을 쓸 때는 써야 할 것 못지않게 쓰지 말아야 할 것에도 주의를 기울여야 한다. 없어도 되는 것들은(쓸모없는 대화 지시문처럼) 독서의 속도를 떨어뜨리고 독자의 주의를 다른 곳으로 돌려버리는 일 말고는 아무것도 하지 않는다.

클리셰

클리셰, 즉 진부한 표현이나 상투적인 문구는 조금이라도 괜찮다는 생각을 해선 안 된다. 결코 쓰지 않겠다고 다짐해야 한다. 소설에서 "경치가 그림 같다"거나 "절간처럼 조용하다" 같은 표현은 완전히 나쁜 글일 뿐이다.

대화에서는 클리셰가 효과적일 때도 있다. 클리셰를 쓴 인물은 소설에 우스운 분위기를 조금 자아내기도 한다. 하지만 한 번 이상은 절대 쓰지 말자. 더구나 대화가 아닌 곳에서 쓰면 독자에게 외면을 받을 것이다.

만약 클리셰가 주는 이미지가 묘사에 꼭 필요하다면 똑같은 효과를 낼 수 있는 다른 표현을 떠올리자. 누군가 만취했다는 것을 말하거나 보여줄 때 "고주망태가 되었다"는 표현 말고 좋은 대안은 많다.

창의적 글쓰기는 창의적이어야 하는데 이런 표현으로는 창의성을 가질 수 없다. 자신만의 묘사를 만들어내지 못하게 하는 걸림돌일 뿐이다. 그러므로 추리소설 작가인 미키 스필레인의 필름누아르(범죄와 폭력의 세계를 다루는 영화)에 나옴직한 문체("그녀는 그 파일 캐비닛에 기댔고, 그녀의 얼굴은 1마일 너머의 험한 길 같았다")를 원하는 게 아니라면 상투어는 반드시 피해야 한다.

반복

앞서 3장에서 변주에 대해 이야기했다. 이제는 변주의 사악한 적수인 '반복'을 피하는 방법을 알아보자.

반복은 글 속으로 꽤 자연스럽게 끼어든다. 우리는 대개 대화할 때 말을 반복하는 경향이 있고, 중요하다고 여겨지는 건 자꾸 곱씹어 말하기 때문이다. 글에서 반복은 특히나 두드러져 보인다.

가장 흔한 반복은 아마 부사 사용일 것이다. 나도 부사를 글에 항상 쓴다. 그러나 부사의 문제점은 지나치게 쓸모가 많다는 것이다. 너무나 편리해서 때때로 더 좋은 묘사를 찾는 것을 포기하게 한다. 그리고 부사는 '말하는' 수식어인 경우가 많아 인물, 장소, 사건의 특성을 보여주는 것을 자주 가로막는다. 예를 들어 어떤 인물이 "저녁밥을 빨리 먹었다"라고 하면 그 말은 말하고자 하는 전부가 될 수도 있고 또 그것으로 충분할 수도 있다. 그러나 그 인물이 놀라운 속도로 음식을 입에 퍼 넣었다는 사실이 플롯에서 중요하다면 그 대목에서 충분한 세부 사항을 사용해 그 인물이 그렇게 하고 있음을 '보여줘야' 한다.

가장 자주 쓰이는 군더더기 부사는 '아주(매우)'일 것이다. 우리는 이 부사와 사랑에 빠져 다른 단어나 구절, 또는 아무것도 없는 게 나을 때조차도 사용하는 경향이 있다. 만약 소설 속의 어떤 집이 다른 집들보다 더 크다는 것을 말할 때 우리는 '아주' 크다고 말한다. 소설을 잘 쓰고 싶은 작가에게 이는 '아주' 나쁜 일이다. 너무 일반적이어서 더 좋은 이미지를 전달하지 못하는 '아주'가 아니라도 어떤 집이 엄청나게 크다는 것을 보여줄 방법은 많다. 그 집을 훨씬 더 크게 만들기 위해 '아주'를 하나 더해서 '아주 아주' 큰 집이라고 해서도 안 된다. 만약 그래도 된다고 하면 '아주'를 6, 7개 연달아 써서 거대한 궁전까지 만들 수 있을 것이다. 이는 지독하게 나쁜 묘사다.

가장 흔해빠진 반복은(소설 쓰기 수업 시간에 동료 학생들에게 늘 지적당하는) 바로 앞에 쓴 단어나 구절을 다시 쓰는 것이다. 예를 들어 한 문단에 어떤 인물이 점심으로 '훈제한 연어smoked salmon'를 주문하고 나서 계산서를 기다리는 동안 담배를 '피웠다smoked'라고 쓴다면, 동일한 단어를 자주 그리고 가까이 붙여 쓴 것이다. 첫 번째의 '훈제한smoked'이 형용사고 두 번째의 '피웠다smoked'가 동사라고 하더라도 독자는 같은 낱말을 두 번이나 보게 된다. 이러한 반복은 이야기의 흐름을 방해할 뿐이다. 두 번째 단어를 다른 것으로 바꾼다면 흐름은 분명히 더 부드러워진다.

발음이 같거나 거의 비슷한 단어를 사용하는 것도 반복에 속

한다. 도널드 웨스트레이크는 이렇게 말한 적이 있다. 만약 자신이 파커를 주인공으로 하는 범죄소설 시리즈를 계속 쓰게 될 줄 알았더라면 애초에 주인공에게 다른 이름을 지어주었을 것이라고. 그는 소설을 쓰는 "파커는 차를 파크parked(주차)했다"라는 구절을 다르게 바꿔보려고 수년간 고심했다.

흔한 단어나 구절을 반복해 쓰는 것을 경계하는 동시에 생소한 단어도 부지런히 찾아내야 한다. 낯선 표현은 소설 속에서 대개 단 한 번만 효과적이다. 흔한 표현은 여기저기 불쑥 나와도 괜찮지만 낯선 표현은 너무나 독특해 여러 번 효과를 내기 어렵다. 대화에서도 같은 구절을 또 쓰지 않게 주의해야 한다. "어머나, 세상에!"는 소설과 영화 속 인물들이 특히나 많이 입 밖에 내고, 외치고, 속삭이는 말이다. 물론 이야기와 잘 맞는다면 써도 괜찮다. 하지만 만약 같은 인물이 이 말을 또 하거나 다른 인물이 한다면 독자는 클리셰를 보게 된다.

교훈(설교)

작가 중에는 교사가 많다. 그래서인지 이들의 소설에는 뭔가를 가르치려는 경향이 있다. 만약 어떤 교훈이 너무나 분명히 드러난다면(말하자면 스토리텔링보다 교훈이 목적이라면) 사람들은 그 소설을 계몽주의소설이라고 부를 것이다. 하지만 이는 소설이들을 칭찬이 아니며 서평에서 듣기 좋은 평가는 더욱 아니다.

역사로맨스소설을 쓰고 있다고 가정해보자. 이야기가 흥미롭게 펼쳐지는 가운데 바로 지금이 토머스 베켓 대주교가 캔터베리

성당에서 살해당한 때라는 것을 독자가 알았으면 좋겠다고 해보자. 그 사건을 독자가 아는 게 중요하지 않다면 구태여 소설에서 알려줄 필요가 없다. 차라리 T. S. 엘리엇의 『대성당의 살인Murder in the Cathedral』이나 역사책을 읽으라고 하는 게 낫다.

그러나 소설에서 이 사건이 중요하게 나온다면 이야기의 흐름을 끊으면서까지 강의하지 말고 다른 방법을 통해 알려줘야 한다. 예를 들어 인물이 다른 인물로부터(대화나 편지를 통해) 그 사건을 듣게 할 수 있다. 아니면 화자가 그 사건을 직접 언급하게 할 수도 있다. 또는 바람이 몰아치는 12월의 그날 밤 성당 장면을 집어넣고 토머스 베켓의 순교가 플롯의 일부가 되게 할 수도 있다. 켄 폴릿은 이 사건을 『대지의 기둥Pillars of the Earth』에서 바로 이렇게 처리한다.

역사소설을 읽는 독자들은 역사 이야기가 조금이라도 나오길 기대한다. 그렇다고 역사 수업을 원하는 건 아니며 또 참고 듣지도 않는다.

독자들이 정말 참지 못하는 것 중 하나가 설교다. 설교는 계몽주의의 다른 이름일 뿐이다. 기독교소설처럼 특정 독자를 겨냥하는 게 아니라면 설교로 비춰질 수 있는 부분은 그게 무엇이라도 멀리하는 게 좋다.

윤리적인 교훈이나 암시는 글쓰기에서 상징과 같은 것이다. 교훈이 소설에 필요하고 독자가 원한다면 이야기 안에서 자연스럽게 나와야 한다. 일부러 가리키며 보여주는 건 작가가 할 일이 아니다. 어떤 인물이나 화자가 다른 인물의 덕망이나 행동, 상황의 정의로움을 열거하며 소설을 마무리해서는 안 된다. 그럴 바에는 차라리 "이 소설의 교훈은……"이라고 결론짓는 게 낫다.

요점은, 소설에 교훈을 담지 말라는 게 아니다. 만약 정말로 교훈을 전하고 싶다면 이야기 속에서 보여주자.

장황한 글

장황하다는 평가는 교훈적이라는 평가와 더불어 서평에서 절대 듣고 싶지 않은 말이다. 이와 비슷한 의미로는 '산만하다', '지루하다', '두서없다' 같은 말이 있다. 이 중 어느 것도 작가에게 기분 좋은 평가는 아니다.

글이 명료한지 장황한지는 작가의 고유한 문체에 따라 결정되지만, 물론 장황한 것보다는 명료한 문장이 바람직하다. 단어 수가 많으면 안 좋다는 뜻이 아니다. 이는 장황함에 대한 가장 큰 오해다. 퓰리처상 수상 작가인 래리 맥머트리의 『외로운 비둘기The Lonesome Dove』는 방대한 작품이며 수많은 단어로 이루어져 있지만, 이야기는 매우 명료한 문체로 전달되고 있다. 절대 장황하지 않다. 어떤 작가는 아주 짧은 소설을 쓰면서 이야기보다는 언어의 아름다움에 훨씬 관심을 갖는다. 이때의 짧은 소설이 정말로 장황한 소설이다.

웅장한 묘사나 언어 그 자체와 사랑에 빠지는 일은 현대의 작가들이 조심해야 할 함정이다. 시인과 소설가를 꿈꾸는 수많은 작가 지망생이 고등학교 때 읽었던 낭만적인 시어와 찰스 디킨스의 문체를 떠올리고는 자신의 시나 소설을 낡은 구절이나 문체에

짜 맞추려 한다. 그렇게 오랫동안 헤맨 후에 마침내 자신의 글이 우스꽝스러워 보인다는 사실을 깨닫는다.

2세기 전의 작가는 "소설 속 인물은 과장된 관점을 지녀도 괜찮다"고 했을지 모르지만 오늘날에 이 말은 틀렸다고 봐야 한다. 특정한 시대적 분위기의 서사로 전개되는 역사소설이 아니라면 독자는 장황한 말 속을 헤매고 다니는 것을 견디지 못한다. 간혹 아름답고 감동적인 언어와 멋진 묘사가 있는 이야기를 읽고 싶은 독자가 있을 수도 있다. 하지만 대부분의 독자가 원하는 건 명료함이다.

그러므로 "아아, 자! 말에 행동이 맞춰진, 즐거운 시간이 무도회에서 흘러갔다"와 같은 구절은 절대로 쓰지 말자. 단어와 단어로 독자에게 감명을 주려는 의도가 다분한 두서없는 문장도 안 좋다. 독자들은 작가가 동의어 사전을 갖고 있다는 걸 알고 있다. 거창한 단어들은 생각하는 것만큼 감명을 주지 못한다.

플롯에서 벗어난 글

모든 장면 또는 모든 장에서 무슨 글을 쓸 건지 분명히 아는 건 작가의 기본이다. 예를 들어 6장의 세 번째 장면을 쓸 때 이게 작가인 내가 쓰고 싶어 하는 게 맞는지, 이게 작가인 내가 그리고 싶어 하는 인물이 맞는지, 그리고 이게 그 결과가 맞는지 의심해서는 안 된다. 묘사와 배경을 기준으로 봤을 때 작가는 소설의 각 장면이 어떤 시대이고 어떤 장소인지, 신중하게 묘사할 부분은 무엇이고 어떻게 묘사할지 언제나 분명하게 알고 있어야 한다.

그래야만 궤도에서 벗어났다는 판단이 들 때(쓰다 보면 분명히 벗어나겠지만) 잘못된 방향으로 가는 것을 바로잡을 수 있다. 그러나 이 점을 잊지 말자. 벗어난 궤도가 꼭 잘못된 길이 아닐 수도 있다. 정해진 길에서 이탈한 게 의외로 좋은 결과를 불러올 수도 있다.

내게도 전혀 계획하지 않았으나 흥미로운 인물과 장소가 중간에 튀어나온 적이 있었다. 누구나 글을 쓰다 보면 약간의 군더더기를 만들기 마련이다. 그리고 잘 쓴 교묘한 군더더기일 수도 있다. 그러나 그런 경우에도 군더더기는 글에서 빼야 한다.

이미 쓴 원고에서 뭔가를 지울 때는 좀도둑이 되어야 한다. 다수의 뮤지컬 걸작을 공동 집필한 리처드 로저스와 오스카 해머스타인 콤비에 관해 한 재미있는 일화가 전해진다(어떤 작가에게 들은 이야기인데 진짜인지는 확신할 수 없다. 작가들은 본능적으로 윤색을 하기 때문이다. 사실이든 아니든 이 이야기는 교훈이 있다). 「남태평양South Pacific」을 작업할 때였다. 두 작가 중 한 명이 「당신을 알게 되는 것Getting to Know You」이라는 신나는 분위기의 노래를 썼다. 젊은 해군 중위가 원주민 여인을 향해 부르는 노래였다. 그런데 다른 작가가 해군 장교가 그런 노래를 부르는 게 우스꽝스러워 보인다고 지적했고, 결국 그 노래는 빼고 새로운 노래가 들어가게 되었다. 그런데 그 빼버린 노래가 나중에 뮤지컬 「왕과 나 The King and I」에서 멋지게 사용되었다.

그러므로 어떤 것을 버릴 때는 너무 서두르지 않는 게 좋다. 빗속에서 스쿨버스를 기다리는 아이에 대한 묘사는 지금 소설에는 맞지 않을 수 있지만 앞으로 쓸 다른 소설에는 필요한 묘사가 될지 모른다.

쓸모없는 정보

만약 지금 쓰고 있는 소설에 연한 파란색 전화기가 나온다고 치자. 색이 중요한 상황이 아니라면 이 전화기는 굳이 연한 파란색일 필요가 없다.

단순히 묘사만을 위한 묘사는 군더더기에 불과하다. 정보는 독자가 인물, 장소, 상황을 더 알 수 있게 도와줘야 한다. 만약 할머니에게 물려받은 화려한 도자기 장식장을 너무나 묘사하고 싶고 또 뛰어나게 해낼 자신이 있더라도, 이야기 전개에 도움이 되지 않는다면 소설 속 어디에도 장식장 묘사가 들어갈 자리는 없다.

때로는 인물이나 장소, 사물에 대한 정교한 묘사가 이야기 흐름을 끊어버릴 수도 있다(순수소설이 아닌 대중소설에서 특히). 좋은 소설은 이야기가 결코 중단되어서는 안 되며 계속 흘러가야 한다. 플래너리 오코너는 소설을 쓰는 데 세부 사항이 필수적이기는 하지만 세부 사항을 하나하나 쌓아올리는 것은 작가의 할 일, 즉 이야기를 전하는 일에 역효과를 가져온다고 주장한다.

소설을 쓸 때 독자가 알아야 할 게 무엇인지를 언제나 생각하자. 이야기 전개에 필요한 정보 이상을 알려주면 결말은 언제나 맥이 빠진다. 사물이나 인물을 묘사한다는 건 독자의 관심을 의도적으로 그 사물이나 인물로 끌어들이는 일이라는 것을 잊지 말자. 묘사를 읽은 독자는 그 사물이나 인물이 상당히 중요하며 앞으로 다시 등장할 거라고 추측한다.

위대한 극작가 안톤 체호프의 말로 이번 주제를 마무리하겠다. 소설 속의 모든 것은 저마다 거기에 있는 목적이 있다. 체호프의 말처럼 "1막에서 총이 벽에 걸려 있다면 3막이 될 때까지 총을 쏘아야 한다."

가장 좋은 묘사는 묘사를 하지 않는 것

때때로 어떤 것을 말하거나 보여주는 가장 좋은 방법은 말하거나 보여주지 않는 것이다. 소설에서 독자가 무언가 하게 만드는 것은 언제나 좋다. 묘사에 관해서라면 더욱 그렇다.

여기에 딱 맞는 사례가 하나 있다. 사키(필명 H. H. 먼로)의 뛰어난 단편소설 「인터로퍼Interlopers」에는 어느 추운 겨울날 밤 오랜 원수 둘이 숲속에서 쓰러진 나무 밑에 함께 깔려 있는 이야기가 나온다. 양쪽 집안사람들이 구조하러 오기를 기다리는 동안 그들은 자신들의 차이점을 극복하고 두 집안 사이에 몇 세대에 걸쳐 내려온 불화를 해소한다. 그들이 마침내 산등성이에서 소란스러운 소리를 들었을 때, 한 남자가 소리 나는 쪽을 더 잘 볼 수 있는 다른 남자에게 어느 쪽 집안사람이냐고 묻는다.

"누구야?" 게오르그가 보이지 않는 것을 보기 위해 눈을 크게 뜨고 재빨리 물었다.

"늑대들."

섬뜩하지 않은가? 그렇게 느껴지는 이유는 작가가 쓰지 않은 어떤 것 때문이다. 작가는 이미 독자가 짐작하고 있는, 코앞에 다가온 공포를 묘사하지 않는다. 두 남자는 나무에 깔려 움직일 수가 없고, 늑대들은 사납고 분명 배가 고플 것이다. 자, 이제 우리는 이해할 수 있다. 여기서 작가는 으르렁거리는 소리나 피 튀기는 장면을 자세히 묘사하지 않으면서 이 장면에 대한 '아이디어'를 강조했다. "늑대들"이란 무서운 말을 인물이 어떤 식으로 한다는 아무런 지시문이나 묘사 없이 뚝 떨어뜨린다. 여기서 인물은 소리를 치고 있을 수 있고, 애원하듯 말하고 있을 수도 있다. 그러나 내게 이 말은 언제나 속삭임처럼 들린다. 이 부분을 읽을 때면 사방이 아주 조용하고, 인물에게 아무런 감정도 없으며, 불행한 사실이지만 되돌릴 수 없는 뭔가를 서술한다는 생각이 든다. 그리고 그 마지막의 한 단어가 안긴 충격은 이 소설을 처음 읽은 이후로 수년 동안 내게 남아 있었다.

독자의 상상력에 일부 또는 전부를 맡길 수 있는 부분이 있는지 찾아보자. 미스터리소설이나 서스펜스소설을 쓸 때는 독자에게 맡길 수 있는 부분이 더욱 많아진다. 긴장감은 대개 작가의 묘사에 달려 있기 때문이다. 신중하게 선택한 생략은 어느 장르에서나 그 효과가 뛰어나다.

묘사를 의도적으로 줄이거나 생략하는 건 배경에서도 효과가 있다. 나의 첫 두 작품은 특히 배경에 많이 의존했다. 하나는 내가 자란 마을이었고, 다른 하나는 끔찍한 폭풍이 강타한 어떤 섬이었다. 세 번째 작품인 『외딴 곳』은 어느 곳에서나 일어날 법한 이야기이길 원했다. 그래서 어떠한 고정관념도 없던 오하이오를 배경으로 정했다. 그러나 소설로서 기능을 하려면 여전히 시대와 장소에 대한 많은 것을 묘사해야 한다는 점을 나는 일찌감치 알고 있었다.

완벽하리만큼 보편적인 시대과 장소를 배경으로(경치 또는 날씨에 대한 묘사를 전혀 하지 않고 과거나 현재, 미래에 관한 어떠한 단서도 없이) 소설을 전개하는 건 좋은 소설을 쓰는 법들을 일부러 피하는 일이다.

그러나 때로 배경이 어딘지 아는 게 전혀 중요하지 않은 경우가 있다. 바로 뒷이야기가 그렇다. 만약 어떤 인물의 할아버지가 예전에 인생의 중요한 교훈을 가르쳐준 적이 있다면 어디에서 말했는지는 문제가 되지 않는다.

다만 주의할 점은 독자들은 소설 속 사건들이 언제, 어디에서 벌어지는지 우리가 생각하는 것보다 관심이 많다는 점이다.

군더더기 체크리스트

원고를 읽으면서 다음 중 하나라도 있다는 게 있다면 수정하거나 지워야 할 군더더기가 있다는 뜻이다.

- 낱말이나 구절 반복
- 불필요한 대화 지시문
- 너무 많은 부사
- 너무 많은 형용사

- 똑같은 의미의 수식어
- 쓸모없는 정보, 쓸모없는 인물
- 너무 많은 묘사
- 장황함
- 교훈(설교)
- 클리셰

마무리: 알맹이만 남기고 쭉정이는 버리자

이 책에서 나는 군더더기에 대해 여러 번 말했다. 요점은 소설 전개에 도움이 되지 않는 건 모두 걷어내야 한다는 것이다. 스티븐 킹에게 한 편집자가 조언한, "하고자 하는 이야기가 아닌 것들을 찾아 모두 없애라"라는 말과 똑같다. 이 조언을 금과옥조로 삼아야 한다. 그러면 독자가 여기저기 널려 있는 군더더기 사이를 헤엄치게 만드는 글, 그리하여 책 읽는 속도를 떨어뜨려 결국 독서를 포기하게 만드는 나쁜 글은 아마 쓰지 않게 될 것이다. 군더더기로 가득 찬 소설, 독자를 처음부터 작품 속으로 끌어들일 만큼 정보와 세부 사항이 없는 소설은 나쁜 소설의 전형이다.

이 장의 앞에서 모자람과 지나침 이 둘의 중간에 머무르는 게 때로 쉽지 않다고 말했다. 그러나 글을 쓰는 동안 우리는 우리가 어디에 있는지 계속 생각해야 한다. 어느 한쪽에 너무 가까워지면 쓰고 싶었던 이야기가 약해지거나 완전히 망가져버린다.

━━━━━━━━━━━━━━━━━━━━━━⬭ 실전 연습 01 ⬭━━━━━━━━━━━━━━━━━━━━━━

직접 쓴 원고 하나를 골라 묘사한 부분을 찾아보자. 분량을 줄이거나 아니면 전혀 묘사하지 않음으로써 글이 더 좋아질 수 있는 부분이 있는지 생각해보자. 이때는 묘사가 독자에게 주는 영향을 기준으로 판단을 내려야 한다. 마음에 드는 묘사를 지워야 할 때도 있겠지만 그럼으로써 원고는 더 좋아질 것이다.

━━━━━━━━━━━━━━━━━━━━━━⬭ 실전 연습 02 ⬭━━━━━━━━━━━━━━━━━━━━━━

작가로서의 솜씨와 어휘력을 발휘해 아래의 진부한 문장들을 효과적인 구절로 만들어보자. 이 연습은 클리셰는 빼고 묘사나 이미지는 그대로 살리는 게 목적이다.

- 귀신 눈은 속여도 내 눈은 못 속인다.
- 고주망태가 되었다.
- 그는 눈이 등잔만 해졌다.
- 갑자기 마음이 깃털처럼 가벼워졌다.
- 토비는 불같이 화를 내며 주먹을 내리쳤다.
- 이런 일에서 그는 천지 분간을 못하는 바보다.
- 궁지에 몰린 생쥐 꼴.
- 뿌린 대로 거둔다.

12장

과정:
글쓰기 단계별
묘사와 배경

작가가 스스로에게 하는 최악의 변명은
'오늘은 글 쓸 기분이 아니다'라는 말이다.

단편소설이나 장편소설, 또는 다른 분야의 글을 창작하기로 마음 먹었다면 이제 수많은 이야기꾼의 세계로 들어온 것이다. 이야기꾼의 역사는 인류 역사상 첫 번째 예언자가 자리에서 일어나 목청을 가다듬고 맨 처음으로 이야기를 전해준 수천 년 전으로 거슬러 올라간다. 이야기꾼들이 이야기를 창조하고 최종 산물을 내놓기까지 거치는 과정은 그 옛날이나 지금이나 거의 똑같다. 누구나 그 '과정'을 따르게 되어 있다.

이 마지막 장에서는 묘사와 배경이 소설 쓰기 과정에서 어떻게 어우러져야 하는지 간단히 살펴보겠다.

아이디어 단계에서

아이디어의 원천은 작가마다 다르다. 개인적인 경험과 어린 시절의 기억에서 이야기를 끄집어내는 작가도 많고, 아무것도 없는 상태에서 자유롭게 상상하면서 모든 것을 꾸며내는 작가도 많다.

붐비는 고속도로 옆을 걸어가고 있는 한 노인처럼 평범해 보이는 아이디어가 작가의 마음속에서는 500쪽이 넘는 소설의 발단이 될 수도 있다. 반면에 대단히 괴로운 개인적 경험이라도 남들이 보기에는 좋은 아이디어가 아닌, 소설로 쓰기에 충분한 얘깃거리가 아닐 수도 있다.

요컨대 어디에서 소설 아이디어를 얻든 그건 개인이 선택할 일이며 자신이 원하는 대로 하면 된다. 단, 묘사와 배경은 아이디어를 구할 때 중요하게 고려해야 할 요소라는 점을 잊지 말자.

나는 소설 쓰기 수업 때 학생들에게 관심이 가는 배경, 즉 자신들이 더 알고 싶은 시대와 장소에서 이야기를 펼치라고 강조한다. 1920년대 시카고에서 일어난 어떤 사건에 대해 쓰고 싶다면 상당한 사전조사가 필요하다. 플래퍼(왈가닥이란 뜻으로 1920년대의 유행어), 맙스터(조직폭력배), 지맨(FBI 수사관), 스피키지(1920년대 주류 밀매점), 모델 T(포드 자동차 초기 모델) 등에 대한 묘사가 분명 소설의 전체 이야기에 영향을 줄 것이기 때문이다.

주요 배경과 인상적인 묘사에 대한 기대감이 어떤 소설을 쓸지 선택하는 데 궁극적인 요인이 될까? 그렇진 않을 것이다. 하지만 묘사와 배경이 선택에 상당한 영향을 미친다는 건 분명하다.

예를 들어 청부 살인에 관한 소설을 쓰려 한다고 해보자. 이 이야기에는 삼각관계에 있는 인물들과 요트가 등장한다(요트를 좋아해서). 그러나 거기까지가 생각한 것의 전부다. 삼각관계와 청부 살인은 사실 어디서나 일어날 수 있는 일이지만, 요트는 바다라는 배경(장소)이 필요하다. 그러므로 배경은 맨 처음부터 생각해야 하는 요소 중 하나가 된다.

또한 이 에로틱한 이야기가 벌어지는 곳으로 정한 장소는 소설 속의 다른 많은 것까지도 결정할 것이다. 남부의 요트 클럽은 북동부의 요트 클럽들과는 지리적, 철학적, 또는 건축적인 면에서 완전히 다르다. 사람들의 사고방식도 다르며 관습, 심지어 법도 다르다. 또한 풍광의 차이도 분명 있다. 만약 살인 청부업자가 누군가를 절벽에서 밀어버리는 이야기를 쓰고자 한다면 텍사스의 바닷가를 배경으로 삼지 않는 게 좋다. 그곳에서는 제일 높은 절벽에서 뛰어내려봤자 발목이 삐는 것보다 심한 부상을 당하기 어렵다. 요트도 지역마다 다를 수 있다. 북부의 차가운 바닷물에서는 열대 지방의 미지근한 바닷물에서와 달리 더욱 단단한 나무, 더 튼튼한 디자인으로 만들어진 요트가 필요할지 모른다.

작품 속 장소와 시대에 관한 묘사는 소설의 필수 요소다. 그러므로 소설을 구상하는 첫 단계부터 중요하게 다뤄야 한다.

개요 작성 단계에서

무엇을 쓸지 결정했으면(야비한 삼각관계 속에서 펼쳐지는 사랑의 향연을 쓸지, 아칸소의 와시토 호수에서 펼쳐지는 유혈의 복수극을 쓸지) 이제 개요를 작성해야 한다.

잊지 말자. 자신이 어디를 향해 가는지 아는 일은 중요할 뿐만이 아니라 '기본'이다. 나는 이러한 개요를 쓸 필요가 있느냐고 말하는 학생을 여럿 만나보았다. 그들은 그냥 소설을 쓴다고 했다.

자신들의 영감을 자유롭게 풀어놓고 그저 따라갈 뿐이라고. 그들이 쓴 소설을 읽어보았을 때 그들이 정말로 그랬다는 것을 직접 확인할 수 있었다. 왜냐하면 정말로 계획 없이 소설을 쓰면 마지막에는 두서없는 커다란 군더더기 덩어리만을 손에 쥘 확률이 높기 때문이다. 이러한 문제를 해결하는 방법이 있는데 바로 개요 작성이다.

개요를 작성할 때는 묘사와 배경을 언제나 염두에 두어야 한다. 어떤 식으로 개요를 세우든 각각의 장면에서 묘사할 시대와 장소, 사물 그리고 인물에 대해 많은 세부 사항을 써넣어야 한다. 만약 실제로 와시토 호수에 간다면 카메라, 작가 일지, 필기도구를 꼭 챙기자. 만약 여행을 갈 만큼 예산이 충분하지 않다면 인터넷으로 지형, 수목, 관습 등을 조사하자. 그리고 독자들을 그 장소에 데려가기 위해 필요한 모든 것에 대해 정확히 알아내야 한다.

독자가 화창한 여름날 오후 그물 침대에 누워 있든, 아니면 바람이 몰아치는 겨울밤 활활 타는 벽난로 앞 안락의자에 앉아 있든, 소설을 읽는 순간부터 그들은 와시토 호수에 가 있어야 한다. 그곳의 소나무 냄새를 맡고 호수로 뻗은 대륙을 봐야 한다. 멀리 솟아 있는 오자크 산지도 봐야 한다. 그리고 작가의 머릿속에 있던 요트도 몇 척 보여야 한다. 하얀 돛은 오후의 바람을 맞아 팽팽해져 있고 날씬한 선체는 수정처럼 파란 호수를 미끄러지듯 나아간다. 그리고 저쪽에 있는 마운틴 하버 호텔에서는 삼각관계에 놓인 두 인물이 다른 한 인물을 없앨 음모를 꾸미고 있다. 이제 본격적으로 이야기를 시작할 준비가 끝났다.

이야기를 시작하기 전에 작가는 엄청나게 많은 계획을 세워놓아야 한다. 시대와 장소, 그리고 이를 표현하는 묘사는 개요를 작성할 때 매우 중요한 재료다.

집필 단계에서

나는 글쓰기라는 가장 중요하고 창조적인 과정은 다른 과정으로부터 완전히 분리되어야 한다고 굳게 믿는다(어떤 학생들은 이러한 믿음이 광적이라고 말할지도 모르지만). 작가라는 직업을 진지하게 생각한다면 매일매일 일정 시간을 글 쓰는 시간으로 정해두어야 한다. 글쓰기를 위해 정해놓은 시간에 개요 작성, 조사, 수정 또는 편집을 해서는 절대 안 된다. 가장 중요한 건, 이 시간에 글을 쓰지 않고 글쓰기에 대해 '생각만' 하고 있어서도 안 된다는 것이다(아직 못 알아챘을 수 있는데, 작가들은 사실 늑장 부리기의 달인이다). 이렇게 미리 정한 시간은 온전히 '글쓰기'만을 위한 시간이어야 한다. 그리고 반드시 지켜야 하는 신성한 시간이어야 한다.

내가 정해놓은 글쓰기 시간은 매일 아침 4시부터 5시 반까지다. 그리고 일주일에 7일, 매일 1시간 30분 동안 정말로 열심히 글을 쓰려고 노력한다. 그렇다고 하루에 꼭 1시간 30분만 글을 쓴다는 의미는 아니다. 더 오랜 시간 글을 쓰는 날도 많다. 내가 여기서 강조하고 싶은 건 '매일' 최소한 1시간 30분 동안 글을 쓴다는 사실이다. 아침에 일찍 일어나는 사람이 아니면 어쩌느냐고? 그래도 상관없다. 글쓰기를 위해 떼어놓은 시간이 나와 같은 시간대일 필요는 없다. 나는 절대로 그렇게 못하지만 누군가는 한밤중을 글 쓰는 시간으로 정할 수도 있다. 나는 아침형 인간이라 밤중에는 쇼핑 목록도 제대로 못 쓴다. 나는 이른 아침에 글이 더 잘 써지는 유형이며, 꼭두새벽에 하는 글쓰기 의식은 또한 아무도 방해하지 않는다는 장점이 있다. 내 말을 믿어도 좋다. 이른 새벽에 걸려오는 전화는 잘못 걸렸거나 긴급한 일 말고는 없다.

그러므로 매일 아침 1시간 30분 동안 하는 글쓰기는 내게 절대불변의 규칙 중 하나다. 그리고 또 다른 규칙은 그 시간 동안은 내내 글쓰기만 한다는 것이다. 쓰고 있는 글이 쓰레기에 불과하다는 느낌이 드는 날도 많고, 때때로 그런 느낌은 사실로 드러나기도 한다. 그러나 재미있는 건 이 쓰레기에서도 건질 만한 무언가가 있다는 점이다.

작가가 스스로에게 하는 최악의 변명은 '오늘은 글 쓸 기분이 아니다'라는 말이다. 나는 학생들에게 글을 쓰기 위해 책상에 앉을 때마다 바로 오늘이 한 일간지의 까다로운 편집장에게 원고를 제출해야 하는 마감일이라 상상하라고 말한다. 그 편집장은 상대방의 기분 따위는 전혀 개의치 않는 사람이며 얼굴을 잔뜩 찡그린, 까칠한 성격의 인물을 마음속에 그려보라고 한다. 그가 원하는 건 자신의 책상 위에 약속대로 원고가 즉시 놓이는 것뿐이다.

앞서도 말했지만 글을 쓰다가 들여다볼 수 있는 사진이나 배치고, 설계도가 있으면 실제 소설을 쓸 때 배경을 설정하고 묘사를 하는 데 큰 도움이 된다. 파란 물과 산 그리고 소나무로 둘러싸인 와시토 호수를 배경으로 하는 장면을 구상한다면 모니터 위에 그림엽서를 한 장 붙여놓는 것도 좋은 생각이다. 개요 작성 단계에서 메모해놓은 형용사와 구절 목록은 매우 요긴하며, 동의어 사전을 자주 들여다보면서 선택 가능한 단어들을 두루 검토해보는 것 또한 필요하다. 그러나 글을 쓰는 동안에는 맞춤법 점검은 가능한 한 하지 않는 게 좋다. 그건 고쳐쓰기할 때 하자. 소설 쓰기에서 가장 중요한 단계인 글쓰기를 하는 동안에는 그 어느 것에도 방해받지 않아야 한다.

내 경우 보통은 소설의 한 장을 쓸 때 저절로 풀리겠지 하는 생각으로 무작정 글을 쓰지 않는다. 떠오르는 이미지 가운데 가장 뚜렷한 것을 찾아낸 다음에 이 이미지를 '중심으로' 글을 쓴다. 예를 들어 가장 선명한 이미지가 와시토 호수의 요트라면 이 요트는 소설의 시작을 알릴 최선의 장소가 된다. 바로 이 점이 배경 선택이 아주 중요하다는 증거다.

수정 단계에서

이제는 쓴 글을 검토해보고 수정(고쳐쓰기)을 시작할 때다. 나는 늘 방금 쓰기를 마친 쪽을 출력해 서재의 소파에 앉아 샤프 연필을 들고 원고에 메모를 해가며 읽는다. 낱말과 구절 또는 문장 전체를 옮기고 싶을 때는 화살표를 그린다. 어떤 것을 중간에 새로 집어넣기도 하고 빼기도 한다. 군더더기를 걷어내고 의미를 더 분명하게 한다. 때로 종이의 여백에 새로운 문단 하나를 통째로

써넣기도 하는데, 이때 그 문장들은 미로상자 안의 쥐처럼 종이 모서리를 빙빙 돌아가기도 한다.

가끔은 아주 잘 쓴 구절에 표시를 하며 나 자신을 대견하게 생각하기도 한다. 누구나 가끔씩은 칭찬이 필요하다. 비록 자기 자신이 해주는 칭찬이라도 말이다. 글쓰기 과정에서 이 단계는 가장 무시되기 쉬운 단계다. 우리 모두는 개요 작성과 집필이 글쓰기에서 얼마나 중요한 단계인지 충분히 알고 있는데, 그에 비해 수정 단계는 앞의 두 단계보다 덜 창조적이며 대수롭지 않은 것으로 여기곤 한다. 그러나 장담하건대 수정 작업은 앞의 두 단계와 마찬가지로 중요하며 그 못지않게 창조적이다. 읽을 만한 가치가 있는 완성작을 만들고자 한다면 말이다.

수정은 불순물을 거르는 일과 같다. 글을 최대한 빛나게 다듬는 과정이다. 그러니 수정 작업에 충분한 시간을 들이자. 나는 수정 단계에서 묘사와 배경에 특히 세심하게 주의를 기울인다. 모든 형용사를 다른 낱말로 바꿀 수 있을지 비교해보고 따져본다. 그런 후에 파리(내가 만약 파리를 배경으로 썼다면) 또는 와시토 호수에 한 번도 가보지 못한 평범한 독자가 되어보려고 노력한다. 독자의 시각을 통해 나의 글에서 시대와 장소 그리고 인물들을 적절히 묘사했는지 확인하는 과정은 어쩌면 가장 중요한 일이기 때문이다.

의견 수렴 단계에서

나는 소설을 쓰기 위해 아이디어를 떠올리고, 개요를 작성하고, 글을 쓰고, 초고를 수정할 때 어떠한 외부의 의견도 얻으려 하지 않으며 받아들이지도 않는다. 사공이 많으면 배가 산으로 가기 때문이다. 가끔 사람들이 요즘 무엇을 쓰고 있는지 묻는데, 나는 대개 지금은 아무것도 쓰고 있지 않는다고 거짓으로 대답한다. 만약 그들에게 아이디어가 있다고 말하면 그들은 결국 그게 뭔지 캐물으니까. 이는 아이디어를 구상하는 단계에서 내가 절대로 겪고 싶지 않은 일이다. 아이디어는(마지막에 무엇이 되든) '나의' 관점에서, '나의' 생각으로 만들어져야 하는 것이다. 즉 나는 아이디어를 내고, 개요를 만들고, 초고 그리고 재고를 쓸 때 홀로 길을 가는 고독한 방랑자가 되길 원한다.

그런 단계가 지나면 몇몇 사람에게 닫혀 있던 문을 활짝 여는데, 그들은 내가 소설에 대한 의견을 묻는 사람들이다. 동료 교사이자 훌륭한 친구인 퍼트리샤 솔데다지는 내 작품의 꾸준한 독자로서 수년에 걸쳐 아주 귀중한 조언을 해주고 있다. 그러나 그녀는 내 소설을 아이디어 단계에서는 절대 들어본 적이 없고, 플롯표도 본 적이 없으며, 초고도 물론 읽어본 적이 없다. 그런 단계에서는 어느 누구의 아이디어에라도 내 아이디어가 걸려 넘어지는건 좋은 일이 아니기 때문이다.

내가 쓴 글을 그녀에게 가져가는 건 개요를 작성하고 초고를 쓰고 고쳐 쓴 다음의 일이다. 그러면 그녀는 원고를 샅샅이 읽고 꼼꼼히 표시하고 포스트잇에 필요한 메모를 해서 돌려준다. 나는 충분한 시간을 들여 그녀의 조언 하나하나를 검토하고 그에 따라 몇몇은 바꾸고 몇몇은 원래대로 두기도 한다. 그리고 물론 어떤 것에 대해서는 그녀에게 확실한 설명을 요구하기도 한다. 물론 최종 결정은 내 몫이지만 탁월하고 믿을 만한 전문적인 독자에게 듣는 노련한 충고 덕분에 내 작품은 더욱 훌륭해진다.

마지막으로 한 번 더 수정을 한 후 편집자에게 원고를 보낸다. 그리고 나서도 물론 그들이 수정하거나 확장하거나 또는 삭제하기를 원하는 부분은 나온다. 내가 양보할 때도 있고, 타협을 할 때도 있고, 내 의견을 완강히 고집할 때도 있다. 이런 일은 간혹 아주 고달프지만 결과적으로는 언제나 생산적인 과정이다.

마지막으로 한 가지를 말하면, 만약 자신에게 솔데지 같은 친구가 없다면 가까운 곳에서 정기적으로 모임을 여는 작가 동호회에 들 것을 권한다. 인터넷을 통하거나 지역의 서점 또는 도서관에 문의해 모임을 찾아보자. 그런 모임에는 다른 사람의 글에서 결코 단점을 찾아내려 하지 않아서 그리 도움이 되지 않는 낙천적인 인간이 한두 명은 꼭 있고, 반대로 모든 게 다 나쁘고 좋은 게 하나도 없다고 할 야박한 인간들도 분명히 있다. 그러나 운이 좋다면 또한 재능 있는 작가들로 이루어진 소모임이 있어 그들로부터 공정하고 건설적인 의견을 들을 수도 있다.

완성 단계에서

나는 작가 동호회로부터 나와서 이야기를 해달라는 요청을 꽤 자주 받는다. 그들은 대개 서점이나 마을회관 같은 곳에서 모이며, 모임의 주된 목적은 서로의 소설을 비평하는 것이지만 때로는 기성 작가를 초대해 이야기를 듣거나 질문하는 시간을 갖는다.

지난 수년간 그런 모임에서 가장 자주 받은 질문은 자신의 소설을 책으로 만들어줄 출판사를 어떻게 찾아내고, 또 어떻게 하면 소설을 써서 많은 돈을 벌 수 있느냐다. 그러나 인물을 어떻게 하면 더 잘 창조할 수 있는지, 또는 약간의 아이러니를 설정하거나 묘사를 가장 잘 하는 방법처럼 내가 대답을 잘할 수 있는 질문은 별로 없었다. 존 그리샴처럼 베스트셀러 작가가 되고자 하는 이 모임의 작가들은 내가 초대된 것에 실망하는 기색도 보였다. 그리샴 대신 초대되었다는 사실은 내가 소설로 돈 버는 방법에 대해 아무것도 모른다는 명백한 증거다. 나 같은 사람을 무료로 부르는 그런 모임에서 유명 작가를 초대하려면 많은 돈을 지불해야 하기 때문이다.

나는 이 책에 이런 모임에 나가서 말할 수 있는 모든 것을 담으려고 했다. 모든 단어, 구절, 문장, 문단을 자신만의 문체로 하나하나를 다듬으면서 자신이 쓸 수 있는 최고의 소설을 쓰자. 필요한 만큼 충분히 여러 번 수정하자. 그런 다음 출판사 목록을 가능한 한 많이 확보하고 완벽한 편지를 써서 마침내 소설을 출간하기까지 숱한 좌절을 안겨줄 출판 시장으로 뛰어들자. 우리 집

벽장 속 선반에는 상자가 하나 있는데, 거기에는 나의 첫 소설과 관련해 출판사에게 받은 거절 편지가 가득 들어 있다. 이 소설은 결국 뉴욕의 한 저명한 출판사에서 출간되었고 미국 펜문학상 최종 후보에 오르기도 했다. 그러나 작품을 쓰는 동안 나는 내가 하려고 하는 이야기와 이를 가장 잘 전달하는 일 외에는 아무것에도 관심을 두지 않으려 했다.

요컨대 글을 쓰는 동안에는 출판사나 마케팅에 대해서는 걱정하지 말자. 그저 소설을 쓰는 일에만 집중하며 앞에서 말한 묘사와 배경 그리고 작가의 모든 도구를 사용하는 일에만 최선을 다해야 한다. 그러면 자신의 소설에 대한 믿음, 그 소설을 세상에 내놓기까지 들인 노력과 인내를 헛되이 하지 않을 무언가를 얻게 될 것이다.

결국에는 좋은 작가가 될 것이다. 이 세계에 온 것을 환영한다.

다음은 기본적인 소설 아이디어다. 각각의 아이디어가 완벽히 구현될 수 있는 배경(시대와 장소)을 몇 가지 떠올려 보자. 그중에 가본 적 있는 곳, 관심 있는 곳, 가보고 싶은 곳이 있는지 생각해보자. 다른 장소가 아닌 바로 그 장소여야 하는 이유도 생각해보자.

- 어떤 통조림 공장에서 발생한 노동 쟁의에서 오랜 친구 두 사람이 맞서게 된다.
- 어떤 노예 유령이 죽은 지 150년이 지나 나타난다.
- 어떤 호텔 안에서 스파이 활동이 벌어진다.
- 어떤 휴양지에서 젊은 부부와 친구가 되는 한 노인이 나치 전범이며 도망자인 것으로 밝혀진다.
- 도시 출신의 어떤 말썽꾸러기 십 대 소녀가 탄 비행기가 추락하고, 소녀는 혼자 살아남아 황야에서 헤매다 결국 문명 세계로 돌아온다.
- 어떤 여자가 수년 전 저지른 잘못을 되돌리기 위해 고향으로 돌아간다.
- 어떤 유명한 장소에서 살인 사건이 일어나고 무고한 관광객 한 명이 그 사건에 얽히게 된다.

자신의 원고(한 번 수정을 거친)를 꼼꼼히 읽어줄 사람을 최소한 다섯 명 생각해내자. 배우자는 되도록 빼야 하는데, 그 이유는 너무 가까운 사람이기 때문이다. 친하다는 이유로 또는 중요한 사람이라는 이유로 선정해서는 안 된다. 평소에 소설을 많이 읽는 사람이 좋고 실제로 창작을 해본 사람이면 더욱 좋다.

빨간색과 초록색 펜을 하나씩 들고 자신이 쓴 원고를 파헤쳐보자. 강렬하고 선명한 구절과 문장, 문단은 초록색으로 동그라미를 치고 이와 반대로 손질이 더 필요하다고 생각되는 부분은 빨간색으로 동그라미를 친다. 그러면 어떤 흐름이 나타날 것이다. 초록색 표시를 한 데는 어떤 이유가 있으며, 빨간색 표시에는 그와 다른 이유가 있다. 빨간색으로 표시한 부분을 초록색으로 표시할 수 있게끔 고치자.

부록

'묘사와 배경' 핵심 정리

1장 묘사와 배경: 왜 중요할까?

- 좋은 소설은 결코 배경에 전적으로 의존하지 않는다. 하지만 시대와 장소를 분명하게 밝히지 않은 소설은 대부분 실패한다.
- 소설에는 작가가 하고 싶은 이야기와 어울리는 풍부한 배경이 있어야 한다.
- 소설은 기본적으로 다음 두 가지로 만들어진다. 하나는 작가의 창작 기법이며, 다른 하나는 작가의 독특한 문체다.
- 다음 세 가지에 집중할 때 더 좋은 소설을 쓸 수 있다. 소설 쓰기의 기법(글쓰기 도구), 예(이미 출판된 좋은 소설), 그리고 문장력(신중한 단어 선택).
- 지형 알려주기는 배경을 소개하는 방법 중 하나다. 지형이 인물만큼 중요한 비중을 차지한다면 특히 효과가 있다.
- 복잡한 세부 사항을 넣는 것도 배경을 소개하는 방법이다. 그러나 이 경우에는 순수소설과 대중소설 중 어느 독자를 겨냥하는지 먼저 고려하는 게 좋다. 순수소설의 독자들은 긴 묘사를 잘

받아들이지만 대중소설의 독자들은 긴 묘사보다는 인물의 행동을 더 많이 원한다.

- 배경을 소개하는 또 다른 방법은 생김새와 맛, 냄새, 소리, 촉감에 특별한 관심을 기울여 독자의 오감에 호소하는 것이다.
- 분위기(지배적인 태도와 감정)에 따라 독자가 인지하는 바가 달라지며 나아가 소설 속에서 벌어진 사건도 결정된다.
- 배경과 인물, 행동을 묘사하는 데 세심한 주의를 기울이고 소설의 시작 부분만이 아니라 전반에 걸쳐 끊임없이 공을 들여야 한다.
- 인물, 사건, 작가의 문체는 독자를 소설 안으로 끌어들이고 계속 머물게 할 만큼 흥미진진해야 한다.

2장 세부 사항: 어떻게 수집할까?

- 훌륭한 작가는 세부 사항을 농부처럼 끈질기고 빠짐없이 끌어모은다.
- 모든 것을 확대해 들여다보면 훨씬 다양하고 많은 자료를 얻을 수 있다. 이 자료들을 모두 잘 정리해 간직했다가 필요할 때 찾아 쓸 수 있어야 한다.
- 세부 사항에 많은 시간을 들일수록 더욱 흥미롭고 쓸 만한 것을 찾아낼 수 있다.
- 세부 사항을 수집하는 한 가지 방법은 자신이 경험한 과거의 시대와 장소를 자세히 기억해내는 것이다. 다만 과거 시제가 아닌 현재 시제로 정리하고 감각적 세부 사항을 비롯해 많은 것을 메모한다.

- 또 다른 방법은 현재의 어떤 배경에 집중하는 것이다. 자주 가지 않거나 아는 사람이 없는 곳을 골라야 선입견 없이 집중할 수 있다.

- 작은 수첩을 항상 주변에 두고 필요할 때마다 사용하자. 수첩은 세부 사항, 대화, 묘사를 적을 수 있는 중요한 도구다.

- 실제 또는 가상의 장소를 그린 지도나 배치도, 설계도는 배경을 시각화하는 데 큰 도움을 되고, 작가는 이를 통해 더 현실적인 배경을 창조할 수 있다.

- 영화, TV 드라마, 라디오 방송은 시각적 이미지, 복잡한 세부 사항, 쓸 만한 언어를 찾아낼 수 있는 훌륭한 보물 창고다.

- 다른 보물 창고로는 연재만화와 신문, 잡지의 칼럼이 있다.

- 세부 사항을 수집할 때는 언제나 아이러니가 숨겨진 것에 더 촉각을 세우자. 독자들은 실생활에서 수많은 아이러니를 경험하기 때문에 소설에서도 이를 기대한다.

- 작가 일지나 일기를 항상 써야 한다. 우연히 들은 대화, 인물의 새로운 대화, 장소나 상황에 대한 세부 사항, 다른 작가로부터 얻은 기술은 물론 아이디어 등 소설과 관련된 건 다 적어놓자.

- 관찰한 것을 다 메모했으면 마음속에 이야기를 펼칠 세계를 하나 창조하자. 작가의 마음속에 들어가지 않는다면 독자의 마음속에도 들어갈 가능성도 없기 때문이다.

3장 글쓰기 도구: 올바른 사용법

- 소설 쓰기는 문학적 도구와 기술을 자주, 잘 사용해야 하는 느리고 계획적인 일이다.

- 형용사와 부사는 글에 맛을 더하기 위해 사용하는 향신료다. 너무 적게 쓰거나 너무 많이 쓰면 음식을 망칠 수 있다. 따라서 수식어가 정확하게 쓰였는지 끊임없이 점검해야 한다.
- 문장 부호는 독자에게 길을 알려주는 도로 표지판이다. 쉴 곳, 계속 가야할 곳, 속도를 낼 곳, 멈출 곳을 알릴 때 쓴다. 이를 알려면 원고를 소리 내어 읽어봐야 한다.
- 느낌표(!)는 효과를 극대화하기 위해 아주 드물게 써야 한다.
- 쌍점(:)은 어떤 목록이나 정의를 곧장 알려줄 때 사용한다.
- 쌍반점(;)과 줄표(—)는 문장 구조에 다양성을 더한다.
- 괄호(())는 이야기 밖에 있는 무언가를 알릴 때 좋은 방법이다.
- 특정한 이미지를 전달하는 가장 효과적인 방법은 유사한 것을 보여주는 것이다.
- 은유와 직유는 유사성을 암시하는 탁월한 방법이므로 자주 사용해야 한다. 단 지나치지 않도록 주의한다.
- 가끔은 정확한 비유가 필요할 때가 있는데 이 경우 은유나 직유보다 유추가 더 효과적이다.
- 암시를 사용할 때는 독자들이 이해할 수 있을 만큼 보편적인지 확인해야 한다.
- 의인화는 독자의 마음속에 시각적으로 생생한 이미지를 그려 넣는 탁월한 방법이다.
- 상징은 소설에서 자연스럽게 드러나야 한다. 의도적으로 심으려 해서는 안 된다.
- 의성어는 문장 속에서 살짝 들어가야 한다. 의성어 하나로 문장

을 만들고 느낌표를 붙이는 일은 피하자.

• 변주는 좋으나 반복은 좋지 않다. 반복이 이미 말한 것을 단순히 다시 말하는 것이라면, 변주는 리듬감 있게 이미지를 강렬하게 살리는 것이다.

• 회상과 뒷이야기, 후일담은 독자의 주의를 현재의 플롯에서 다른 시대와 장소로 돌림으로써 배경을 공고히 하고 묘사를 넣는 좋은 방법이다.

• 복선은 앞으로 일어날 일에 대한 작은 단서를 제공해 독자의 관심을 붙드는 데 매우 효과적이다.

• 똑같은 구조와 길이의 문장이 계속 이어지면 지루하며 이는 문단도 마찬가지다. 그러므로 문장과 문단의 구조와 길이에 다양한 변화를 주자.

• 절제와 균형감을 기준으로 문학적 장치와 도구를 선택하자.

4장 보여주기와 말하기: 소설 쓰기의 절대 법칙

• 소설에는 보여주기와 말하기가 모두 있어야 한다. 그러나 말하기보다는 보여주기가 더 많아야 한다.

• 독자들이 공감할 만한 상황과 감정이 있어야 한다. 이를 위한 가장 좋은 방법은 말하기보다는 보여주는 것이다.

• 때로는 보여주기와 말하기를 조합하는 게 가장 좋다.

• 이미 보여준 것을 다시 말하지 말자.

• 보여줄 때와 말할 때를 결정하는 일은 본능적으로 해야 한다. 그러나 두 가지를 바꾸는 게 더 좋을 수 있다는 가능성을 항상 염두

에 두고 글을 쓰는 내내 각각의 문단과 이미지를 점검해야 한다.

5장 감각적 묘사: 오감과 직감을 다루는 솜씨

- 소설의 성공을 결정짓는 요소는 아주 많다. 하지만 가장 중요한 점은 독자를 소설로 끌어들이는 능력이다. 독자는 소설을 구성하는 많은 게 실제 감각으로 느껴질 때 소설 안으로 들어온다.

- 묘사를 어느 정도까지 할지는 어떤 독자들을 겨냥해 소설을 쓰는가에 달렸다. 순수소설의 독자들은 이야기가 펼쳐지는 공간을 더 많이 알고 싶어 하므로 긴 감각적 묘사를 잘 읽어낸다. 하지만 대중소설의 독자들은 짧고 빠른 묘사를 원한다.

- 시각을 통한 묘사의 위험성은 다른 감각을 배제한 채 너무 자주 사용해서 일어난다.

- 뭔가를 보여줄 때는 이전에 없던 새로운 방식이어야 한다.

- 평범하지 않고 독자의 예상을 뛰어넘는 묘사를 거듭 쓰지 말자. 처음에는 효과가 크지만 또 등장하면 결코 효과가 없다.

- 가끔씩은 독자가 뭔가의 사이에서 작은 차이를 보게 할 필요가 있다.

- 후각은 향수를 불러일으키는 효과가 가장 뛰어난 감각이다. 기억을 환기할 때, 무언가를 상징할 때, 묘사하기 어렵거나 불가능한 어떤 것을 묘사할 때, 배경을 확실히 설정할 때 사용할 수 있다.

- 촉각은 소설 속에서 벌어지는 일이 실제로 어떤 느낌인지를 기억나게 할 때 사용한다. 만약 독자가 경험하지 않은 일이라면 그 느낌을 연상할 수 있게 해야 한다.

- 괴로움과 고통을 담아야 할 때는 그 고통을 직접 묘사하기보다 고통에 대한 인물의 반응을 더 강조하는 게 좋다.
- 때로는 인물이 느끼는 바가 아니라 독자가 느끼길 바라는 것을 묘사하자.
- 미각은 독자의 주의를 한 가지 사물에 집중시켜 인물을 설정하는 데 도움이 된다.
- 때로는 아무런 맛도 나지 않음을 보여주는 것도 효과적이다.
- 어떤 인물이 좋아하는 맛은 그 인물에 대한 인상을 더 뚜렷하게 만든다.
- 우리 주변을 둘러싸고 있는 소리가 소설 속에서 살아나게 하자.
- 때로는 고요함이 무언가의 소리를 전달하는 최선의 방법이다.
- 좋은 작가는 은유를 생각하는 데 많은 시간을 들인다. 이는 감각적 세부 사항에 관해서라면 분명한 사실이다.
- 인물을 묘사할 때 그가 어떤 음악을 주로 듣는지, 좋아하는 노래가 무엇인지 알리는 것도 좋은 방법이다.
- 독자의 호기심을 유발하고 긴장감을 일으키기 위해 청각을 사용하자.
- 여섯 번째 감각인 직감은 인물이나 상황을 묘사하는 뛰어난 방법이다.

6장 인물 묘사: 살아 숨 쉬는 인물 그리기

- 소설 속의 인물은 독자의 마음속 무대에서 연기를 펼치는 배우다. 그러므로 인물에게 생명을 불어넣는 일은 작가가 해야 할 가

장 중요한 일이다.

- 직접적인 신체 묘사는 인물을 묘사하는 데 가장 흔히 쓰는 방법이다.
- 인물의 신체적 특징, 태도, 성격에 관한 미묘한 단서를 혼합하는 것도 또 다른 방법이다.
- 확장된 유추를 사용하는 것도 인물을 묘사하는 한 방법이다.
- 인물이 어떻게 생겼는지 그 이미지를 묘사하는 일은 매우 짧게 또는 길게 할 수도 있다.
- 인물이 어떻게 생겼으며 어떻게 행동하는지 재빨리 말하는 게 효과적일 때가 있다. 때로는 간결함이 복잡하게 공들인 것보다 더 낫다.
- 이야기를 전개하는 데 도움이 되는 소소한 행동과 말을 묘사에 가득 채우자.
- 실존 인물을 소설에 담으면 정신적 치유에 도움이 될 수 있지만 그만큼 위험성도 크므로 조심해야 한다.
- 역사적 인물을 소설에 넣으려면 그 인물과 역사에 대해 심층적으로 조사해야 한다.
- 자신을 모델로 인물을 그리고 싶다면 소설에 필요한 묘사만 한다.
- 인물이 스스로를 묘사하게 하는 것도 좋은 방법이다.
- 때때로 인물이 작은 소망을 떠올리거나 자신이 생각하는 자신의 좋은 점을 말하는 것도 좋은 묘사가 된다.
- 인물의 대화는 가장 강렬한 묘사다.
- 인물이나 인물의 상황을 보여주기 전에 그 동기가 무엇인지 정

확히 알아야 한다.

- 인물의 기분을 보여주면 인물을 효과적으로 묘사할 수 있다.

- 실제 사람들은 감정과 행동에서 흔히 약점을 드러낸다. 소설 속 인물도 약점이 있는 게 옳다.

- 인물의 신체적 결함은 단지 외형을 묘사하는 것 이상의 역할을 해야 한다. 결함은 인물의 동기가 될 수도, 그 반대도 될 수 있어야 한다.

- 인물의 전형성을 과장하는 일은 피해야 한다. 그러나 때때로 독자가 미리 인식하고 있는 생각, 즉 선입견에 의존할 수도 있다.

7장 시대와 장소: 소설의 닻을 내리는 도구

- 언제, 어디에서, 어떤 일이 벌어질지를 아는 것만큼 독자의 마음을 확실히 사로잡는 일도 없다.

- 그럴듯한 배경은 전적으로 묘사에 달려 있다.

- 독자를 소설의 배경 속으로 끌어들이는 한 가지 방법은 큰 그림을 통해 배경을 보여주는 것이다. 이는 짧게 서술될 수도, 많은 세부 사항을 통해 길게 서술될 수도 있다.

- 독자를 배경 안으로 끌어들이는 또 다른 방법은 작은 그림을 통해 배경을 보여주는 것이다. 이 방법이 훨씬 자주 쓰인다.

- 소설에 나오는 특정 시기마다 그때의 날씨를 알리자. 날씨는 배경에서 아주 중요하지만 자주 간과된다.

- 지형을 알리는 것도 중요하다. 지형 묘사와 지형이 인물의 성격에 미치는 영향은 소설에서 매우 중요하다.

- 특정한 장소의 날씨와 지형을 묘사할 때는 충분히 사전조사를 해야 한다.
- 소설의 배경을 독자가 잘 받아들이느냐 아니냐는 물리적으로 가능한 곳인지 아닌지에 달려 있지 않다. 소설의 맥락 속에서 장소가 얼마나 그럴듯하게 잘 설정되었느냐에 달려 있다. 소설의 배경이 아니라 인물과 그들의 동기, 행동이 소설을 이끌어야 한다.
- 인물들이 편안하고 안락함을 느끼는 안식처를 배경에 넣자. 단 이야기가 그곳에만 머물러서는 안 되며 끊임없이 전개되어야 한다.
- 여러 가지 이야기를 한 가지 커다란 맥락이나 틀 안에 담는 액자식 구성은 매우 오래되고 효과적인 문학적 장치다. 만약 이 구성을 쓰기로 했다면 큰 틀이 아니라 그 안에 들어가는 이야기를 더욱 강조해야 한다.
- 좋은 소설은 독자를 어떤 특정한 시대와 장소에 한동안 빠져들게 만든다. 작가가 할 일은 그러한 시대와 장소 즉 배경을 그리는 것이다.

8장 장르별 묘사: 역사소설부터 스릴러소설까지

- 의도한 바와 달리 장르를 바꿔 쓸 때 더 효과적일 수가 있다.
- 이런 이유로 각 장르의 대표작을 읽어봐야 한다.
- 역사소설은 역사와 소설의 혼합체다. 역사적 사실을 올바르게 쓰려면 사전조사를 반드시 해야 한다.
- 역사소설의 독자들은 대개 사건의 결말을 알고 있다. 하지만 소

설 속 인물들은 결말을 알고 있어서는 절대로 안 된다.

- 특정한 역사적 장소를 묘사하는 한 가지 방법은 그곳에 대한 세부 사항을 보여주거나 말하는 것이다.
- 또 다른 방법은 그 시대와 장소를 드러내는 작은 행동이나 사건을 묘사하는 것이다.
- 미스터리소설에서 묘사와 배경은 강렬한 긴장감과 복선을 드러내는 데 도움이 된다.
- SF소설과 판타지소설에서 배경은 얼마든지 가상적이어도 괜찮다. 다만 지구에 사는 독자가 공감할 수 있는 행동이 벌어지는 무대여야 한다.
- 서부소설의 독자들은 다양한 사건이 일어나길 기대하며 또한 이런 사건들이 야외에서 벌어지기를 바란다. 묘사를 선명하게 하고 이를 통해 거칠고 자유로운 서부의 정신을 보여주자.
- 로맨스소설의 독자들은 의상, 장식, 인물에 대해 세심하게 공을 들인 묘사를 원한다.
- 공포소설이나 스릴러소설을 쓸 때는 복선을 다양하게 사용하고 인물의 공포심과 의심을 강조해야 한다.

9장 전개: 묘사와 배경을 통한 진전

- 배경은 이야기가 펼쳐지는 장소 이상이 되어야 한다. 인물과 인물의 행동, 전반적인 플롯에 영향을 줘야 한다.
- 묘사와 배경을 통해 구체적인 주제가 확장되어야 한다.
- 감정과 분위기는 묘사와 배경으로 전달할 수 있다.

- 이를 실행하는 한 가지 방법은 소설의 분위기를 배경으로부터 뿜어져 나오게 하는 것이다.
- 또 다른 방법은 인물의 행동을 묘사함으로써 소설의 분위기를 결정하는 것이다.
- 주변 환경이나 사소한 행동을 통해 전체적인 분위기를 보여주는 게 직접 말하는 것보다 더 효과적이다.
- 묘사와 배경을 통해 갈등을 증폭시키자.

10장 효과: 마술 같은 비법

- 소설의 첫인상은 현실에서의 첫인상만큼, 아니 그보다 더 중요하다. 그러므로 다양한 기법과 문체를 아주 신중히 골라 첫 문단과 첫 문장을 시작해야 한다.
- 사실적인 소설을 쓰기 위해서 작가는 때로 현실을 수정해야 한다. 수집해둔 수많은 세부 사항을 소설에 어울리게 만들려면 다른 방식으로 수정, 확대, 축소 또는 변화시킬 필요가 있다.
- 소설의 제목을 어디에서 찾든 간에(성경, 시, 노랫말, 소설 속 인물의 대화) 아주 좋은 선택을 해야 한다. 제목은 독자가 작품에서 처음으로 느끼는 맛이기 때문이다.
- 제목은 소설의 배경을 명확히 하는 데 특히 도움이 된다.
- 첫 문장의 주요 목적은 독자가 두 번째 문장도 읽고 싶게 만드는 것이다. 그러므로 첫 문장은 반드시 독자의 주의를 끌어야 한다. 따라서 약간은 특이한 문장이어도 좋다. 미스터리한 느낌을 내거나 복선을 까는 것도 나쁘지 않다.

- 큰 배경과 작은 배경(장소만이 아니라 사상, 관습 등을 아우르는) 사이의 균열은 소설이 펼쳐지는 시간과 공간을 명확하게 만든다.
- 이야기와 문체 사이의 균형이 잘 잡혀 있는지 점검해보는 좋은 방법은 방금 쓴 원고를 인쇄해 하룻밤 정도 옆에 그냥 두었다가 새 기분으로 읽어보는 것이다.

11장 정도: 모자라지도 않고 지나치지도 않게

- 소설에 넣을 것만큼이나 넣지 말 것에도 주의를 기울여야 한다. 소설 전개에 직접적으로 도움이 되지 않는 건 모두 군더더기이므로 걸어내야 한다.
- 한 장면에서 두 인물이 대화를 나누고 있다면(대화로 이루어지더라도) 대화 지시문이 2개 이상 필요하지 않다.
- 대화 지시문에 부사를 집어넣기보다는 그 내용을 인물의 말이나 행동으로 표현한다.
- 클리셰가 유일하게 허용되는 부분은 인물의 대화나 평범한 구어체 서술 정도다. 이러한 부분에서도 지나치게 많이 사용해서는 안 된다. 클리셰에서는 창의성을 찾기 힘들기 때문이다.
- 단순히 말로 전하는 수식어는 되도록 쓰지 말자. 인물이나 장소, 상황에서 느낌을 보여줄 수 있는 방법을 찾자.
- 같은 낱말과 구절을 반복해 사용하면 안 된다. 의미는 다르더라도 발음이 같거나 비슷한 낱말도 안 된다.
- 독자가 소설에서 원하는 건 이야기이지 교훈이 아니다. 설교를 듣고 싶은 독자는 없다. 교훈을 주려 해서는 안 되며 어떤 상황

에 대한 윤리적 암시를 지나치게 강조해서도 안 된다.

- 필요 없는 묘사를 완전히 버리지는 말자. 어떤 소설에 맞지 않는 게 다른 소설에서는 빛을 발할 수 있기 때문이다.

- 묘사를 위한 묘사는 군더더기일 뿐이다. 묘사는 인물, 장소 또는 상황을 이해하는 데 도움이 되어야 한다. 독자가 무엇을 알아야 하는지를 늘 염두에 두고 글을 쓰며 쓸모없는 정보는 넣지 않도록 하자.

- 때로는 아무 묘사도 하지 않는 게 가장 좋은 묘사다. 독자의 상상력에 일부 또는 전부를 맡길 수 있는 부분이 있는지 찾아보자.

12장 과정: 글쓰기 단계별 묘사와 배경

- 아이디어를 어디에서 얻든지 간에 묘사와 배경은 중요한 요인이어야 한다. 소설이 펼쳐지는 장소와 시대는 인물과 플롯, 감정, 갈등, 주제 등 모든 면에 영향을 주기 때문이다.

- 무엇을 쓸지 결정했으면 묘사와 배경을 염두에 두고 개요를 작성해야 한다. 묘사에서 강조하고 싶은 것을 찾아내서 항상 메모해두자.

- 소설 쓰기에 진지한 태도를 가진 작가라면 매일매일 글 쓰는 시간을 따로 정해놓아야 한다. 그 시간에는 구상, 조사, 수정, 편집을 해서는 안 되며 오직 글만 써야 한다.

- 글을 쓰는 동안에는 보조 자료(지도, 플롯 표, 개요, 배치도, 인물 프로필, 사진)를 가까이에 두는 게 중요하다. 그래야 찾는 데 시간을 낭비하지 않는다.

- 모든 것을 일어난 순서대로 쓸 필요는 없다. 마음속에서 가장 강렬하게 떠오르는 이미지나 장면으로 글을 시작하는 게 가장 좋다. 그런 다음에 이를 중심으로 이야기를 풀어나간다.
- 수정 작업은 불순물을 거르는 일과 같다. 소설이 가장 빛나도록 광택을 내는 과정이다. 그러니 충분한 시간을 들여 수정을 하자.
- 소설 속 장소를 한 번도 가본 적이 없는 독자의 눈을 통해 보도록 노력한다.
- 소설을 쓰는 초기 단계에서는(아이디어를 만들어내고 개요를 작성하고 초고를 쓰는 단계) 다른 사람들의 의견을 절대 듣지 않는다.
- 초고를 쓰고 수정까지 했다면 무엇이 좋고 나쁜지를 지적해줄 수 있는 독자에게 의견을 들어봐야 한다. 신뢰할 수 있는 독자 한 명으로 충분할 수도 있지만, 정기적으로 서로의 원고를 놓고 토론을 벌이는 작가 동호회에 가입하는 것도 좋은 생각이다.
- 소설을 쓰는 동안에는 출판사, 마케팅에 대한 걱정은 하지 말아야 한다. 그저 좋은 소설을 쓰는 일에 집중하자.

소설쓰기의 모든 것 2
묘사와 배경

초판 1쇄 발행 2011년 5월 10일
초판 3쇄 발행 2015년 9월 18일
개정판 1쇄 발행 2018년 11월 26일

지은이 론 로젤
옮긴이 송민경
펴낸이 김한청

편집 원경은, 이한경, 차언조
디자인 이민영
마케팅 최원준, 최지애, 김선근
펴낸곳 도서출판 다른

출판등록 2004년 9월 2일 제2013-000194호
주소 서울시 마포구 동교로27길 3-12 N빌딩 2층
전화 02-3143-6478 팩스 02-3143-6479 이메일 khc15968@hanmail.net
블로그 blog.naver.com/darun_pub 페이스북 /darunpublishers

ISBN 979-11-5633-214-5 04800
ISBN 979-11-5633-212-1 (세트)